W0281298

Helga Schimmer

# Komm, stirb für mich!

Authentische Kriminalfälle

Helga Schimmer

# Komm, stirb für mich!

Authentische Kriminalfälle

Militzke

Obwohl die beschriebenen Fälle sich tatsächlich ereigneten und die Darstellung im Wesentlichen den Abläufen der Geschehnisse folgt, sind die handelnden Personen nicht mit realen Personen identisch. Alle Biographien wurden literarisch gestaltet, fast alle Namen geändert. Eventuelle Namensgleichheiten mit Unbeteilig-ten sind zufällig und ohne jede Absicht.

Die mit einem * gekennzeichneten Begriffe sind im Anhang erläutert.

Bibliographische Information der Deutschen Bibliothek
Die Deutsche Bibliothek verzeichnet diese Publikation in der deutschen Nationalbibliographie; detaillierte bibliographische Angaben sind im Internet über http://dnb.ddb.de abrufbar.

© Copyright 2006 by Militzke Verlag e.K., Leipzig
Alle Rechte vorbehalten.

Lektorat: Frank Förster
Umschlaggestaltung: Sabrina Stritzel
unter Verwendung eines Fotos von photocase
Satz und Layout: Sabrina Stritzel
Gesetzt aus der New Baskerville und der Stone Sans
Druck und Bindung: Elbe-Druckerei Wittenberg GmbH

Printed in Germany
ISBN 10: 3-86189-743-1
ISBN 13: 978-3-86189-743-9

Besuchen Sie uns im Internet unter http://www.militzke.de

# INHALT

# PROLOG

Es war ein Montagmorgen im Jänner. In meinem Hirn herrschte Ebbe. Wie um alles in der Welt, dachte ich, sollte ich den leeren Computerbildschirm füllen? Das »Wie« war die Frage, das »Womit« war kein Thema. In dieser Beziehung herrschte Flut: so viele erschütternde Tatsachen, aufschlussreiche Fakten und scharfsinnige Mordermittler, welchen ich die Hunderten von Knöchelchen, respektive Einzelheiten, verdanke. Wie sollten sie sich zu einem sinnvollen Ganzen zusammenfügen, zu spannenden Geschichten, wie Sie sie gerne lesen?

Da kam mein Ehemann – der Beste von allen, übrigens – ins Zimmer. Zu seiner Entschuldigung muss ich anmerken, dass für ihn eine Agatha-Christie-Story die äußerste Grenze erträglicher Brutalität darstellt. In seiner leger scherzenden Art sagte er: »In jedem steckt ein kleiner Mörder. Wer sich nicht morden traut, der liest einen Krimi. Und die ganz Feigen schreiben einen.«

Ich nahm mir ein Herz und schrieb. Mein Mann hatte mich auf eine Idee gebracht. Ich befragte eine Psychoanalytikerin, deren Antworten im Epilog Sie hoffentlich ebenso sehr anregen werden wie mich.

Später kam meine Freundin Rosina. Auch sie hält sich mehr ans Schöngeistige. Deshalb kann ich ihr gar nicht hoch genug anrechnen, dass sie ein Auge auf die restlichen Kapitel hatte.

Nun ist es Mai. Die Knöchelchen sind zu einem Gerippe zusammengewachsen und haben Fleisch angesetzt. Fragen Sie mich nicht, wie. Ich wünsche mir nur eins: Dass das Geschöpf nun in Ihnen, liebe Leserin, lieber Leser, lebendig wird.

Helga Schimmer, 2006

# BYE-BYE, BABY!
## Die Geschichte einer Obsession

*Die in der folgenden Geschichte zitierten Lyrics stammen von »Eisregen«, einer 1995 in Thüringen gegründeten Dark-Metal-Band*. Zwei Alben dieser Musikgruppe wurden mittlerweile von der Bundesprüfstelle für jugendgefährdende Medien (BPjM) mit einem Verbreitungsverbot belegt. In der Begründung heißt es unter anderem, die Texte sind grausam, verrohend, frauenfeindlich, sozialethisch desorientierend und verletzen zudem die Menschenwürde. Die in der nachstehenden Erzählung zitierten Verse stammen aus dem Album »Das Ende des Weges« von 1996, welches keinem Verbot unterliegt. Sie wurden mit großer Sorgfalt und Hochachtung vor der Tätigkeit der BPjM ausgewählt.*

### 1

Martin Brandl sah sie zum ersten Mal an einem frühen Samstagnachmittag.

Er war gerade mit hämmerndem Schädel aufgewacht, hatte einen Blick in den Kühlschrank geworfen, der außer einer Dose Lagerbier und einem runzeligen Rest Streichwurst nur noch zwei Eier enthielt, und war mit knurrendem Magen losgezogen. Im Supermarkt drängte er sich missmutig an den beiden Frauen vorbei, die mit ihren Einkaufswägen den Durchgang beim Milchregal versperrten. Diese Ziegen studierten das Angebot an Fruchtjoghurts, als müssten sie demnächst eine Dissertation darüber verfassen, dachte er. Überhaupt Einkaufswägen – die waren doch nur etwas für konsumgeile Spießer. Er selbst verwendete nie einen, sondern schlängelte sich mit seinen Leberkäs-Semmeln und den beiden unter den Arm geklemmten Red Bull-Dosen zur Abteilung mit den Knabbereien durch. Und hier blockierte eine monströse Palette mit leeren Pappkartons den Zugang zum Chips-Sortiment.

Gerade wollte Brandl einen Kraftausdruck loslassen, als ein Säckchen Paprika-Riffles direkt vor seine Füße fiel. Da sah er sie: Ein groß gewachsenes Mädchen mit violettstichig rotem, überschulterlangem Haar. Genau genommen sah er zuerst nur ihre schwarz bestrumpften Waden, die aus den ebenfalls schwarzen Schnürstiefeletten herausragten, denn sie stand auf einer Leiter und schichtete irgendwo in höheren Sphären Chips- und Salzstangen-Beutel um.

Er wunderte sich nicht im Mindesten, dass sie keine Anstalten machte, hinunter zu klettern, um das Päckchen, das sie hatte fallen lassen, aufzuheben. Brandl sagte: »Genau, was ich brauch'« und amüsierte sich über die Zweideutigkeit, die er in seine Stimme legte.

Ihr blasierter Blick traf ihn, als er die Paprika-Riffles bereits in der Hand hielt. »Dann passt 's ja«, meinte sie leichthin.

Ob sie seine Anspielung bemerkt hatte? Nichts deutete darauf hin. Sie hatte sich schon wieder den Chips- und Salzstangen-Beuteln zugewandt, und er genoss die grandiose Aussicht auf ihre Hinterbacken und den erstaunlich langen Rücken. Der Anblick wurde seinem Dafürhalten nach lediglich von dem gestreiften Arbeitsmantel verdorben, in dem die Körperteile steckten und dessen gelb-weiße Frische die Kunden wohl in einen Kaufrausch versetzen sollte.

Als er sich in die Warteschlange an der Kasse mogelte, drehte Brandl sich noch einmal nach ihr um. Sie hantierte immer noch mit den Chips-Tüten. Vermutlich, so dachte er, hätte sie ihn nicht einmal beachtet, wenn er sich die Rasierklinge, die er ständig in der Brieftasche bei sich trug, quer durch den Hals gezogen hätte. Krass. Das war genau die Art von Teilnahmslosigkeit, die ihn anmachte.

Zu Hause drehte er die Stereoanlage auf volle Lautstärke. Während er die Leberkäs-Semmeln aß und an das Mädchen im Supermarkt dachte, ließ er sich von den Klängen seiner Lieblingsband umfluten: Eisregen. Dark Metal in deutscher Sprache. Echt krass. »Mondlicht bescheint deinen offenen Leib«, krächzte die »Blutkehle«, wie der Sänger sich in der Grufti-Szene* nannte. »Mein Herz voll Glut, nach dir es schreit ...«

Es konnte nur Schicksal sein, dass er sie noch am selben Abend wieder traf. Martin Brandl grübelte, welche geheimnisvolle Macht ihn veranlasst hatte, diese alberne Schaumparty in der leer geräumten Landmaschinen-Halle zu besuchen, wo er doch wie üblich durch die Lokale ziehen und ein paar Krügel Bier und Schnäpse kippen hätte können. – War es Satan persönlich?

Nun, Hochprozentiges floss auch auf der Schaumparty reichlich, es war bloß mit süßem Spülwasser gestreckt. Dafür kostete ein Glas auch nur einen Euro, und die Vierzehnjährigen fingen nach vier oder fünf Drinks zu kotzen an.

Eigentlich hasste er schrille Partys. Lieber blieb er für sich allein. Er ging nur hin, wenn ihm – wie es in der Philistersprache heißt – nach »Damengesellschaft« zumute war. Na, Damen waren sie nicht gerade, die Teenys, die auf der Tanzfläche herumhopsten. Dennoch stürzte er sich hin und wieder ins Gewühl, um die Mädels ein bisschen aufzuscheuchen. Dabei kriegte er dann auch die eine oder andere dralle Brust zu fassen. Wohlgemerkt, nur die drallen Brüste interessierten ihn, von den unterentwickelten ließ er beinahe angewidert die Finger.

Zwar mochten seine Kumpel in der Fabrik sein Vergnügen als zweifelhaft bezeichnen. Sie mochten sagen: »Was hat ein Dreißigjähriger auf einer Schaumparty für Halbwüchsige verloren?«, aber sie waren ja nicht hier. Sie machten es sich überhaupt leicht. Spießer waren sie, alle zusammen. Verheiratete Spießer, die das bisschen Schotter, das sie – wie er – als Granaten-Lackierer in der Munitionsfabrik verdienten, für die »Schaffung eines Eigenheims« zusammenkratzten. Einmal hatte einer von denen ihn gar gefragt, ob er nicht mit ins Puff gehen wolle. Abgesehen davon, dass ihm angesichts seiner Schulden das Kapital für käuflichen Sex fehlte, hatte er innerlich entrüstet abgelehnt. Heuchler waren sie, nichts als scheinheilige

Schwätzer! Da war es ja fast schon strafende Gerechtigkeit, dass ihre Bälger ihnen die letzten Cents aus der Tasche zogen, um sie bei den Schaumpartys zu versaufen, wo Freigeister wie er sie begrapschten.

Brandl erheiterte sich im Stillen über seine Abgehobenheit, doch dann versetzte ihm sein Unterbewusstsein einen Stich. Es war nicht mehr als ein vages Gefühl von Unzufriedenheit, denn im Grunde führte er nicht das Leben, das er sich wünschte. Nicht dass er Wert darauf gelegt hätte, seine Wohnung in eine Junggesellenbude zu verwandeln und jedes Wochenende eine andere Göre flachzulegen. Eine für die Ewigkeit hätte ihm schon gereicht. Tatsächlich – über eine einzige wäre er richtig froh gewesen; über ein Leben an der Seite einer Gefährtin, die seine Verachtung für alles Etablierte und seine Vorliebe für die dunklen Mächte teilte. Wenn sie dann noch bei dem einen oder anderen bizarren Spielchen mitmachte, wäre sie perfekt!

Brandl seufzte resigniert. Sein Versagen legte sich ihm als bitterer Geschmack auf die Zunge und ließ ihn an die Bar streben. Und dort saß sie – das Mädchen aus dem Supermarkt.

Sie war älter als die anderen hier auf der Party, vielleicht neunzehn oder zwanzig. Ihr Haar, das bei der Arbeit mit einem Gummiband zusammengehalten gewesen war, hing jetzt wie ein schwerer Vorhang über den Tresen. Sie selbst war über ihren Drink gebeugt, und ihre weißen Hände mit den schwarz lackierten Fingernägeln umklammerten das Glas. Er sah den Totenkopfring an ihrem Zeigefinger und den Pentagramm-Anhänger, der, auf ein breites, schwarzes Samtband gefädelt, in dem dreieckigen Grübchen unter dem Hals lag. Keine Frage, sie war eine Gothic.

Sie hatte ihn noch nicht bemerkt, zumindest gab es – wie schon am Nachmittag im Supermarkt – keinerlei Anzeichen dafür. Das blasse Gesicht mit den dunkel umrandeten Augen trug eine tiefe Melancholie zur Schau; sie schien ihre Unlust zu zelebrieren. Sogleich fiel ihm die von den Black-Metal-Bands oft besungene »Reinheit des Todes« ein. Ja, dachte er, ihr Gesicht erstrahlt in der »Reinheit des Todes«.

Als ihre violett geschminkten Lippen den Strohhalm umschlossen und die blutrote Flüssigkeit aufsogen, deutete Brandl darauf und sagte zu dem Burschen an der Bar: »Gib mir das Gleiche.«

Da wandte sie den Kopf, und ihr gleichgültiger Blick traf ihn mitten ins Herz. Ein Vers aus seinem Lieblingssong fuhr ihm durchs Hirn: »Welch zauberhafter Muskel, von Blut durchspült / Ein heftiger Biss, der Geschmack leicht kühl …«

In diesem Moment floss ein kalter Schauer durch Brandls Adern, und er beschloss, dieses Mädchen zu seiner Gefährtin zu machen. Sie und keine andere. Koste es, was es wolle.

## 2

Tanja. Tanja Kolleritsch, das war ihr Name. Sie verriet ihn, als er ihr das dritte Mixgetränk spendierte. Brandl war überrascht, wie viel sie vertrug. Erst beim fünften Drink begannen ihre Pupillen unstet hin und her zu wandern, und ihre Zunge blieb bei den L-Lauten am Gaumen kleben. Allerdings wurde sie insgesamt gesprächiger. Rundheraus sagte sie ihm, dass ihr die kleine Teufelsfratze auf seinem Sweater schon im Supermarkt aufgefallen war. Aus ihrem Munde konnte das nur bedeuten, dass auch er ihr gefiel. Bei ihrem sonst so abgebrühten Gehabe war es beinah schon eine Aufforderung, mit ihr ins Bett zu gehen.

Er bot ihr zunächst einmal einen Joint an. Konkret fragte er, ob sie ein Auto habe, damit sie ein bisschen privater wären und in Ruhe kiffen und quatschen könnten.

Ja, erklärte daraufhin Tanja, sie habe einen übertragenen Fiesta, aber der stehe vor ihrer Wohnung, sie sei zu Fuß gekommen.

Ein Hauch von Enttäuschung oder zumindest Verwirrung musste sich auf seinem Gesicht bemerkbar gemacht haben, denn Tanja fing lauthals zu lachen an.

Automatisch stimmte Brandl mit ein, obwohl er nicht wusste, worüber sie eigentlich lachten. Lachte sie ihn etwa aus?

Nein. Sie konnte ja nicht wissen, dass er kein Auto besaß; dass er nicht einmal den Führerschein gemacht hatte. Damals, nachdem seine Mutter ihn gedrängt hatte, die Brauerlehre abzuschließen, hatte einfach keine Notwendigkeit dazu bestanden. Im Gegenteil, als er mit siebzehn den Unfall mit dem Mofa hatte und drei Tage lang im Koma lag, war sie froh gewesen, dass er sich nicht für Autos interessierte. Aber der Abschluss im Brauerei-Gewerbe musste sein, da hatte sie hartnäckig auf ihrem Standpunkt beharrt. Klar, dachte er, weil ihm sein Einblick in die Biotechnologie mit Hefebakterien jetzt beim Granaten-Lackieren einen immensen Vorteil verschaffte. Doch hatte er sich umgehend an seiner Mutter gerächt: Er war ausgezogen und ließ sie bis heute blöd sterben.

Irgendetwas an Tanjas Lachen missfiel ihm. Es hatte einen höhnischen Unterton. Brandl war richtig sauer, als er sagte: »Willst jetzt einen Joint, oder was?«

»Ach, komm«, erwiderte sie und versetzte ihm mit der Faust einen leichten Stoß in die Rippen. »Was glaubst, was ich in dem Kindergarten da sonst verloren hab'?«

Er biss sich auf die Lippen. Augenblicklich war sein Ärger verflogen, und eine heftige Gier überkam ihn. Am liebsten hätte er Tanja zu Boden gezerrt und sich gleich hier auf sie geworfen.

Sie hatten dann tatsächlich in derselben Nacht noch Sex. Zuerst aber schlenderten sie die fünf Minuten zu Fuß zu Tanjas Wohnung. Sie setzten sich auch noch in ihren Fiesta. Ohne jede Eile drehten sie sich Joints und rauchten schweigend. Dieses Mädchen verstand es großartig, das Unvermeidliche hinauszuzögern. Brandl spürte, wie er allmählich gelöster wurde und gleichzeitig seine Lust sich steigerte. Dann hielt er es nicht mehr aus. Er zog sie zu sich und war erstaunt, dass sie seinen Kuss weit mehr als erwiderte.

Als sie sich in Tanjas Bett wälzten, schloss er die Augen. Die dunklen Klänge dröhnten wieder in seinem Gehirn. Er hörte die Dark-Metal-Musik nicht nur, er sah sie auch in düsteren Grautönen, von roten Rinnsalen durchzogen. »Das Herz allein steckt voller Glauben«, hallte es durch seinen Schädel. »Durch es allein kann die Seele ich rauben …«

Sie hätten ewig so weitermachen können: Tagsüber ging Brandl in die Fabrik und Tanja in den Supermarkt, abends trafen sie sich und schliefen abwechselnd in seiner und ihrer Wohnung. Sie lachten, tranken und kifften, sahen sich Horrorfilme an – zwar in englischer Sprache, aber das Grauen war gewaltig. An den Wochenenden im Sommer schwammen sie im Badeteich in der Nachbarschaft, die Wochenenden im Winter verbrachten sie großteils im Bett. Man sah sie kaum in der 3500-Seelen-Gemeinde im südlichen Niederösterreich, sie gingen nicht mehr auf Partys, sondern veranstalteten ihre Zweier-Orgien in den eigenen vier Wänden.

Sie hatten unsäglichen Spaß aneinander. Einmal machten sie sogar Fotos von Posen, die sie besonders witzig fanden: Tanja mit Zigarette in der Hand, die Zunge herausstreckend; Brandl mit dem Butterfly-Messer, das er ihr geschenkt hatte und das sie seither immer in ihrer Handtasche trug, – das spitze Messer mit blinkender Klinge an Tanjas Nacken, als wolle er es ihr mit voller Wucht hineinrammen; und Brandl mit diabolischem Grinsen, sich dasselbe Messer als Penis-Attrappe anhaltend.

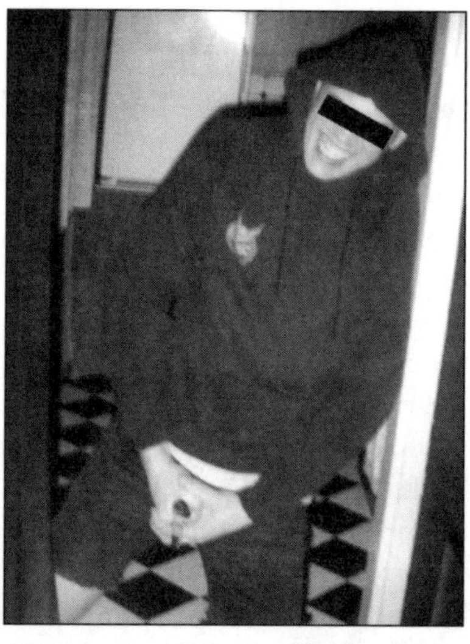

*Martin Brandl in einschlägiger Pose.*

Nur bei einem Spaß weigerte Tanja sich, mitzumachen. Schon seit langem beflügelte Brandls Fantasie, sie auf jene Art gefesselt zu sehen wie das Mädchen auf dem Poster in seinem Schlafzimmer. Es war ein Poster seiner Lieblingsband Eisregen. Das Mädchen mit den üppigen Brüsten hatte eine Gasmaske über den Kopf gestülpt und hing wie eine Gekreuzigte an einer Holzkonstruktion, während die Fesseln sich in aufreizender Weise um ihren nackten Leib spannten.

Brandl versuchte Tanja zu überzeugen, dass ihre Brüste jenen des abgebildeten Mädchens in nichts nachstanden. Vergebens. Er probierte es auf die harte Tour, indem er sie am Verlassen des Wohnzimmers hinderte und einen Film laufen ließ, der ohne weiteres als Snuff-Video* durchgegangen wäre. Umsonst. Sie sagte ihm, sie sei unter keinen Umständen bereit, sich von ihm fesseln zu lassen, und falls er sie noch einmal zwingen sollte, sich einen derart widerwärtigen Film anzuschauen, würde sie ihn auf der Stelle verlassen. Er begriff, dass es ihr damit ernst war, und entschuldigte sich. Doch ging sie seit dem Vorfall merklich auf Distanz. Zumindest zu ihm.

Dagegen fing sie an, andere Leute in ihre Wohnung einzuladen. Irgendwelche Cousins und Cousinen, mit denen sie, wie sie mit unverhohlenem Zynismus sagte, »die glücklichen Tage ihrer Kindheit« verbracht, sich später zerstritten und vor kurzem wieder versöhnt hatte.

Wie praktisch, dachte Brandl. Er pflegte bei diesen Gelegenheiten Reißaus zu nehmen, durch die Lokale zu ziehen, einen seiner Kumpel aufzugabeln und mit diesem – sturzbesoffen – in Tanjas Wohnung zurückzukehren. Dort schlug er dann einen Riesenradau, worauf erwartungsgemäß die Cousins und Cousinen Reißaus nahmen.

Nachdem sie diese Posse in einigen Varianten durchgespielt, sich anschließend befetzt und im Bett wieder versöhnt hatten, lud plötzlich Tanjas Mutter ihn zum Abendessen ein. Sie wolle endlich den Freund ihrer Tochter kennen lernen, ließ sie ausrichten. Pah, den Freund ihrer Tochter kennen lernen, dass er nicht lachte! Einmischen wollte sie sich, sonst gar nichts. In den beinah eineinhalb Jahren, die er Tanja nun kannte, hatte sich Rita Kolleritsch nicht um ihr Kind geschert. Stattdessen war sie mit verschiedenen abgehalfterten Typen herumzigeunert, die sie offenbar im Café Samba aufgelesen hatte, wo sie als Kellnerin arbeitete. Aber er machte gute Miene und rächte sich wie immer auf seine Weise:

Zum Essen, zu dem Rita das junge Paar in ihre Wohnung einlud, nahm Brandl »Führerwein« mit. Ein Kumpel hatte ein paar Flaschen davon aus Italien mitgebracht, und Brandl hatte ihm eine abgekauft. Jetzt überreichte er sie, eingepackt in schwarzes Seidenpapier, Tanjas Mutter. Beim Auswickeln beobachtete er Rita Kolleritsch genau. Als plötzlich Hitlers Konterfei sie anglotzte, hatte sie sich erstaunlich gut in der Gewalt, das musste er ihr lassen. Auch seine ungenierten Sticheleien hinsichtlich Sex und Drogen, die er in die Unterhaltung während des Hauptganges einflocht, ertrug sie mit bemerkenswerter Fassung. Beim Dessert jedoch war es mit ihrer Zurückhaltung zu Ende, und sie brachte eine Sache aufs Tapet, für die er sie auf der Stelle hätte aufschlitzen mögen.

Als er neunzehn war, hatte man ihn wegen einer Rauferei in einem Szene-Treff zu einer dreimonatigen Haftstrafe verurteilt. Die Burschen dort hatten ihn gehänselt, weil er keinen Führerschein hatte. Sie sagten, er sei zu blöd zum Autofahren, er habe sich bei seinem Mofa-Unfall einen Dachschaden geholt. Deshalb sei er auch so ein Eigenbrötler und würde sich mit diesem irren, okkulten Zeug umgeben. Drei Jahre später hatte sich in etwa das Gleiche abgespielt, und er war wieder für einen Monat im Gefängnis gelandet.

Rita Kolleritsch hatte sich also über ihn erkundigt. Weiß der Teufel, wer ihr diese längst begrabenen Geschichten aus seiner Vergangenheit gesteckt hatte. Wahrscheinlich eines dieser nichtsnutzigen Mannsbilder, mit denen sie verkehrte. Verkehrte – das war gut! Der Spaß, den Brandl an diesem geheimen Scherz hatte, gab ihm die Kraft, völlig gelassen mit einer Plattitüde zu reagieren. »Tja, die Sünden der Jugend«, versetzte er augenzwinkernd. »Das Alter macht einen schon gesetzter.«

Tanja allerdings machte ihm hinterher die Hölle heiß. Wieso er ihr seine Gefängnisaufenthalte verschwiegen hätte? Na, warum wohl, dachte er, sagte aber mit süßer Stimme: »Ach Baby, das ist doch Schnee von gestern. Vollkommen belanglos.« Wirbel für Wirbel strichen seine Finger ihr Rückgrat hinunter. »Du weißt doch, dass ich jetzt ganz anders bin.«

Das überzeugte sie offenbar nicht. Er zog sie an sich, aber sie stieß ihn weg. Erst nachdem sie ihm das Versprechen abgenommen hatte, dass er von nun an keine Geheimnisse mehr vor ihr haben würde, ließ sie sich küssen. Da wusste er, dass er wieder die Oberhand gewonnen hatte, denn sie war ganz verrückt danach, wenn er seine Zunge in ihren Mund schob. Nachdem er mit ihr geschlafen hatte, sagte Brandl bedeutungsvoll: »Keine Geheimnisse mehr. – Baby, lass uns unsere Abmachung besiegeln.«

Er hatte sich vor einiger Zeit angewöhnt, sie »Baby« zu nennen, weil es cool klang, aber auch um damit seine Autorität zu untermauern. Er erhob sich, und auf sein Geheiß folgte sie ihm. Nun standen sie nackt vor dem Vorzimmerspiegel. Er hatte die Rasierklinge aus seiner Brieftasche geholt, hob sie jetzt an seine Lippen und strich mit der breiten Seite leicht darüber. Dann ergriff er Tanjas linke Hand. Er öffnete sie. Er übte schwachen Druck aus, als er zügig mit der scharfen Klinge die Lebenslinie entlang fuhr.

Tanja schrie kurz auf. Doch er hielt ihre Hand fest. Langsam sikkerte das Blut aus der Wunde, und er presste seinen Mund darauf, um es zu trinken. Es war zwar nicht ihr »Herzblut«, aber die metallisch schmeckende Flüssigkeit rann ihm warm die Kehle hinunter. Gierig sog er daran, während er die Szene, die er für sein Leben gern gefilmt hätte, im Spiegel beobachtete und Tanja ihn mit Flüchen belegte.

Um sie zu besänftigen, half er ihr beim Verbinden der Wunde. Er war sehr zärtlich zu ihr. Dennoch zog sie sich an. Er sagte ihr, sie solle das lassen, schließlich wolle er wieder mit ihr ins Bett, aber sie hörte nicht auf ihn. Er ließ es ihr durchgehen. Sie warf die Eingangstür hinter sich zu und lief die Treppe hinunter.

Spätestens am nächsten Morgen, wenn sie darüber geschlafen hatte, dachte er, würde sie die Besonderheit ihres gemeinsamen Rituals zu würdigen wissen.

Mit seiner Vermutung lag er fast richtig. Sie kam zwar nicht am nächsten Morgen, holte ihn aber am Nachmittag – einem Freitagnachmittag – von der Fabrik ab. In ihrem Fiesta fuhren sie zum Badeteich und setzten sich abseits der lärmenden Menge auf die Wiese. Tanja trug einen frischen Verband. Brandl erkundigte sich nach dem Schnitt, worauf sie meinte, es sei halb so schlimm und die Wunde nicht tief. Sie sei auch nicht beim Arzt gewesen, sondern freue sich darüber, dass sie nun wenigstens einen Tag Krankenstand herausschinden habe können.

Dann legten sie sich zurück ins Gras und beobachteten, vor sich hin rauchend, den Himmel. Nach einer Weile begann Tanja: »Du, wegen gestern –«

Brandl wandte den Kopf und musterte sie.

Sie nahm einen Zug von ihrer Zigarette. »Du willst doch, dass wir keine Geheimnisse voreinander haben.«

»Ja«, sagte Brandl. Tanja schwieg erneut, das machte ihn stutzig. Hatte sie ihm etwas zu beichten?

Wieder zog sie an ihrer Zigarette und blies den Rauch durch die Nase aus. Endlich fuhr sie fort: »Du kennst ja den Patrick. Weißt eh – den Langen, Blonden.«

Meinte sie etwa Patrick Klaff, den Verkaufsvertreter aus seiner Fabrik?

Ihr kurzer Seitenblick traf ihn. »Also, da war was.«

»Was heißt das: ›Da war was‹?« Allmählich wurde er ungeduldig.

»Na ja, vor ungefähr einem Monat, auf dem Grillfest. Du und der Rothaarige, ihr wart so zu. So besoffen, dass ihr gar net gemerkt habt, wie der Patrick und ich –«

Was er bereits befürchtet hatte, traf ihn mit voller Wucht. Sie hatte ihn betrogen. Ihn allen Ernstes betrogen. Doch viel schlimmer als ihre Untreue an sich war die Erkenntnis, mit wem sie es getrieben hatte: Mit Patrick Klaff, diesem Lackaffen, dem spießigsten Schnösel zwischen Arktis und Antarktis!

Brandl spürte, wie er vor Zorn rot anlief. Er fasste es nicht. Es ging über seinen Verstand, dass sie, die diesen ganzen Konsumwahn doch ebenso sehr verabscheute wie er selbst, sich ausgerechnet von einem Verkaufsvertreter besteigen ließ! Es durfte nicht wahr sein. Aber es war so real wie seine Gefängnisstrafen. Was für eine Schlampe sie doch war. Er schrie es ihr geradewegs ins Gesicht. Einige Badende verstummten und schauten herüber, doch als Tanja zum Wagen lief und er hinterher stolperte, wandten sie sich wieder ihren Ballspielen im Wasser zu.

Tanja startete den Fiesta. Der Motor heulte auf, Schotter spritzte von den Hinterrädern, und Brandl, der auf den Beifahrersitz gehechtet war, begann wieder, sie derb zu beschimpfen. Was er ihr alles an den Kopf warf! »Schlampe« war da noch ein Kompliment. Doch sie stieg leicht auf die Bremse und tupfte aufs Gaspedal, als hätte sie rohe Eier auf dem Rücksitz. Verdammt! Warum raste sie nicht wie eine Irre, beschleunigte auf 150 und rammte ein paar Autos? Stattdessen starrte sie geradeaus durch die Windschutzscheibe und krampfte ihre Hände ums Lenkrad, als gelte es eine Prüfung im Präzisionsfahren zu bestehen. Der Wagen schlitterte nicht einmal, als sie ihn in eine Parklücke vor Brandls Wohnhaus lenkte.

Tanjas Schweigen machte ihn verrückt. Sie schien bloß darauf zu warten, dass er ausstieg. Da packte er sie an den Schultern und schüttelte sie. Er sah, wie ihre Kiefer sich anspannten. Umso mehr war er von dem tiefen, phlegmatischen Ton überrascht, mit dem sie fragte: »Willst mit mir Schluss machen?«

Sogleich durchfuhr ihn ein eisiger Schauder. Seine Muskeln zuckten, und er stieß ein heiseres »Nein!« hervor. Er presste seinen Mund auf ihren Mund. Sie ließ es geschehen.

Als er sie mit hinauf in seine Wohnung nahm, vermisste er ihre Leidenschaft. Wie seltsam unkörperlich Tanja ihm auf einmal vorkam. Genauso gut hätte er auf einer Holzlatte liegen können. Er biss die Zähne zusammen, drückte die Lider auf die Augen und dachte an Eisregen. »Nichts erreicht diese unsäglichen Gefühle / Wenn ich an deinem Körper nach deinem Herz wühle …« Es war ausschließlich seinem Bemühen zu verdanken, dass Tanjas Teilnahmslosigkeit sich nach und nach in Begeisterung verwandelte.

Danach rauchten sie einen Joint, und Tanja schlug vor, durch ein paar Lokale zu bummeln. Er wollte schon sagen, dass er darauf absolut keinen Bock habe; sie hätten es hier doch viel gemütlicher. Aber es half nichts, er musste den Mund halten. Bestimmt würden sie sich in Kürze wieder befetzen, wenn er ihrem Wunsch nicht nachgab.

Sie hatten beide viel getrunken, als sie gegen Mitternacht wieder zurückkamen. Neuerlich landeten sie im Bett, wonach Tanja erklärte, sie wolle noch weiterfeiern, und zwar in der Diskothek Seven.

»Ach, Blödsinn«, sagte er. Doch Tanja sammelte bereits ihre Sachen auf. »Wenn 's d' net mitkommen willst, geh' ich halt allein.«

Eifersucht flammte in Brandl auf. Wollte sie am Ende wieder einen Typen aufreißen? Einen dieser geschniegelten Grünschnäbel, die fescher, charmanter und spendabler waren als er?

Sie zog sich an. Keine Diskussion.

Er fasste nach ihrem Handgelenk und versuchte, sie ins Bett zu zerren.

Da griff Tanja in ihre Tasche, die auf dem Boden lag. Sie holte das Butterfly-Messer heraus, klappte es auf und zischte: »Wenn 's d' mich net in Ruh' lasst, stech' ich dich ab!«

Er brach in Gelächter aus. Sie stimmte mit ein und klappte das Messer wieder zu.

»Ich bin sowieso viel zu müd'«, meinte er, noch immer glucksend.

Kaum war sie gegangen, fiel er in unruhigen Schlaf.

Es war schon hell draußen, als er aufwachte. Tanja war noch nicht zurück. Was jedoch auf der Stelle zurückkehrte, war Brandls Zorn. Halb sechs Uhr! Zum Henker, in wessen Bett lag sie?

Er wusste gar nicht, wie er in die Küche gekommen war. Plötzlich hatte er das Tranchiermesser in der Hand. Er lief damit zurück ins Schlafzimmer und machte sich am Schrank zu schaffen. Riss die T-Shirts und Röcke heraus, die Tanja in seine Wohnung mitgebracht hatte, bohrte das Messer hinein, zerschnitt die Kleider in winzige Fetzen. Wie gut es tat, seiner Wut freien Lauf zu lassen. Er spürte, wie er sich allmählich beruhigte.

Dann ging er ins Wohnzimmer und drehte die Stereoanlage auf. Halbe Lautstärke. Scheiß-Nachbarn. Doch: Eisregen. »Meine Sammlung, sie wächst von Nacht zu Nacht / Ein Berg aus Menschenfleisch, meine Seele lacht …«

Er holte ihre Slips und BHs aus der Schlafzimmer-Kommode und ließ das Messer in den billigen Spitzenstoff gleiten. Er genoss es. Auch später noch, nach vollbrachtem Werk, als er auf der Couch lag, die Hände im Nacken verschränkt, dem dumpfen Dröhnen seiner Lieblingsmusik lauschend. Deshalb hörte er die Sperrgeräusche an der Wohnungstür nicht. Sehr wohl aber fiel ihm auf, wie Tanja hereintorkelte. Die Spaghettiträger des schwarzen Leibchens hingen von ihren Schultern, und sie lallte fröhlich vor sich hin. Als sie ihre zerschnittenen Kleidungsstücke sah, verzerrte sich ihre Miene. »Bist deppert«, schrie sie ihn an. »Was hast denn da aufg'führt, du Sau!«

Da sprang Brandl auf und schlug ihr ins Gesicht. Und schlug und schlug, bis seine Wut verraucht war und Tanja nur noch leise wimmerte.

Er erstarrte vor Entsetzen. Was hatte er getan? Oh, könnte er es doch ungeschehen machen! Gerade wollte er sie um Entschuldigung anflehen, als sie beinahe tonlos krächzte: »Du bist für mich g'storben.«

Hilflos sah er zu, wie sie sich mit dem Handrücken die Tränen wegwischte und dabei die dunkle Schminke noch mehr verschmierte. Er konnte nicht anders, als untätig dastehen. Wenig später fiel die Wohnungstür krachend ins Schloss, und Martin Brandl schüttelte sich in Weinkrämpfen.

## 3

Sie kam am nächsten Vormittag, um ihre restlichen Sachen abzuholen – jene paar Habseligkeiten wie Zahnbürste oder Deodorant, die er nicht in blinder Wut zerstört hatte. Sie sagte, ihre Mutter habe ihr geraten, zum Arzt zu gehen, was sie, Tanja, aber nicht getan hatte. Ihre Wangen waren dick und gerötet, ansonsten schien sie nicht verletzt. Voll Bitterkeit stellte Brandl sich vor, wie Rita Kolleritsch in einem Anfall mütterlicher Fürsorge Eisbeutel auf die Schwellungen gelegt hatte.

Ihre Mutter, fuhr Tanja fort, habe ihr auch zugeredet, ihn bei der Polizei anzuzeigen. Doch auch das hatte sie nicht getan. Und Rita werde es ebenso nicht tun, weil Tanja ihr versprochen hatte, ihn ein für alle Mal zu verlassen.

Abscheu stieg in Brandl hoch. Ekel vor sich selbst und vor Rita Kolleritsch. Wie sie Tanja die Ohren voll geblasen haben musste. Bestimmt bearbeitete sie sie schon seit Wochen hinter seinem Rücken. Er konnte sich lebhaft vorstellen, was sie von sich gegeben hatte: »Um Himmels willen, verlass diesen Irren! Diesen Perversen, der dich mit Gewaltfilmen und dieser gestörten Musik quält. Wie lang willst warten – bis er dich krankenhausreif schlägt oder mit seiner Rasierklinge weiß Gott wo hinein schneidet?«

Natürlich wusste sie davon – von der Sache mit der Rasierklinge. Bestimmt war sie es gewesen, die es überall herumerzählt hatte. Die Kumpel in seiner Fabrik zerrissen sich die Mäuler darüber; es war ihm sofort aufgefallen, er war ja nicht blöd. Der ganze Ort wusste Bescheid. Alle Welt schien in Kenntnis gesetzt!

Rita Kolleritsch mochte ihn einen Psychopathen und einen Soziopathen nennen, oder was Leute wie sie sonst noch über Angehörige der Gothic-Szene sagten. In ihrer Engstirnigkeit betrachteten die eben alle, die sich anders gaben als sie selbst, als reif für die geschlossene Anstalt.

Brandl seufzte. In einem Punkt aber war er sich hundertprozentig sicher: Tanja hielt ihn nicht für verrückt. Für aufbrausend – ja. Für manchmal etwas grob – okay. Aber nicht für verrückt. Sie war auch eine Gothic. Im Grunde verstand sie ihn. Und sie liebte Dark Metal inzwischen genauso sehr wie er.

In einem Anflug von Wehmut nahm er das Poster mit dem gefesselten Mädchen von der Wand, rollte es zusammen und überreichte es Tanja. Seine Stimme war heiser, als er sagte: »Wenigstens das soll dich an uns erinnern.« Er sah ihr in die Augen. »Wie schön 's war, Baby.«

Sie nahm ihre Sachen und ging.

Es dauerte ganze vier Wochen, bis er sie dazu brachte, ihn wieder zu treffen. Er hatte sie viele Male angerufen und um Verzeihung gebeten. Sie hatte zunächst gleich aufgelegt. Später ließ sie ihn zumindest ein paar Sätze sagen und unterbrach die Verbindung erst dann. Ihr Zögern machte ihm Mut, und er ging dazu über, abends vor ihrer Wohnung auf sie zu warten. Er hatte um Vergebung gebettelt – sie hatte sich geweigert, mit ihm zu reden. Er hatte sie angefleht, sie mit SMS regelrecht bombardiert. Null. Er war nur noch ein Haufen Dreck für sie.

Doch er ließ nicht locker. Wenn sie ihn schon wie Abfall behandelte, dann konnte er sich auch so benehmen. Er fuhr nach der

Arbeit mit einem Kumpel in die Provinzstadt, setzte sich dort an den Schanktisch einer Branntweinstube und trank so lange, bis er mitsamt dem Hocker umkippte und auf den Boden klatschte. Vorsorglich hatte er nur einen Fünf-Euro-Schein in die Brieftasche gesteckt, so dass er jetzt seine Zeche nicht bezahlen konnte. Als der Wirt ihn am Kragen packte, lallte er irgendetwas von seiner Freundin, die herkommen solle, und fummelte an seiner Brusttasche.

Der Wirt zog das Handy heraus und war so freundlich, die Verbindung herzustellen. »Hör'n S'«, maulte er ins Mikrofon. »Hol'n S' ihn ab, oder i' hol' die G'schmierten*!«

Nach einigem Hin und Her gab der gute Mann die Adresse durch und setzte hinzu: »Aber hol'n S' ihn glei', damit er mir net die ganze Bude vollspeibt.«

Es musste einige Zeit vergangen sein. Wie viel wusste Brandl nicht. Er wusste nur, dass er rücklings auf einer harten Bank lag und döste. Da tauchte auf einmal Tanjas Gesicht vor ihm auf – wie ein Nebel, dessen Weiß sich verdichtete. Schön. Die Schleier verschlangen es wieder. Wieso ging sie weg?

Dumpf hörte er ihre Stimme. Dass sie mit dem Wirt diskutierte und irgendetwas – wahrscheinlich Geldscheine – auf den Tresen knallte. Das war seine Tanja. Sie hatte ja doch ein Herz.

Ihr Gesicht erschien wieder, diesmal klarer. »Hörst Martin, was führst denn du auf!«

Martin! Martin. Sie nannte ihn so selten bei seinem Vornamen. Und ihr besorgter Ton. – Er hatte es geschafft.

»Komm.« Sie griff ihm unter den Arm. »Wenigstens helfen könnten S' mir!«, blaffte sie den Wirt an. Zu zweit expedierten sie ihn auf die Straße und in Tanjas Fiesta.

Sie seufzte, als sie den Wagen startete. »Was du für Sachen machst!«

Er wollte ihr danken, aber seine Zunge gehorchte ihm nicht mehr.

Das Stiegenhaus wurde eine Herausforderung, aber schließlich schafften sie es. Tanja brachte ihn sogar ins Bett und zog ihm die Schuhe aus.

»Jetzt schlafst erst einmal dein' Rausch aus, und morgen fahren wir zum Teich.«

Sie deckte ihn zu, und er fiel ins traumlose, selige Nichts.

Am nächsten Nachmittag – es war außergewöhnlich heiß für Mitte Mai – holte Tanja ihn zum Schwimmen ab. Brandl hatte zwei Aspirin-Cola eingeworfen, aber noch immer donnerte in seinem Schädel ein Panzergeschwader, und sein Magen drohte jeden Augenblick zu revoltieren. Tanja hatte Käsestangerl, Extrawurst und Salzgurken mitgebracht. »Du musst was essen«, sagte sie.

Gehorsam überwand er seinen Ekel. Das kühle Teichwasser erfrischte ihn, und bald ging es ihm wieder besser. Emotional fühlte er sich sowieso gut wie schon lange nicht. Auch wenn Tanja ihm noch nicht verziehen haben mochte, sie redete immerhin wieder mit ihm. Er spürte, dass trotz allem, was geschehen war, eine ungeheure Anziehung zwischen ihnen bestand.

Wie sehr sein Empfinden zutraf, erfuhr Brandl, als Tanja ihn nach dem Schwimmen mit zu sich nahm. Die Freude überwältigte ihn beinah: Das Eisregen-Poster mit dem gefesselten Mädchen hing über ihrem Bett! O Tanja. Sie hatte ihn nicht vergessen. Sie erinnerte sich daran, wie schön es war. Sie liebte ihn noch immer.

Sie hatten tollen Sex in dieser Nacht, und er wusste, dass Tanja ihn genauso genoss wie er. Es war wieder wie früher. »Mein Herz voll Glut, nach dir es schreit …«

Sie meldeten sich krank und verbrachten zwei ganze Tage in ihrer Wohnung. Am dritten Morgen, kurz bevor er aufbrach, vereinbarten sie, sich am nächsten Abend zu treffen. Großartig. Sie hatten wieder eine Beziehung.

Und eben diese Beziehung, meinte Tanja unvermittelt, müssten sie von nun an geheim halten.

Brandl war erst einmal baff. Geheim halten? Das meinte sie doch nicht im Ernst. Er fragte, wie sie sich das vorstelle.

»Na ganz einfach«, antwortete sie. »Wenn du in den Supermarkt kommst oder wir uns zufällig irgendwo begegnen, tust so, als ob du mich nicht kennst.«

»Das ist unmöglich!«, rief er aus.

Sie zuckte die Achseln. »Du red'st mich nicht an.«

»Aber wieso?«

»Weil ich nicht will, dass die Leut' es wissen.«

Die Leut'. »Deine Mutter?«

»Zum Beispiel.«

Verflucht! Diese Rita. »Setzt sie dich unter Druck?«

»Nein. Sie macht sich halt Sorgen.«

Sorgen. Wahrscheinlich erpresste sie Tanja mit irgendwelchen Geschenken, die sie nicht kriegen würde, wenn sie sich weiterhin mit ihm traf. Würde ihre Mutter denn immer zwischen ihnen stehen? »Und wenn ich dich doch anred'?«

»Dann lass' ich dich das nächste Mal im Suff verrecken.« Lächelnd verzog sie den Mund.

»Aber –«

»So oder gar net«, fiel sie ihm ins Wort.

Und weil er sie unter keinen Umständen wieder verlieren wollte, fügte er sich.

Tatsächlich traf er sie einmal zufällig in der Pizzeria. Sie war mit ihrer Cousine dort, und er trank nach der Arbeit mit einem Kumpel ein paar Bier. Obwohl er unsäglich litt, verhielt er sich genau so, wie sie ihm befohlen hatte. Ja – befohlen, dachte er verzweifelt. Wegen ihr machte er sich noch zum kompletten Idioten.

Irgendwann hielt er es nicht mehr aus und schielte dann doch zu ihr hinüber. Was er sah, steigerte sein Elend ins Unermessliche. Die beiden Mädchen steckten die Köpfe zusammen und tuschelten. Dann schaute die Cousine verschämt zu ihm herüber und beide, sie und Tanja, lachten. Lachten über ihn. Es war demütigend.

Sein Kumpel bemerkte es natürlich auch. Er räusperte sich betreten und fragte, ob das nicht Tanja sei – Tanja, seine Freundin.

Brandl spülte seinen Groll mit einem kräftigen Schluck Bier hinunter. »Ex-Freundin«, verbesserte er. »Seit zwei Monaten Ex.«

Worauf sein Kumpel meinte: »Weiber. Ist eh besser so, wenn 's d' mich fragst.«

Damit war das Thema erledigt.

Ein paar Stunden später lag Tanja in seinem Bett, als wäre nichts passiert. Brandls Unmut verlagerte sich ins Körperliche, was sie nicht zu stören schien. Voll Widerwillen ließ er von ihr ab. Wie konnte es werden wie früher? Es gab keine Vertrautheit mehr zwischen ihnen. Nur noch Argwohn und Schmerz, Diskussionen und Spinnereien.

Oder war es etwa keine Spinnerei, dass sie sich einbildete, sie dürften ihre Beziehung unter keinen Umständen publik machen? Er hasste sie dafür. Ach, wie er sie hasste.

Und wie er sie liebte! Er konnte einfach nicht von ihr lassen, auch wenn sie ihn noch so sehr erniedrigte. Er könnte am Boden liegen und sie ihn, Brandl, mit Stiefelabsätzen treten, er würde es hinnehmen. Es hinnehmen müssen. Es sei denn –

Als Tanja gegen Mitternacht ging, stellte er die Stereoanlage an. Wie gut ihm die Musik tat. Sie war tröstend. Sie stärkte ihn. »Augen voller Anklage, überkochende Agonie / Zuckende Glieder, Rinnsale von Blut, Katatonie …«

Wie Recht die »Blutkehle« hatte. Es war – die Lösung.

Es dauerte einige Zeit, bis er den Mut dazu aufbrachte. Die nächsten sechs Wochen vergingen damit, dass Brandl und Tanja sich abwechselnd stritten und wieder versöhnten. Jedes Mal, wenn er das Gespräch auf die vertrackte Heimlichtuerei brachte, wies sie ihn zurück. Sie kündigte ihm sogar per SMS die Beziehung auf. Tippte klipp und klar: »Ich komme nicht mehr. Behalt meine Sachen.«

Da blieb ihm nichts anderes übrig, als zu ihr zu kommen und ihr die Sachen zu bringen. Und kaum sahen sie sich, fielen sie in wilder Lust übereinander her.

Die letzten vier Julitage hatten beide sich frei genommen. Sie streiften tagsüber durch die Gegend, fuhren zum Teich und rauchten abends Joints. Sie schliefen in Brandls Wohnung, oder besser gesagt: Tanja schlief, und Brandl beobachtete sie. Er betrachtete ihre Brüste, die sich in gleichmäßigem Takt hoben und senkten, und dachte an die Rasierklinge. Sein Blick schweifte über ihren Nabel zu ihrer Scham, und er dachte an das Tranchiermesser. Allein die Gedanken beruhigten ihn. Irgendwann schlief er, von Alkohol und Haschisch benebelt, ein.

Es war noch nicht hell, als das Schrillen seines Handys ihn weckte. Er brauchte eine Weile, bis er begriff, dass das Bett neben ihm leer war.

Als er die Annahmetaste drückte, hörte er Tanjas Stimme. »Was ist? – Fahren wir zum Teich?«

»Jetzt?«, fragte Brandl, noch ganz benommen. »Wie spät ist es?«

»Vier.«

Er fluchte leise.

Aber bitte, Planschen bei Sonnenaufgang – warum nicht? Tanja war immer für eine Überraschung gut. Er zog sich an und stand schon unten an der Haustür, als der Fiesta um die Ecke bog. Während der Fahrt fiel ihm auf, dass Tanja ziemlich betrunken war, er sagte aber nichts. Seltsamerweise wollte sie dann beim Teich gar nicht ins Wasser. Sie blieben im Auto sitzen und drehten sich einen Joint.

Dann ging die Debatte wieder los: Geheimhalten? – Auf jeden Fall! Warum nicht offiziell? – Kommt gar nicht in Frage. Heiraten? – Spott.

Völlig entnervt landeten sie gegen halb acht in einer Bäckerei, wo Tanja Frühstück besorgte. Wenig später, in ihrer Wohnung, brachte er keinen Bissen hinunter. Dafür war er anschließend im Bett umso gieriger. So begierig, dass er ein zweites Mal mit ihr schlafen wollte. Doch Tanja drehte sich von ihm weg und rollte sich wie ein Embryo ein.

Sie sah so kokett aus, mit nichts als dem schwarzen Träger-Shirt am Leib. Er kletterte über sie hinweg, setzte sich neben sie auf die Bettkante und begann ihre Wange zu streicheln.

»Lass mich in Ruh'«, sagte sie.

Er bedeckte ihren Arm mit Küssen.

Sie stieß ihn weg und fauchte: »Ich will jetzt schlafen!«

Lächelnd beugte er sich über sie und flüsterte ihr jene Schweinereien ins Ohr, die sie sonst so scharfmachten.

Da stieß sie mit einem tiefen Grunzen hervor: »Wenn 's d' deppert bist, stech' ich dich ab!«

Er wusste nicht, was ihn härter traf – der gefühllose Ton oder die Bemerkung an sich. Er versuchte sich einzureden, dass ihre Gespräche ja oft auf diesem Niveau abliefen und er die Äußerung nicht ernst zu nehmen brauche. Doch dann hob Tanja lethargisch die Hand, und ihr Zeigefinger wies für den Bruchteil einer Sekunde auf ihre schwarze Tasche, die auf dem Boden lag.

Es war eine solch matte Geste, die Brandls Augenlider schwer werden ließ. Sein Blick senkte sich auf die Tasche, und seine

Fingerkuppen trippelten über das Kunstleder. Dann glitten die Finger unter die Klappe, lösten den Druckknopf, forschten im Inneren. Und da war es, das Butterfly-Messer, das er ihr geschenkt hatte.

Hart und tröstlich lag es in seiner Hand. Brandl zog es heraus und betätigte den Klappmechanismus. Tanja lag jetzt schlafend in Seitenlage, ihm den Rücken zugewandt. Brandl setzte sich auf sie, fasste an ihr Kinn und hob ihren Kopf leicht an. Weil es eine rituelle Handlung war, die er nun ausführte, sprach er die Worte laut und deutlich: »Bye-bye, Baby!«

Seine Fingerknöchel traten weiß hervor, so fest umklammerte er das Messer, als er Tanja in den Hals stach. Sie röchelte. Schreien konnte sie nicht mehr. Sie schlug mit Armen und Beinen um sich, so dass er das Gleichgewicht verlor und sie beide aus dem Bett fielen. Blut spritzte in Brandls Gesicht. Er leckte an seinen Lippen. »Zerstückelte Leiber pflastern meine Wege / Zeugen vom Tod, den ich euch gebe ...«

Tanja hörte auf, sich zu wehren. Nachdem er die Steppdecke über ihren regungslosen Körper gebreitet hatte, blieb Brandl eine Weile neben ihr sitzen. Dann fiel sein Blick auf das Poster über dem Bett – Eisregen, das gefesselte Mädchen. Er sprang auf und riss es von der Wand. Auf dem Nachtkästchen lag ein Kugelschreiber, und Martin Brandl quetschte die Mine mit aller Kraft ins Papier, als er auf die Rückseite des Posters schrieb: »Rita, du Schlampe, ich habe gewonnen – Sieg heil!«

~

Der Wiener Gerichtsmediziner Professor Christian Reiter führte den Lokalaugenschein und die Obduktion von Tanja Kolleritsch durch. Er erinnert sich: »Der Täter rammte das Messer, dessen Klinge 13 Zentimeter lang war, so tief in die rechte Halsseite, dass es auf der linken Seite fast wieder herauskam. Man sah das auch äußerlich an Blutunterlaufungen. Es war beinahe wie ein Hammelstich in der Schlächterei: Traditionell schächtet man einen Schafsbock, indem man seitlich neben der Halswirbelsäule durchsticht, dann das Messer um 90 Grad dreht und es nach vorne durchzieht. – Ein Exekutionsschnitt.«

»Es fanden sich noch weitere Stichmale am Hals«, erläutert Reiter. »Der Täter sagte, er könne sich nicht erinnern, ob er nur einmal oder öfters zugestochen habe. Er ließ überhaupt vieles im Unklaren. Es gab ja nur zwei Leute, die bei der Tat anwesend waren, und das Opfer kann nichts mehr sagen.«

Brandls anschließende Selbstmordversuche waren unzureichend. Er versuchte sich durch Stromschläge in der Badewanne, Erhängen mit einem Elektrokabel und Zufügen von Schnittverletzungen an den Unterarmen und am Hals umzubringen. Etwa zwei Stunden nach dem Mord zeigte er sich selbst telefonisch bei der Gendarmerie an.

»In der Verhandlung wollte er auf Zurechnungsunfähigkeit wegen Cannabiskonsums plädieren«, sagt Professor Reiter. Das Gericht folgte dieser Argumentation jedoch nicht. Zu Recht, wie Reiter meint. »Ich hatte nicht den Eindruck, dass bei Brandl einerseits eine Geisteskrankheit und andererseits eine volle Berauschung vorlagen. Er schilderte seine Beziehung zu Tanja detailreich und reagierte auf Fragen stimmig. Beim Mord selbst wusste er genau, was vor sich ging. Ich denke, er hat aus falschem Stolz heraus reagiert: Sie wollte kein zweites Mal mit ihm schlafen – das konnte er sich nicht bieten lassen. Auch führte er nach der Tat keine Erste-Hilfe-Maßnahmen durch, denn ihm war bewusst, dass Tanja solche Stiche nicht überleben wird.«

Der Gerichtsmediziner hält die Tat jedoch für emotionell kaum einfühlbar. »Es war eine völlig neurotische Reaktion. Man kann es eigentlich fast nicht nachvollziehen – Tanja hat ihn ja nicht sekkiert, sodass ein Ausrasten seinerseits verständlich gewesen wäre. Während des Verfahrens hab' ich immer wieder gedacht: Was sollte das alles?«

Professor Reiter kommt zu dem Schluss, dass der langjährige Drogenkonsum Brandls Denken und Handeln beeinflusst hat. Der Hauptinhaltsstoff von Haschisch, das Tetrahydrocannabinol (THC), stört im Gehirn das Gleichgewicht des Botenstoffs Dopamin, der für Stimmungslagen verantwortlich ist. »Wenn Haschisch zu oft genommen wird, kann es bei manchen Leuten Persönlichkeitsveränderungen bewirken.«

Das gilt speziell für Menschen in der Pubertät oder im jungen Erwachsenenalter, wie eine 2004 im British Medical Journal veröffentlichte Studie der Maastricht Universität belegt. Diese und andere wissenschaftliche Untersuchungen zeigen auf, dass bereits moderater Cannabis-Konsum die Symptome vorhandener psychischer Erkrankungen deutlich verstärken kann. Außerdem steht die Droge im Verdacht, bei dafür veranlagten Menschen eine latente Psychose zu begünstigen sowie geheilte Psychosen erneut auszulösen.

Besonders trifft das auf das so genannte Borderline-Syndrom zu, eine Störung an der Grenzlinie zwischen Neurose und Psychose. Die Betroffenen leiden unter häufigen Stimmungsschwankungen und neigen dazu, Impulse ohne Berücksichtigung der Konsequenzen auszuagieren. Ihre Ausbrüche intensiven Ärgers können zu explosivem, mitunter gewalttätigem Verhalten führen. Zudem sind Selbstbild und Zielvorstellungen unklar und gestört.

Hat Brandls ehemaliger Mofa-Unfall eine Hirnverletzung und somit eine Störung seiner Persönlichkeit ausgelöst? Wie sehr hat der langjährige, übermäßige Cannabis-Gebrauch seinen Charakter gewandelt? Trug seine Vorliebe für jugendgefährdende Medien Mitschuld am gewaltsamen Tod von Tanja Kolleritsch? – Fragen, die nicht geklärt werden können. Das Mordmotiv wird wohl für immer im Dunkeln bleiben, denn auch Martin Brandl selbst versteht seine Tat nicht.

Allerdings verurteilte das Gericht Brandl nicht wegen Mordes, sondern wegen Totschlags zu neun Jahren Haft. In Paragraf 76 des Strafgesetzbuches heißt es dazu: »Wer sich in einer allgemein begreiflichen heftigen Gemütsbewegung dazu hinreißen lässt, einen anderen zu töten, ist mit Freiheitsstrafe von fünf bis zu zehn Jahren zu bestrafen.« Später versuchte Brandl eine Wiederaufnahme des Verfahrens zu erreichen. Sein Antrag wurde jedoch vom Gericht abgewiesen.

# MADAME GARROTTE
## oder
## Komm, stirb für mich!

*Im letzten Winter des zweiten Millenniums schlug das Wetter in Österreich Kapriolen. In den westlichen Bundesländern beklagte man die schwersten Lawinenabgänge seit Jahrzehnten, 31 Menschen fanden im Tiroler Skiort Galtür unter den Schneemassen den Tod. Dagegen herrschten im Wiener Raum wochenlang frühlingshafte Temperaturen. Im März wehte nur schwacher Wind, es gab kaum noch Nachtfrost, und tagsüber ließ die Sonne die Thermometer auf bis zu 20 Grad Celsius klettern. Hervorragende Witterungsbedingungen für Wien-Touristen – aber auch für jene Mörderinnen und Mörder, die ihre Opfer im Erdboden verschwinden lassen.*

Diplom-Ingenieur Kurt Lothaller verschwand Ende Februar. Zumindest nahm man das an. Am 17. telefonierte er zum letzten Mal mit seiner Mutter in Bregenz. Sie war an die 90, und Lothaller, der in Wien wohnte, rief sie fast jede Woche an. Als er sich am 28. Februar nicht meldete, wurde die alte Dame nervös. Tochter und Schwiegersohn zerstreuten vorerst ihre Sorgen: Schon richtig, Kurt rief sie fast jede Woche an, aber eben nur fast.

Die ersten Märztage vergingen, ohne dass Lothaller seine Verwandten in Vorarlberg kontaktierte. Dummerweise besaß er kein Festnetz-Telefon, und das Handy, das sie ihm zu Weihnachten geschenkt hatten, schien er wieder einmal verlegt zu haben. Lothaller war nicht mehr der Jüngste – Mitte sechzig –, was aber noch lange kein Grund war, sich derart schusselig zu benehmen. Das Ganze kam daher, weil Kurt zu tief ins Glas schaute, mutmaßte sein Schwager. Er verstand die Besorgtheit der Mutter: Lothaller war seit dem Freitod seiner Tochter ein gebrochener Mann. Und dann hatte auch noch seine Frau sich von ihm scheiden lassen. Würde er sich eines Tages selbst etwas antun?

Wer Lothaller nur oberflächlich kannte, bemerkte von seinem Kummer nichts. Die meisten sahen in ihm wohl lediglich den allein stehenden Herrn aus Wohnung 14 in der Sigismundgasse 58. Manche erinnerten sich vielleicht noch, dass er sich einst als Architekt einen Namen gemacht hatte. Sie vermuteten zu Recht, dass er über eine beachtliche Rente und nennenswerte Rücklagen verfügte. Aber das war 's dann schon. Enge Freunde hatte Lothaller nicht. Niemandem, so dachte sein Schwager, war daran gelegen, hinter die Fassade zu schauen.

In diesem Punkt irrte der Schwager. Ende März wurde auch er nervös. Er erstattete Anzeige bei der Bregenzer Polizei, die den Sachverhalt an das zuständige Bezirkskommissariat in Wien weiterleitete.

Kriminalbeamte hielten Nachschau in der Wohnung des Abgängigen. Sie fanden auf dem Wohnzimmertisch eine Schreibmaschine. Daneben lagen, aufgefächert wie Poker-Karten, einige Dokumente. Das oberste Schriftstück war ein Abschiedsbrief, der jedoch nicht von Lothaller stammte, sondern von dessen Tochter. War er ihr in den Tod gefolgt?

Der Abschiedsbrief lag da wie auf dem Präsentierteller. Er roch förmlich nach bewusst gelegter, falscher Spur. Von Lothaller selbst hingegen gab es keine Spur. Nichts, das auf seinen Aufenthaltsort hingewiesen hätte.

In den nächsten Wochen tat man, was in solchen Fällen zu tun ist: die Nachbarn befragen, das Umfeld erkunden, die Personenbeschreibung des Abgängigen mit den Merkmalen von nicht identifizierten Leichen vergleichen. Man fand keine Übereinstimmung.

Bemerkenswert war, dass auch Lothallers hellblaues Chrysler-Cabriolet verschwunden war. Der Wagen war davor auf einem Parkplatz direkt unter den Wohnzimmerfenstern gestanden – wochenlang, wie mehrere Nachbarn versicherten. Nein, ungewöhnlich fanden sie das nicht, denn Lothaller sei ja meistens mit dem Taxi gefahren. Überhaupt sah man ihn selten. Er war schlecht zu Fuß, er hinkte ein wenig. Ob er eine Hilfe hatte, eine Haushälterin?

»Ja, jetzt wo Sie 's sagen, fällt 's mir wieder ein. Seit kurzem hat er eine. Brünett ist sie, glaub' ich, und nicht mehr ganz jung. Nein, wie sie heißt, weiß ich nicht.«

»Und wie oft kommt sie zu ihm?«

»Das weiß ich auch nicht. Sicher nicht jeden Tag. Und in letzter Zeit gar nimmer.«

Ansonsten grüße Lothaller höflich, lächle verhalten, habe auch das eine oder andere freundliche Wort parat. Aber wie gesagt – er führe ein sehr zurückgezogenes Leben.

Die Kellnerinnen und die Stammgäste in den Wirtshäusern, die Lothaller besuchte, stießen ins selbe Horn: Hin und wieder gab es einen kurzen, belanglosen Plausch. Er sei eher der Typ, der seinen Kummer ertränke. »Dass er Kummer hat, das sieht man ihm schon an«, sagte eine Kellnerin. Seine Zeche bezahle er immer, mit dem Trinkgeld sei er recht großzügig. »Und wenn er ein paar Vierteln über den Durst getrunken hat, dann hat er sich ein Taxi gerufen – von hier aus.« Sie deutete auf das Telefon an der Theke.

Von ebendort mischte sich jetzt ein nicht mehr ganz nüchterner Mann ein. »Ich sag' dann immer: ›Jetzt kommt glei' wieder dei' Haus- und Hof-Chauffeurin‹. Wissen S', Herr Inspektor, damit zieh' ich ihn a bisserl auf.«

»Wieso – kommt denn immer dieselbe Taxlerin?«

»Ja, freilich. Schon seit Wochen. Halt bevor er verschwunden ist.«

Dieser Hinweis war bedeutend, weil alle bisher Befragten Lothaller nicht näher kannten und ihn nach Mitte Februar nicht mehr gesehen hatten. Vielleicht konnte diese Taxilenkerin genauere Auskünfte geben. Oder die Haushälterin. In jedem Fall mussten beide Frauen ausgeforscht werden. Dabei erlebten die Kriminalisten des Wiener Bezirkskommissariats eine kleine Überraschung: Haushaltshilfe und Taxifahrerin entpuppten sich als ein und dieselbe Person.

## Anfang Dezember

Geld hatte im Leben der Jutta Silenko schon immer eine große Rolle gespielt, das heißt: der Mangel an Geld. So steckte sie auch in finanziellen Nöten, als sie Kurt Lothaller zum ersten Mal vom Gasthaus »Zum Alten Fuchs« abholte.

Vor einigen Monaten hatten Jutta und ihr Mann Günter das kleine Kleidergeschäft am Praterstern schließen müssen. Längst war es unrentabel geworden. Die Leute rannten ja heutzutage alle zu H&M, C&A oder wie immer diese internationalen Großkonzerne heißen, deren zwei Buchstaben sich wie Vampirzähne ins Textilgewerbe bohren und ihm den Saft aus den Adern saugen.

Mehr schlecht als recht hatten Günter und sie sich durch flaue Konjunkturen laviert, es anfangs mit einem Sportartikelhandel versucht, womit sie auf die Nase gefallen waren. Dann das Kleidergeschäft – heimische Markenware. Wieder Fehlanzeige. Günter fing an, nebenbei Taxi zu fahren, aber es reichte nicht, denn sie hatten vier Kinder durchzubringen. Gut, die zwei älteren waren nun schon ausgezogen, doch die beiden Nachzügler kamen in ein Alter, in dem eine Schüssel Cornflakes zum Frühstück und ein Berg Spaghetti zum Abendessen nicht mehr reichen. Abgesehen von Diesel Jeans und Hilfiger Sweatern brauchten sie eine Ausbildung.

Also meldete Günter Konkurs an, sie übersiedelten. Jutta nahm die mit der billigeren Wohnung verbundene Tätigkeit als Hausmeisterin an. Das Finanzamt hatte sich nach zähem Kampf gnädig gezeigt, aber die 30.000 Euro Schulden bei der Sozialversicherung hingen ihnen noch immer nach. Ganz zu schweigen von den anderen Verbindlichkeiten, an die Jutta lieber nicht dachte. Doch dann, vor zwei Monaten, hatte sie sich überlegt: Warum sollte nicht auch sie Taxi fahren?

Sie war zu dem Fuhrpark gegangen, für den Günter arbeitete, und die hatten ihr gleich einen Wagen gegeben. Also fuhren sie jetzt beide praktisch rund um die Uhr, hielten sich mit literweise Kaffee wach und sahen sich gerade einmal zum Frühstück, denn die wenigen Stunden, die sie unruhig schlafend nebeneinander im Bett lagen, konnte man kaum als »sehen« bezeichnen. Dem Eheleben war das viele Taxi fahren zwar nicht zuträglich, es gab Jutta allerdings genau den Freiraum, den sie so dringend wie Kaffee benötigte. Und was Milch und Honig betraf, auch die würden bald fließen, davon war sie überzeugt.

An jenem Abend Anfang Dezember funkte der Mann in der Zentrale Jutta gegen 23.00 Uhr an, und weil sie gerade ein beschwipstes Ehepaar vom Heurigen in Nussdorf in die Stadionstraße gefahren hatte, konnte sie innerhalb kürzester Zeit bei der Gastwirtschaft »Zum Alten Fuchs« sein.

Der Mann dort hatte einen ziemlichen Zacken in der Krone. Jutta half ihm auf die Rückbank, aber das war gar nicht so einfach, denn er war an die 1,90 Meter groß, hatte einen kräftigen Knochenbau und ein steifes Bein. Was Jutta außerdem sofort auffiel, war der weiche Kaschmir-Wollstoff seines Mantels und das Etikett des dazupassenden Schals – großes englisches Karo –, den der Mann verdreht um den Hals geschlungen hatte. Er bedankte sich und nannte ihr, als sie hinterm Lenkrad saß, seine Adresse: Sigismundgasse 58.

Natürlich schoss ihr gleich der Operettenschlager durch den Kopf: Was kann der Sigismund dafür, dass er so schön ist ... Verstohlen blickte sie in den Rückspiegel.

Er lächelte. »Ich weiß schon, was Sie jetzt denken«, bemerkte er, wobei er sich bei den S-Lauten ein wenig verhaspelte. »'s is' nicht das erste Mal, dass einer mir das Lied vorsingt, wenn ich ihm meine Adresse sag'.«

Jutta sang nicht. Stattdessen fragte sie: »Was sind Sie – ein Hoher von der Staatspolizei oder General beim Bundesheer?«

Diese Vorstellung gefiel ihm offenbar, denn er lachte. Dann sah er aus dem Seitenfenster. Sekunden verstrichen. »Baubranche«, sagte er. »Aber das war einmal.«

*Aber das war einmal.* In diesen vier Worten lag unverkennbar Weltschmerz. Genug Weltschmerz jedenfalls für Jutta, die mit einem Schlag das Unglück und die Einsamkeit dieses Mannes wahrnahm. Er rührte ihr Herz. Zweifellos spielte bei ihrer plötzlichen Rührseligkeit auch sein gediegenes Äußeres eine Rolle. Einen solchen Mantel gab es schließlich nicht bei C&A zu kaufen. Da ihr Fahrgast mit dem Trinkgeld nicht geizte und sie generell hilfsbereit war – immerhin hatte sie vier Kinder groß gezogen und zupacken gelernt –, half sie ihm bis an die Haustür.

»Ich heiß' übrigens Kurt.« Er zeigte auf die Schilder der Gegensprechanlage. »Lothaller – da steht 's.«

»Freut mich. – Jutta Silenko.«

Umständlich kramte er nach seinen Schlüsseln und sperrte die Tür auf.

Da sah Jutta die Stufen, griff kurzerhand unter seinen Arm und hievte Lothaller die Treppe bis zum Fahrstuhl hinauf. »Sind Sie eigentlich öfters im ›Alten Fuchs‹?«

»Im ›Fuchs‹, im ›Ofenloch‹, bei der ›Zwölfer-Resl‹ und ein paar anderen Beisln.«

Sie musterte sein graues Haar, das sich flauschig über den Ohren lockte, und zwinkerte. »Wissen S' was, Silberfuchs: Dann rufen S' mich doch direkt an, wenn S' mich wieder einmal brauchen.« Sie notierte ihm ihre Handynummer.

»Wird gemacht.« Er lächelte. Doch sie nahm ihm den Zettel wieder aus der Hand, steckte ihn in die Brusttasche seines Burberry und klopfte leicht darauf. »Da ist er gut aufgehoben.«

»Jawohl, Frau Prinzipalin«, sagte er, bevor die Aufzugtür sich schloss.

## Mitte Dezember

»Frau Prinzipalin, ich brauch' Sie.«

Einige Tage nach ihrem ersten Zusammentreffen rief Lothaller sie nicht erst spätabends von einem der Gasthäuser an, sondern schon gegen 19.00 Uhr von zu Hause aus.

»Bin schon unterwegs.«

Er ließ sich zum »Ofenloch« chauffieren und meldete sich drei oder vier Stunden später wieder, damit sie ihn heimbringen konnte.

Sie erzählte Günter von ihrer Begegnung. Sie sagte ihm, dass sie einen alten Mann geführt hatte, der sehr einsam war und sich deshalb regelmäßig betrank, und dass dieser Mann allmählich ihr Stammgast wurde. Überhaupt entwickle sie sich zur regelrechten Expertin im Befördern von potenziellen Alkoholikern. »Tja, das ist nun einmal unser Hauptgeschäft«, meinte Günter.

Jutta hatte es sich angewöhnt, insbesondere dann, wenn Lothaller sich zwischen den Fahrten in einem der Gasthäuser betrank, ihren speziellen Freiraum auszunützen. Sie parkte das Taxi beim Messegelände, schaltete den Funk aus – Lothaller würde sich ohnehin direkt auf ihrem Handy melden – und ging die paar Schritte in den Prater.

Der Wiener Prater, konkret: der Wurstelprater, hatte Jutta schon als Kind fasziniert. Jener Vergnügungspark, in dem das erste Eisenbahnkarussell um 1850 von einem Herrn Calafati aus Triest eröffnet worden war und in dem man heute noch neben dem Euro mit dem Calafati-Schilling bezahlen kann – für Attraktionen wie den Watschenmann, das Kasperltheater, das Spiegelkabinett, die Liliputbahn, die Grottenbahn – und das Riesenrad, natürlich. Das Wahrzeichen Wiens, anlässlich der Weltausstellung im Jahre 1897 erbaut, perfekter Anfangspunkt einer Sightseeing-Tour, da jede Gondel am Zenit stehen bleibt und man einen wunderbaren Blick über die ganze Stadt genießen kann. Später hatte es die halbwüchsige Jutta mehr zu Hochschaubahn, Go-Kart und Autodrom gezogen, während nun die erwachsene Jutta derlei kindliche Vergnügungen links liegen ließ und sich schnurstracks den Spielhallen zuwandte.

Flirrende Lichter lockten sie an die Automaten. Sie wechselte ein Bündel Scheine in Münzen um, fütterte »Cinema« und »Blue Power«. Jedes Mal ein Irrsinns-Kick, wie Oliver und Seline, ihre beiden Jüngeren, gesagt hätten, ein Drei-Sekunden-Adrenalin-Schub, der ihr den Schweiß aus den Achselhöhlen trieb. Würde es ihr gelingen, den Jackpot zu knacken?

»Kein Glück heute?«, fragte der Mann am »Dublin« neben ihr.

»Noch nicht«, antwortete Jutta.

Von irgendwo weiter drüben erklang das Rasseln von Münzen. Jutta leckte sich die Lippen. Da schrillte ihr Handy. – Nicht jetzt, verflucht! Sie ignorierte das Schrillen, und es hörte auf. Sie wechselte an den »Mega Ocean«. Noch drei Spiele. Jetzt musste es ihr doch endlich gelingen! Tatsächlich spuckte der Automat ein paar Geldstücke aus, und Juttas feuchte Hände rafften sie zusammen. Bald würde sie es schaffen. Eine große Masse Geld! Und dann würden ihre Probleme sich in Luft auflösen.

Sie hatte alle Münzen verspielt, als das Handy erneut schrillte. Diesmal meldete sie sich. »Ja, ja – ich bin gleich da.« Sie bemerkte, wie gereizt sie klang, und bemühte sich um einen freundlicheren Ton. »Ich hab' nur einem Fahrgast geholfen.«

»Alles in Ordnung, Herr Lothaller?«, erkundigte sie sich wenige Minuten später mit beinah gelassener Stimme.

Er seufzte. »So weit 's halt in Ordnung sein kann.«

## Ende Jänner

Jutta rubbelte eingetrocknete Fettspritzer vom Ceran-Kochfeld. Die müssen mindestens vier Wochen alt sein, dachte sie. Wie kann man eine Küche nur so verkommen lassen? Eine so schöne noch dazu.

»Haben Sie irgendwo ein Cif?«

Lothaller überlegte. Er saß mit einer Flasche Whisky im Wohnzimmer und sah sich eine Folge von »Reich und schön« an. »Wenn, dann im Bad – im Kasterl unter dem Waschbecken.«

Unter dem Waschbecken. Ins Bad gehört ein Badreiniger, das Cif gehört unter die Abwasch in der Küche. Aber bitte. Es war sowieso keines da. »Was hat denn das hier verloren?« Jutta präsentierte Lothaller ein Handy. »Das ist unter dem Badezimmer-Kasterl gelegen.«

»Du meine Güte, das such' ich schon seit Tagen! 's is' mir anscheinend beim Ausziehen aus der Hosentasche gerutscht.«

»Wieso lassen Sie sich eigentlich kein Festnetz einleiten?«

»Das brauch' ich doch nicht. – Ich hab' ja Sie.« Sein Lächeln war entwaffnend.

Sie setzte sich neben ihn, und er strich ihr übers Haar.

Weshalb hätte sie sein Angebot denn nicht annehmen sollen? Nachdem sie Lothaller das fünfte oder sechste Mal ins Gasthaus geführt hatte, bat er sie, in seine Wohnung hinauf zu kommen. Ohne Umschweife hatte er gesagt: »Ich brauch' jemanden, der mir beim Putzen hilft. Zweimal in der Woche, für zehn Euro in der Stunde.«

Na, servus – recht fürstlich, dachte Jutta, wo er doch eine Slowakin für sechs oder sieben Euro bekommen konnte. Sie hatte Günter von Lothallers Angebot erzählt, und der hatte gemeint: »Mach es, wenn du willst.«

Sie wollte. Vor allem weil sie begriff, warum Lothaller keine Ausländerin engagierte: Es ging ihm genau genommen gar nicht ums Putzen, sondern um das Gespräch mit ihr. So hatte er sie zum Beispiel gebeten, gemeinsam mit ihm den Intarsienschrank im Wohnzimmer auszuräumen. An dem Möbel schien ihm viel zu liegen, es war offenbar antik – Jugendstil, wie Jutta zu erkennen glaubte. Lothaller bewahrte seine Dokumente in dem Schrank auf: Reisepass, Staatsbürgerschaftsnachweis, Fahrzeugpapiere und so weiter. Auf einmal hielt er ein abgegriffenes A4-Blatt in seinen Händen. Jutta fiel auf, dass etwas nicht stimmte. Wortlos reichte er ihr das Blatt. Es war der Abschiedsbrief seiner Tochter, seines einzigen Kindes.

Um Anteil zu zeigen, sagte Jutta: »Obwohl ich vier hab', könnt' ich nicht ertragen, wenn eins sich was antun würd'.«

Tränen traten in Lothallers Augen.

Sie musste ihn auf andere Gedanken bringen. »Ist schwierig, ihre Wünsche zu erfüllen. – Die der Kinder, mein' ich.«

Er nickte kaum merklich.

Jutta redete weiter, während sie die leere Lade auswischte und die Dokumente wieder hineinstapelte. »Wenigstens meine Älteste ist einigermaßen versorgt. Die Sabine hat das Haus von meinen Schwiegereltern im Weinviertel geerbt. Es ist zwar nur ein kleines, altes Bauernhaus in Mariabrunn, aber ich glaub', es würd' sich recht schön ausbauen lassen. Besonders, wenn das ein Fachmann in die Hand nimmt.«

»Ich kann 's mir ja einmal anschauen.« Lothaller hatte sich wieder gefasst.

»O, das wär' aber wirklich nett von Ihnen!«

Da hatte er ihr zum ersten Mal übers Haar gestrichen. Mehr ließ sie nicht zu, das hatte sie gleich klargestellt. Schließlich war sie verheiratet und nicht auf Sex mit einem Mann aus, der gut und gerne ihr Vater hätte sein können. Noch dazu mit so einem gehbehinderten Alten, der obendrein an Blasenschwäche litt und orthopädische Windeln trug, wie sie längst herausgefunden hatte. Eklig.

Jetzt, an dem Nachmittag Ende Jänner, schrubbte Jutta alle Töpfe in Lothallers Küchenschränken aus und kratzte angetrocknete Kartoffelpüree-Reste von einem Schneebesen. Ein hübsches Edelstahl-Ding, das schwer in der Hand lag. Wie schon ihre Mutter hatte Jutta ein Faible für Kochgeräte. Obwohl die Mutter sich jeden Groschen vom Mund hatte absparen müssen, kaufte sie sich immer wieder neue Siebe und Schöpflöffel und Schneebesen. Jutta durfte damit spielen, weil die Mutter wusste, dass das Kind die Küchenutensilien pfleglich behandelte. Es waren faszinierende Spiele gewesen – einfach nur das Ordnen der Größe und der Funktion nach; zu sehen, wie Werkzeuge den ganzen Tisch bedeckten und sich vorzustellen, wozu sie noch dienen konnten, wie sie sich zweckentfremden ließen.

»Das Putzen macht Ihnen ja wirklich Spaß.«

Jutta fuhr zusammen, als Lothaller plötzlich in der Tür erschien.

»Tut mir Leid, ich wollt' Sie nicht erschrecken. – Sie haben gelächelt.«

»Mir ist grad der Schlagobers-Quirl von meiner Mutter eingefallen. So ein Dings mit einer Kurbel auf der Seite, der letzte Schrei damals.«

»Wo einem gleich die ganze Hand abg'fallen ist, wenn das Schlagobers endlich steif war.«

»Genau.«

Sie lachten beide.

Es war immer wieder verblüffend, wie leicht Männer sich täuschen ließen. Ein bisschen Süßholz geraspelt, und schon waren sie blind für die Späne. Günter war genau so. Er schluckte jede ihrer Ausreden – Frettchen hat Fahrgast gebissen, hab' ihn verarztet und ins Spital gebracht –, wenn sie in Wahrheit im Prater gespielt hatte. Eine Frau durfte alles, nur nicht offen aufbegehren. Jutta wusste das instinktiv. Wäsche gebügelt, Wohnung sauber, Kinder still gehalten – Hauptsache, eine Frau funktionierte. Dann war alles in Ordnung. Und wenn es einmal eng wurde: bescheiden die Augen niederschlagen. Nur brav den Mund halten.

»Ich werd' bald ein paar Wochen wegfahren«, sagte Lothaller. »Einen Freund in Tirol besuchen, und dann zu meiner Mutter nach Bregenz. Soll eine Überraschung werden.«

»Da wird sie sich bestimmt freuen.«

Lothaller nickte. Er hielt Jutta ein Schlüsseltäschchen hin. »Ich möcht', dass Sie hier alles in Ordnung halten und jederzeit herein können.«

»Sind Sie sicher?«, fragte Jutta. »Ich mein', dass Sie mir den Schlüssel geben.«

»Soll ich ihn irgendeiner Slowakin geben, von der ich nicht einmal den Namen buchstabieren kann?«

Na, dachte Jutta, meinen Führerschein hast du auch nicht verlangt.

Lothaller ließ das Täschchen zwischen Daumen und Zeigefinger baumeln.

»Wie Sie wollen«, sagte Jutta und nahm den Schlüssel.

**Kriminalrätsel um Architekten – »Tochter« verkaufte vor vier Wochen das Auto des Vermissten.**

Unter dieser Schlagzeile berichtete die auflagenstärkste Tageszeitung des Landes erstmals Ende April vom Fall Kurt Lothaller. In dem Artikel hieß es: Am 25. März verkaufte eine etwa 50-jährige Frau das Fahrzeug des vermissten Mannes, ein hellblaues Chrysler-Cabriolet, an einen Autohändler in Niederösterreich. Die Frau gab sich dabei als Lothallers Tochter aus und kassierte 15.000 Euro für den Wagen. Am Ende des Berichts bat man um Hinweise an die Polizei.

Am nächsten Tag titelte dieselbe Zeitung: *Vermisster Architekt – 22.000 Euro sind weg!* Von Kurt Lothaller fehle seit 17. Februar jede

Spur, konnte man lesen. Jetzt habe sich heraus gestellt, dass eine Woche nach seinem Verschwinden 22.000 Euro von einem seiner Sparbücher behoben wurden. Ob jene Frau, die Lothallers Wagen verkaufte, auch das Geld abhob, sei ungeklärt. Ein Fahnder: »Die Überwachungskamera-Filme wurden mittlerweile wieder überspielt.« Es folgte abermals die Bitte um Hinweise an die Polizei.

Was beide Zeitungsartikel verschwiegen: Die Kriminalisten des Bezirkskommissariats hatten bereits seit Mitte April eine Verdächtige im Visier. Es war leicht gewesen, Jutta Silenko über Nachfragen in den Taxizentralen auszuforschen. In ihrer ersten Einvernahme gab Jutta an, Lothaller zuletzt am 11. März gesehen zu haben. Sie habe an diesem Tag, einem Donnerstag, Lothallers Wohnung gereinigt, wobei der Architekt ihr mitgeteilt habe, dass er am nächsten Tag zu einem Freund nach Tirol fahren und zirka einen Monat lang dort bleiben werde. Eine Woche später, am 18. März, wäre sie dann noch einmal zum Aufräumen in Lothallers Wohnung gewesen.

Besonders aufgeräumt kam den Kriminalbeamten die Wohnung nicht vor, konkret erregte ein Aschenbecher voll Zigarettenkippen ihr Misstrauen.

»Den hab' ich anscheinend übersehen«, meinte Jutta Silenko. Lothallers Wohnungsschlüssel befände sich nicht mehr in ihrem Besitz. »Ich hab' ihn auf die Truhe im Vorzimmer gelegt.«

Die Ermittler entgegneten, dass ein Wohnungsschlüssel nicht gefunden wurde.

»Dann hat ihn jemand anderer von dort weggenommen. – Oder ich hab' ihn verloren.«

Sehr dubios. Wie auch die Angelegenheit mit dem Sparbuch. »Ja, das ist schon richtig. Ich hab' am 24. Februar ein Sparbuch bei der Bank Austria eröffnet und 700 Euro eingezahlt.«

»Woher stammt dieses Geld?«

»Aus meinen Taxi-Einkünften.«

»Wieso haben Sie das Sparbuch bei der Bank Austria eröffnet?« Achselzucken. »Wieso hätt' ich nicht sollen?«

»Die Bank Austria ist Lothallers Bank, das wissen Sie doch.«

»Nein, das weiß ich nicht.«

»Aber Sie haben ihn doch öfters mit dem Taxi dorthin geführt.«

»Dass die Bank Austria Lothallers Bank ist, kann ich nur annehmen.«

»Warum haben Sie das Geld nicht auf eines Ihrer Sparbücher bei der Postsparkasse eingezahlt?«

»Weil ich von denen das Losungswort vergessen hab'.«

Kopfschütteln bei den Ermittlern. »Jetzt werd' ich Ihnen sagen, was sich abgespielt hat: Sie haben Lothallers Sparbuch abgeräumt, er ist Ihnen dahinter gekommen, und Sie haben ihn verschwinden lassen! – Was haben Sie mit Lothaller gemacht?«

»Nichts. Gar nichts. Ich kann nur immer wieder sagen: Ich hab' kein Geld von seinen Sparbüchern abgehoben. Ich weiß ja nicht einmal, dass er Sparbücher hat!«

Zu ihrer eigenen finanziellen Lage gab Jutta Silenko zu Protokoll: »Mein Mann und ich schulden der Sozialversicherung 30.000 Euro. Andere Verbindlichkeiten, etwa bei Banken oder privaten Kreditgebern, haben wir nicht.«

Den Abschiedsbrief seiner Tochter habe Lothaller ihr zwar einmal gezeigt, neben die Schreibmaschine auf den Wohnzimmertisch habe sie, Jutta, den Brief aber nicht gelegt. Nein, sie habe keine Ahnung, wie er dort hingekommen sei. Abschließend bekräftigte sie, dass sie zum Verbleib Kurt Lothallers keinerlei Angaben machen könne.

Die Ermittler wollten nun auch Günter Silenko befragen. Womöglich hatten die Eheleute gemeinsame Sache gemacht. Jutta erklärte jedoch, ihr Mann sei für einige Tage nach Deutschland gefahren.

Als die Fahnder trotzdem bei den Silenkos klingelten, öffnete der verdutzte Günter die Tür. Er sei nicht in Deutschland gewesen, sondern immer zu Hause beziehungsweise mit seinem Taxi unterwegs. »Warum meine Frau gelogen hat, kann ich mir gar nicht erklären. Vielleicht hängt 's mit ihrem Wesen zusammen: Sie versucht immer, alles Negative von mir und der Familie fernzuhalten.«

Er selbst kenne Kurt Lothaller nicht. Er wisse von ihm nur das Wenige, was Jutta erzählt habe: Dass sie den betrunkenen, alten Mann im Taxi geführt habe, er sie als Bedienerin engagiert habe und er ein Cabrio besäße, das er verkaufen wolle.

Hier hakten die Ermittler ein. Eine mit Kopftuch und Brille verkleidete Frau, deren Beschreibung auf Jutta Silenko passte, hatte ebendieses Cabrio für 15.000 Euro verkauft. Daraufhin Günter Silenko: »Dass sie das getan haben soll, versteh' ich überhaupt nicht. Mit unseren Taxifahrten verdienen wir doch ganz gut. Jutta hat auch nicht erwähnt, dass Sie sie verdächtigen.«

Den Beamten erschien der Ehemann glaubwürdig. Er war offenbar wirklich völlig ahnungslos. Die Ehefrau hingegen wurde erneut vorgeladen. Obwohl der Autohändler und dessen Mitarbeiter sie bei einer Gegenüberstellung wieder erkannten, leugnete Jutta Silenko unter Tränen jeden Zusammenhang mit dem Autodeal, der Sparbuch-Plünderung und dem Verschwinden Lothallers. Sie wisse doch gar nicht, wo Lothaller seine Fahrzeugpapiere aufbewahre. »Es muss sich um einen Irrtum handeln!«

Die Ermittler glaubten nicht an einen Irrtum, sondern an Berechnung. Diese Frau hatte sich vorsätzlich bei Lothaller eingeschmeichelt, um ihn systematisch auszurauben. Doch wie sollten die Polizisten ohne Leiche eine Mörderin überführen?

Der Verdacht des Raubmordes erhärtete sich, als die Beamten des Bezirkskommissariats von ihren Kollegen aus der Inneren Stadt von einem Zwischenfall erfuhren, der sich Anfang Jänner ereignet hatte: Eine alkoholisierte Frau hatte ihre Geldbörse in Jutta Silenkos Taxi verloren. Jutta hatte versucht, die in der Börse enthaltenen Pfandscheine einzulösen. Der Angestellte im Dorotheum war jedoch misstrauisch geworden, hatte die Polizei alarmiert, und Jutta hatte zugeben müssen, das Bargeld – immerhin 300 Euro –, das sich ebenfalls in der Börse befunden hatte, gestohlen zu haben.

Jutta war ganz geknickt ob dieses Vorfalls, oder vielmehr darüber, dass die Beamten ihn nun aufs Tapet brachten. Sie stritt weiterhin alles ab, was die Polizei ihr nicht nachgewiesen hatte. Der zuständige Staatsanwalt lehnte den Antrag auf Haft ab, bewilligte aber eine Hausdurchsuchung in der Wohnung der Silenkos, die ergebnislos verlief. Jutta blieb auf freiem Fuß.

Etwa zeitgleich mit den Zeitungsberichten Ende April sandte der Leiter des Bezirkskommissariats ein Fax an das Wiener Sicherheitsbüro. Dessen Leiter, Hofrat Franz Zeiler, fand die Umstände der Abgängigkeit Kurt Lothallers sehr bedenklich und forderte eine Aktenkopie an. Aus dieser ging hervor, dass bislang keine Spurensicherung in Lothallers Wohnung stattgefunden hatte. Zeiler rief im Bezirkskommissariat an. Der dortige Leiter bat, den Fall weiterbearbeiten zu dürfen. Er versicherte, er werde Silenko ein weiteres Mal vorladen, sie mit den Verdachtsmomenten konfrontieren und gegebenenfalls einen Haftbefehl gegen sie erwirken.

Doch auch dieser neuerliche Versuch schlug fehl. Ebenso waren durch die Veröffentlichung der Fahndungsfotos keine Hinweise zu Lothallers Verbleib eingelangt. Weil aus Sicht der übergeordneten Behörde eine Klärung durch das Bezirkskommissariat nicht zu erwarten war, übernahm Anfang Mai das Sicherheitsbüro, die heutige Kriminaldirektion 1, die Amtshandlung. Hofrat Zeiler betraute die Gruppe von Chefinspektor Walter Viscera, seine Spezialisten für heikle Fälle, mit den weiteren Erhebungen.

Da kam Bewegung in die Angelegenheit, denn Jutta Silenko wurde nun observiert.

## Mitte Mai

Der Frühling ist tückisch. Vor allem, wenn er zu lange dauert. Nach den Unannehmlichkeiten der vergangenen Wochen war es an der Zeit, wichtige Gartenarbeiten in Angriff zu nehmen. Jutta fuhr zum Baumarkt – im Privatwagen, dem familieneigenen Mercedes. Sie versuchte, die Peinlichkeiten zu verdrängen: den Chef des Fuhrparks, der ihr das Taxi weggenommen hatte, als er von der Sache mit den Pfandscheinen erfuhr. Natürlich hatten die Polizisten es ihm gesteckt, diese hartnäckigen Bezirksbeamten, die einige unschöne Tatsachen ans Tageslicht gebracht hatten.

Dann Sabines beschämende Mahnung: »Mama, hör auf, Geld zu verpulvern. Du musst zu einem Therapeuten!«

Dazu hatte Sabine ihr einen Ausdruck aus dem Internet unter die Nase gehalten, auf dem zu lesen war: 1991 hat die Weltgesundheitsorganisation (WHO) das pathologische Spielen in ihre

»Internationale Klassifikation Psychischer Störungen« aufgenommen. Spielsucht ist eine Krankheit, von der schätzungsweise ein halbes bis ein Prozent der Erwachsenen betroffen ist. Die Mehrzahl sind Männer, der Anteil der betroffenen Frauen steigt an.

Das ganze Pipapo. Wieso stand hier nicht, was sie neulich in der Zeitung gelesen hatte? Dass nämlich bis zu 80 Prozent der Österreicherinnen und Österreicher an den halbwöchentlichen Lottoziehungen teilnehmen. Waren die etwa alle spielsüchtig?

Aber für Sarkasmus war es zu spät. Viel zu spät.

Juttas Hand krampfte sich um den Zettel. Sie hätte ihn am liebsten in den Boden gestampft. Doch das hier war kein Geschwätz, es war die Wahrheit, schwarz auf weiß: Die vom Glücksspiel Abhängigen verlieren ihr Geld zumeist an Spielautomaten, aber auch beim Roulette und Black Jack sowie bei Pferdewetten. Für pathologische Spieler ist das Glücksspiel der zentrale Lebensinhalt, sie sind oft hoch verschuldet und geraten häufig in Konflikt mit dem Gesetz.

Ein Schrecken durchfuhr Jutta. – Was ahnte ihre Tochter?

Nichts. Nicht das Geringste ahnte Sabine. Sie wollte die 50.000 Euro zurück, die sie, Jutta, ihr mittlerweile schuldete. So tief war sie gesunken: eine Mutter, die ihr Kind in den Ruin trieb.

Scham und Verzweiflung hatten Jutta gepackt. Sie hätte Sabine gerne gesagt: »Mach dir keine Sorgen. Ich schaff' das schon.« Doch sie wusste, dass sie es nicht schaffen würde.

Schon am 25. März, als sie sich tatsächlich zum letzten Mal in Lothallers Wohnung aufgehalten hatte, war sie in Panik geraten. Sie hatte kurz das Gefühl gehabt, dass jemand anderer dort gewesen war. Dann hatte sie im Briefkasten die Post von Lothallers Freund und Lothallers Mutter gefunden: *Lieber Kurt, wir haben jetzt schon so lange nichts mehr von dir gehört …*

Die Gewissheit, dass Lothallers Verschwinden bald auffallen würde, hatte Jutta zur Besinnung gebracht. Was konnte ihr helfen? Was taten denn die abgebrühten, die ganz großen Gangster in so einem Fall? – Na klar, sie setzten sich ins Ausland ab! Nach Argentinien oder Bolivien. Südamerika war die Lösung. Aber wovon hätte sie denn ihre Flucht bezahlen sollen? Sie hatte ja kein Geld. Schon wieder dieses gottverfluchte Geld.

Da war ihr die Idee mit dem Autoverkauf gekommen. Die Fahrzeugpapiere des Chrysler und Lothallers Reisepass waren im Intarsienschrank schnell gefunden. Die Wagenschlüssel lagen im Vorzimmer. Ein bisschen Suchen im Telefonbuch nach geeigneten Autohändlern, ein paar Telefonate. Dann noch einen Kaufvertrag, auf Lothallers Schreibmaschine getippt, und seine Unterschrift gefälscht. Bingo.

Der eigentliche Deal war freilich schwieriger als die Vorbereitungen. Grell geschminkt und mit der Brille und dem alten Kopftuch aus Lothallers Kommode verkleidet, fuhr sie nach Niederösterreich. Ihre Nervosität hätte Jutta beinah einen Strich durch die Rechnung gemacht. Als der Autohändler sagte, es fehle etwas, wäre sie fast losgerannt. An den Papieren aber hatte er nichts zu beanstanden, auch nicht daran, dass die »Tochter« für den »alten, kranken Vater« gekommen war. Und dass sie wegen des Preises nicht verhandelt hatte, konnte ihm nur recht sein. Es fehlte lediglich der Schlüssel für den Benzintank. Dann solle er eben 500 Euro einbehalten, meinte Jutta generös, unterschrieb mit falschem Namen und streifte »nur« 14.500 Euro ein.

Auf der Heimfahrt mit der Bahn war sie zunächst überwältigt von ihrer Dreistigkeit gewesen. Doch hatten sie bald Zweifel wegen ihres Plans befallen. Die Flucht war ein völliger Blödsinn. Was sollte sie denn in Südamerika, sie sprach ja nicht ein Wort spanisch. Und wie hätte sie überhaupt Koffer packen sollen, ohne dass Günter und die Kinder es merkten?

Die Kinder. Wehmut überkam Jutta. Das konnte sie ihnen nicht antun. Nicht auch das noch. Du liebe Güte – sie hatte außerdem vergessen, ihre Fingerabdrücke in Lothallers Wagen wegzuwischen!

Es war also nur mehr eine Frage der Zeit. Eine Frage der Zeit, bis die Polizei ihr auf die Schliche kam.

Zu Hause verfiel Jutta in Lethargie. In jene grenzenlose Erschöpfung, die sie schon einmal erlebt hatte. Im Grunde war ihr immer klar gewesen: Ein solches Verbrechen, wie sie es begangen hatte, konnte nicht ungestraft bleiben. Früher oder später musste es entdeckt werden. Sie entschloss sich für später. Sie entschloss sich dazu, obwohl sie wusste, dass es kein Entrinnen gab. Leugnen lautete ihre

Devise. Nur nichts zugeben, was man ihr nicht nachweisen konnte. Lieber unternahm sie ausgedehnte Spaziergänge, alberte mit ihren beiden Jüngsten herum und fuhr mit Günter übers Wochenende an den Neusiedler See, wo sie ein kleines Kajütboot und einen alten Wohnwagen auf dem Campingplatz stehen hatten. Sie genoss jeden dieser Augenblicke so intensiv wie möglich. Natürlich fuhr sie auch in den Prater. Mein Gott, sie hatte 14.500 Euro in der Tasche! – In der Tasche gehabt.

Als dann die Polizisten gekommen waren und Jutta immer wieder verhört hatten, war ihr hartnäckiges Leugnen Ausdruck ihrer verzweifelten Versuche gewesen, den Tag ihrer Festnahme hinauszuschieben. Besser später als früher. Bis zum Schluss hatte Jutta die irreale Hoffnung, vielleicht doch nicht erwischt zu werden.

Sie wusste, dass das Ende nahte, als Sabine zur Vernehmung geladen wurde. Sabine konnte nicht lügen. Sie war nach Günter geraten. Es war klar, dass sie über ihre, Juttas, Schulden reden würde – über alle Schulden. Über ihre Rückstände bei der Sozialversicherung, ihre Verbindlichkeiten gegenüber Sabine, ihrer Ältesten, und Karin, ihrer Zweitältesten, ihre Verpflichtungen gegenüber dem Kredithai im Prater – von insgesamt 120.000 Euro Schulden. 120.000 Euro. Ein zwingenderes Motiv konnte es nicht geben.

Es war nur noch eine Frage von Stunden. Trotzdem kaufte Jutta am 10. Mai die Rasenziegel. Sie schleppte sie aus dem Baumarkt und lud sie in den Mercedes. Sie fuhr damit nach Mariabrunn, zu dem Bauernhaus, das Sabine von ihren Großeltern geerbt hatte. Dort verlegt Jutta 20 Quadratmeter Fertigrasen im Innenhof, fuhr nach Wien zurück und fiel müde ins Bett.

Am nächsten Vormittag standen zwei Kriminalbeamte, die sie noch nicht kannte, vor ihrer Wohnungstür.

»Frau Silenko, hier ist ein Hausdurchsuchungsbefehl. Kommen Sie, fahren wir!«

Im Wagen fragte Jutta: »Ich versteh' nicht. Wohin fahren wir?«

»Wohin sollen wir denn fahren?«, fragte der eine Beamte.

»Das weiß ich nicht.«

»Frau Silenko«, begann der andere, »wir haben Sie beobachtet. Sie haben gestern Rasenziegel gekauft. Wofür brauchen Sie die?«

»Die sind für unsere Parzelle beim Neusiedler See, für den Campingplatz, wo wir unsern Wohnwagen stehen haben«, log Jutta. Der Freiheitstrieb war einfach stärker als der Verstand.

»Dann sollen wir also jetzt zum Neusiedler See fahren?«, fragte wieder der erste Beamte.

Jutta schwieg.

»Ich glaub'«, sagte der zweite, »das können wir uns sparen. Der Hausdurchsuchungsbefehl ist für Mariabrunn.«

»Ein abgeschiedener Innenhof«, hieß es dann vor Ort. »Von außen kann man gar nicht hineinschauen.« Mauern, von denen der Putz abblätterte, umgaben den Hof. Links vegetierte eine krumme Tanne, rechts zwei zerzauste Thujen. Auf dem Traufenpflaster lagerten eine alte Kredenz, Holzbauteile, Autoreifen, mehrere Müllsäcke und Kartons.

»So ein schöner, neuer Rasen. Hätten Sie nicht vor dem Verlegen das Kramuri* wegräumen sollen?«

Jutta schwieg weiter.

»Frau Silenko, es ist jetzt aus mit dem Versteckspiel. Das ist Ernst. Was ist unter dem Rasen?«

Jutta zuckte die Schultern. »Erde.«

»Und was ist in der Erde?«

»Nichts. – Steine.«

Zwei uniformierte Polizisten kamen mit einem Schäferhund. »Such, Kira!" Aufgeregt schnuppernd lief die Hündin durch den Innenhof. Nach kaum einer Viertelstunde fing sie in der hinteren Ecke zwischen Terrasse und Fahrradschuppen zu bellen an.

»Frau Silenko, so legen Sie doch ein Geständnis ab. Das ist ein besonderer Milderungsgrund – nach Strafgesetzbuch Paragraf 34, Absatz 17.«

Jutta dachte nicht daran. Sie sah zu, wie die Polizisten eine Sonde in den Boden trieben, sie herauszogen, und der Hund, als er an der Probe schnupperte, erneut anschlug.

*Sonde zur Entnahme von Bodenproben.*

Die Kriminalbeamten brachten Jutta ins Haus. Sie fragten und fragten und redeten auf sie ein. Jutta blieb verstockt. Nach und nach hielten Autos vor dem Haus. Noch mehr Kriminalbeamte und uniformierte Gendarmen kamen. Schaulustige drängten sich auf der sonst verlassenen Dorfstraße. Im Innenhof wurden Anweisungen gerufen. Krampenschläge erschütterten die Wände und Scharrgeräusche drangen durch die Fenster. Dann wurde es ruhiger. Es schien, als würde jedem einzelnen der Atem stocken. Schließlich brachten die Beamten Jutta wieder nach draußen. Es war später Nachmittag, der Innenhof lag schon im Schatten. Eine große, zugeschlagene Plane bedeckte den hinteren Teil des zertrampelten Rasens, daneben standen einige Männer und eine Frau in weißen Schutzanzügen. Zwei Männer hoben die Plane in einen Metallsarg.

Juttas Blick fiel auf die tiefe, leere Grube vor dem Fahrradschuppen. Ihre Knie wankten. Ihre Stimme versagte. »Es tut mir Leid«, stieß sie heiser hervor, »so Leid. Ich hätt' ihn nie hierher bringen dürfen.«

Jedem war klar, dass mit »ihn« Kurt Lothaller gemeint war. Doch niemand verstand, was genau Jutta Silenko bedauerte: einen Mord oder ihren misslungenen Versuch, die Leiche verschwinden zu lassen.

*Leichensuchhündin Kira.*

Selbst die Gerichtsverhandlung konnte Jutta Silenkos Motive nicht restlos ergründen. Die Angeklagte gab sich äußerst wortkarg. »Sie hat auf Fragen nur sehr kurz geantwortet«, erinnert sich Gerichtsmedizinerin Marion Sankovich. »Man musste ihr die Fakten förmlich aus der Nase ziehen. Seltsamerweise sprach auch ihr Anwalt sehr wenig.«

Sankovich erfuhr gegen Mittag des 11. Mai vom verschwundenen Kurt Lothaller. Chefinspektor Viscera hatte in der Wiener Gerichtsmedizin angerufen und die Dienst habende Ärztin informiert, dass in Niederösterreich nach einer Leiche gegraben werde. Der Tote, sagte Viscera, liege vermutlich seit zwei Monaten im Erdgrab.

Knapp eine Stunde später trafen Sankovich und ihr Assistent in Mariabrunn ein. Die oberste Erdschicht hatte man bereits abgetragen. Nun wies Sankovich die Bestatter bei der weiteren Grabung an. »Die beiden Männer waren sehr kräftig. Aber selbst für sie war es Schwerstarbeit, denn der Boden war mit Steinen, Ziegeln und sogar Betonbrocken durchsetzt.«

Als Erstes kam ein Unterarm des Toten zum Vorschein. Sankovich und ihr Assistent übernahmen die Feingrabungen – anfangs mit Schaufeln, dann bürsteten sie das Erdreich und den Schutt vorsichtig mit ihren Händen weg.

*Die Ermittler stoßen auf einen Unterarm.*

Ihre Befunde sprach die Ärztin ins Diktafon: »Von der Bekleidung sind nur mehr Reste vorhanden. Den Textilien haftet ein intensiver Geruch nach flüssigen Brandbeschleunigern an.« Nach der Bergung der Leiche stellte Sankovich starke Fäulnisveränderungen sowie deutliche Spuren thermischer Einwirkung fest.

*Die Leiche liegt in einer Tiefe von 75 Zentimetern.*

Noch in den Abendstunden desselben Tages führte Doktor Sankovich im Wiener Institut für Gerichtliche Medizin die Obduktion durch. Die Körpermerkmale des Toten stimmten mit den Beschreibungen in der Vermisstenanzeige überein. Der Mann war zu Lebzeiten 1,88 Meter groß gewesen, wies im Lendenwirbelbereich zwei Operationsnarben auf und litt an einem Lungenemphysem sowie an einer Verkalkung der Herzkranzgefäße. Seine Leber war etwas faul und fett, was auf übermäßigen Alkoholkonsum hindeutete. Dass es sich um die Leiche Kurt Lothallers handelte, war zu diesem Zeitpunkt bereits mehr als wahrscheinlich.

Unter großen psychischen Qualen legte Jutta Silenko im Wiener Sicherheitsbüro ihr Geständnis ab: Sie sei, wie vereinbart, am 11. März gegen 10.00 Uhr in Lothallers Wohnung gekommen. »Er hat mich gebeten, nicht zu putzen, da er am nächsten Tag seine Reise nach Tirol antreten wollte. Ich hab' gesagt: ›Da bin ich aber froh, dass ich heute nicht arbeiten brauch', weil ich nach Mariabrunn fahren muss.‹ Lothaller wollte mit mir plaudern, und da er sich das Haus sowieso einmal anschauen wollte, hat er mich gebeten, ihn mitzunehmen.«

Unterwegs habe sie bei einem Supermarkt angehalten und Lothaller auf dessen Wunsch ein Flasche Whisky gekauft. Der Architekt sei zu diesem Zeitpunkt bereits leicht alkoholisiert gewesen. Im Haus in Mariabrunn habe er sich in den Polstersessel im Wohnzimmer gesetzt, Whisky getrunken und mit ihr geredet, während sie Staub wischte.

»Irgendwann hab' ich mich dann auf die Polsterbank neben ihn gesetzt, und er hat angefangen, mich am Kopf zu streicheln. Ich hab' gesagt, dass er aufhören soll, doch er begann, mich am Körper zu betasten und zog mich mit Gewalt zu sich herüber. Im folgenden Handgemenge wurde Lothaller auch verbal immer brutaler.« So massiv seien seine Angriffe gewesen, dass es ihr nicht gelungen sei, sich loszureißen. Da griff sie nach der Whisky-Flasche, die auf dem Tisch stand, und schlug Lothaller damit heftig und so oft auf den Kopf, bis das Glas zersprang.

Lothaller blutete stark. »Er gab kein Lebenszeichen mehr von sich, und in mir war nur mehr ein Gedanke: ›Ich muss ihn verschwinden lassen.‹«

*Reste der Glasflasche.*

»Damit ich sein Gesicht nicht mehr sehen musste, hab' ich ihm einen Plastiksack über den Kopf gestülpt. Plötzlich bekam ich Angst, dass er wieder aufwacht. Ich schnitt mit einer Schere das Elektrokabel einer Stehlampe ab und legte es ihm um den Hals.«

Und dann kamen die Küchenwerkzeuge zum Einsatz – jene faszinierenden Kochgeräte, die sich so herrlich zweckentfremden ließen.

Eine halbe Stunde lang saß Silenko nach dem Mord in ihrem Auto und überlegte, was sie nun tun sollte. Dann ging sie wieder ins Haus und schleifte den Toten an den Füßen mühsam bis zur Tür. Dort verließen sie ihre Kräfte. Sie deckte die Leiche mit einer alten Decke zu und fuhr nach Hause.

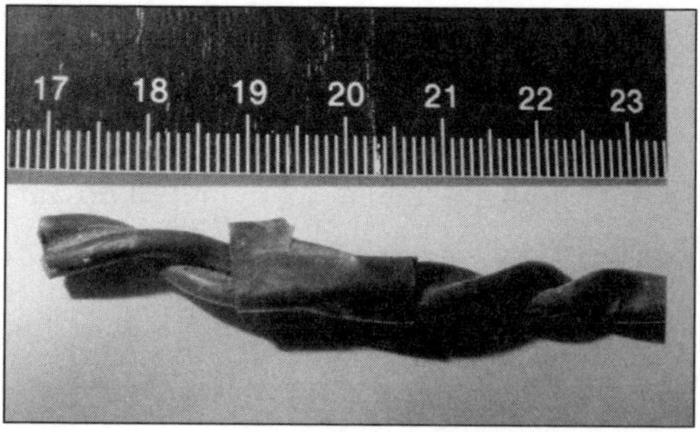


*Das Strangulierkabel.*

An den folgenden drei Tagen habe sie, Jutta Silenko, allein das Grab im Innenhof geschaufelt. Ihre völlige Erschöpfung fiel weder ihrem Mann noch ihren Kindern auf. Bevor sie die Grube zuschüttete, übergoss sie den Leichnam mit Benzin und zündete ihn an. Dabei versengte eine Stichflamme ihr die Haarspitzen. Silenko schnitt sich die Frisur anschließend selbst wieder zurecht. Lothallers Brieftasche, Papiere und Schlüssel sowie Teile seiner Kleidung entsorgte sie in einem Müllcontainer in Wien.

Später bat sie einen flüchtigen Bekannten, ihr im Garten zu helfen: Die Wiese müsse erneuert werden, sie gehöre umgestochen. Bei dieser Gelegenheit verlud der ahnungslose Mann auch die Polsterbank aus dem Wohnzimmer ins Auto. »Das Blut hab' ich vorher weggewaschen, aber es war noch nicht ganz fort. Deshalb hab' ich den Stoff mit blauem Farblack besprüht. Die Bank warf ich dann auf der Heimfahrt über eine Böschung neben der Autobahn.«

Das Möbel konnte sichergestellt und bei der Tatrekonstruktion verwendet werden. Doch die Ermittler zweifelten an Jutta Silenkos Version des Tathergangs. Hofrat Franz Zeiler meinte: »Theoretisch können wir nicht ausschließen, dass die Frau einen Komplizen hatte. Es ist durchaus denkbar, dass die Tat von langer Hand geplant worden ist. Das Grab des Architekten kann auch schon viel früher geschaufelt worden sein.«

Keiner der Kriminalisten traute Silenkos Motiv – der sexuellen Belästigung. Eher war man der Ansicht, dass die Glücksspielsüchtige Lothallers Sparbücher gestohlen hatte und er sterben musste, weil sie Angst vor einer Anzeige hatte. »Sie hat ihn unter dem Vorwand, architektonische Ratschläge zu benötigen, in das Haus gelockt und ihn dort vorsätzlich ermordet«, sagt Chefinspektor Viscera.

Auch Gerichtsmedizinerin Sankovich äußerte sich in der Gerichtsverhandlung zu Lothallers angeblicher Zudringlichkeit: »Es ist unwahrscheinlich, dass er zu derart massiven Angriffen, wie die Angeklagte sie schildert, in der Lage gewesen ist. Sein Gesundheitszustand war sehr schlecht, und außerdem war er, den Blutproben zufolge, bereits stark alkoholisiert.«

Bei der Obduktion stellte Sankovich fest, dass der Schädel des Toten keine Knochenfrakturen aufwies. Die Schläge mit der

Whiskyflasche hatten Lothaller lediglich bewusstlos gemacht. Sein Tod war durch Ersticken eingetreten, wie das gebrochene Zungenbeinhorn belegte.

»Jutta Silenko hätte, nachdem sie Lothaller bewusstlos geschlagen hatte, weglaufen und Hilfe holen können. Doch sie hat es nicht getan – weil sie den Mann töten wollte«, fasste der Staatsanwalt die Ansicht der Ermittler zusammen.

Die Geschworenen schlossen sich dieser Meinung an. Das Urteil lautete: 20 Jahre Haft.

## »Das kann sie nicht getan haben.«

Unter diesem Titel brachte die auflagenstärkste Zeitung des Landes ein Interview mit Günter Silenko. Seit der Festnahme seiner Frau ist der vierfache Familienvater ein gebrochener Mann, hieß es. »Ich kann nicht glauben, dass sie diesen gezielten Mord begangen hat. Unmöglich, das gibt es nicht. Ich kenne meine Frau seit 38 Jahren. Sie hat nicht einmal zuschauen können, wenn jemand eine Spritze bekommen hat.«

Und weiter: »Ich weiß, dass jetzt auf uns – meine ganze Familie und mich – eine schwere Zeit zukommt. Aber wir müssen diese Zeit überstehen, irgendwie durch sie durchtauchen.«

Ein Umstand, so der Artikel, traf Günter Silenko zutiefst im Herzen: Als er und die vier Kinder die Mutter im Gefängnis besuchen wollten, lehnte die Frau diesen Besuch ab. Sie wollte ihre Familie nicht mehr sehen.

»Sie war die beste Ehefrau und Mutter, die man sich vorstellen kann«, erzählte der Wiener unter Tränen den Zeitungsleuten. »Sie hat immer unsere Familie zusammengehalten, wusste für jedes Problem eine Lösung und half, wo sie nur konnte. Es waren diese tausend Kleinigkeiten, die Jutta zu einer außergewöhnlichen Frau machten.«

Es ist unbestritten: Jutta Silenko war außergewöhnlich – brutal. »Sie hat einen der grauenhaftesten Morde der letzten Jahre begangen«, sagt Doktor Marion Sankovich.

Für die Gerichtsmedizinerin ist der Fall auch in anderer Hinsicht einzigartig. »Die Mordmethode ist in Mitteleuropa noch nicht vorgekommen. Jedenfalls erwähnt die Fachliteratur es nicht. Jutta Silenko mordete mit einer Garrotte.«

Die Garrotte ist ein Halsring zur Hinrichtung. Mit dieser Würgeschraube wurde bis 1975 in Spanien die Todesstrafe vollstreckt – durch Trennung der Halswirbel mittels eines Schraubdorns. Die letzten Opfer dieser Hinrichtungsmethode, bei welcher der Tod in der Regel augenblicklich eintrat, waren der spanische Anarchist Puig Antich und der DDR-Flüchtling Georg Michael Welzel.

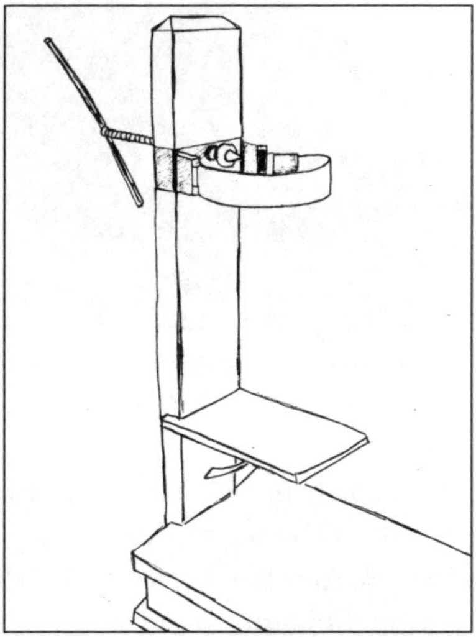

*Hinrichtungsstuhl mit Garrotte.*

In frühen Versionen der Garrotte allerdings legte der Henker dem Opfer von hinten eine Drahtschlinge um den Hals, die er mit Hilfe eines Stocks zudrehte. Das Opfer wurde dabei langsam erdrosselt – eine sehr grausame Tötungsart, die auch französische Kriminelle des 19. Jahrhunderts und die Cosa Nostra in Sizilien anwandte.

»Mit der Garrotte kann man einen Menschen von hinten strangulieren, ohne dass er Geräusche von sich geben kann«, erläutert Gerichtsmedizinerin Sankovich. Jutta Silenko benützte anstatt des Stocks einen Kochlöffel und einen Pfannenwender. »Einen Schmarrenschupfer, wie wir in Wien sagen.«

Für die mutmaßliche Tatzeit hatte Günter Silenko übrigens ein Alibi. Ob tatsächlich seine Frau Jutta die 22.000 Euro von Kurt Lothallers Sparbuch abgehoben hat, konnte nicht bewiesen werden. Sie selbst leugnete es beharrlich.

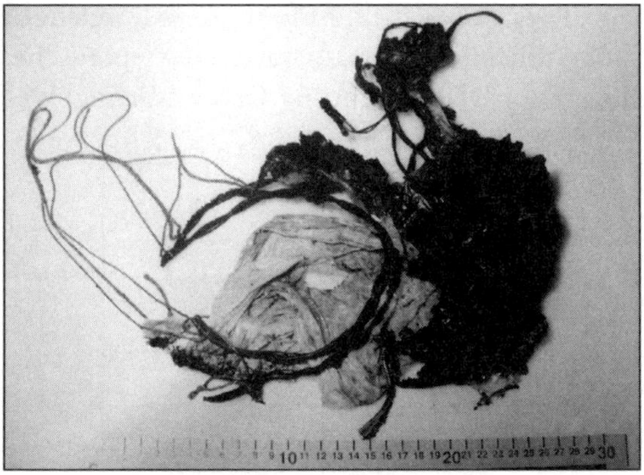

*Die Garrotte aus Kabelschlingen und verschmorten Kochwerkzeugen.*

Doktor Marion Sankovich hat mittlerweile eine gläserne Decke durchbrochen. Sie konnte sich als eine der wenigen Frauen im forensischen Fach habilitieren. Seit 2005 trägt Sankovich, die nunmehr an der Universität München forscht und lehrt, den Professoren-Titel. »Ich wollte schon als kleines Mädchen Gerichtsmedizinerin werden«, erzählt die heute 45-Jährige. »Da war dieses mit meinen Eltern befreundete Ehepaar, beide Pathologen – das hat mich sehr fasziniert. Zu Obduktionen haben sie mich natürlich nicht mitgenommen.«

Trotzdem war der gebürtigen Wienerin der Umgang mit Leichen nie fremd. »Ich war viel bei meinen Großeltern auf dem Land, im niederösterreichischen Mostviertel. Dort war und ist es üblich, dass man Tote zu Hause aufbahrt.« Sankovichs Eltern waren dann doch verwundert, als die Sechsjährige ihnen erklärte, sie wolle Gerichtsmedizinerin werden. »Die Volksschullehrerin war sogar ein bisschen schockiert, als sie uns gefragt hat, was wir später einmal machen wollen.«

Eine Frau in diesem Beruf? – Ein verbreitetes Vorurteil, mit dem Sankovich noch immer zu kämpfen hat. »Mir war von Anfang an klar, dass ich mich in eine Männerbastion begebe. Die Erfahrungen mit manchen männlichen Kollegen waren dann aber schon hart.« Zurückhaltend und schüchtern sei sie gewesen, als sie 1990 ans Wiener Institut für Gerichtliche Medizin kam. Doch habe sie sich notgedrungen eine gewisse Forschheit und eine konsequente Art angeeignet. »Es ist leider ein generelles Problem, dass Frauen sich nicht so gut vermarkten können wie Männer.«

Sankovich klopft keine Sprüche, sie posaunt auch ihre Leistungen nicht aus. Auffällig ist ihr stetes Bemühen um Sachlichkeit. So beantwortet sie auch die Frage, ob sie irgendwann im Laufe ihrer Karriere Ekel empfunden habe, sehr pragmatisch: »Nein, nie. Ich hab' mir diesen Beruf ja selbst ausgesucht.« Müsse sie nicht manchmal Fälle bearbeiten, die sie persönlich berühren? »Ja, sicher. Aber da hilft es dem Opfer auch nicht, wenn ich in Tränen zerfließe. Ich versuche, meine Arbeit möglichst gut zu machen.«

Die Kraft, sich tagtäglich mit Grausamkeiten auseinanderzusetzen, bezieht Sankovich vor allem aus privaten Gesprächen mit ihrem Lebenspartner, der ebenfalls Rechtsmediziner am Münchener Institut ist. »Es ist kein Job für Gemütliche«, sagt die Professorin, deren Arbeitstag um 7.45 Uhr beginnt. Sankovich absolviert die tägliche Morgenbesprechung am Institut, dann geht es zu Gericht, oder es stehen Untersuchungen auf dem Dienstplan: Verletzte nach Raufereien, vergewaltigte Frauen und Kinder. Das Schreiben von Befunden und Gutachten erledigt sie noch vor dem Mittagessen. Von eins bis fünf steht die Ärztin im Seziersaal. »Wenn ein frischer Mord hereinkommt, ist auch dann noch nicht Dienstschluss. Wir fahren raus an den Tatort, schauen uns die Leiche und die Umgebung an und obduzieren gleich anschließend.«

Das Kriminalistische an der Gerichtsmedizin habe sie schon immer gereizt, bekennt Sankovich. »Ich will erfahren, wie jemand ums Leben gekommen ist – zum Beispiel bei mehreren Stichverletzungen sagen können: Welcher Stich war der erste, welcher der letzte? Es ist spannend, herauszufinden, wie der Täter agiert hat. Ich verfüge einfach über wissenschaftliche Neugier.«

Eine Eigenschaft, die auch Jutta Silenko zum Verhängnis wurde.

# PAMELA BLIEB

## Protokoll einer tödlichen Misshandlung

*»Ich ersuche das Gericht, mich aus der Umgebung der Menschen zu entfernen und in eine Anstalt für Geisteskranke einzuliefern, denn ich bin krank und ich habe ein psychisches Problem.«*

*Was musste geschehen sein, dass ein gerade einmal 25 Jahre junger Mann am Beginn der Gerichtsverhandlung gegen ihn diesen Satz spricht? – Einen Satz, der ihn für den Rest seines Lebens hinter Gitter bringen kann. Denn nach abgelaufener Haftzeit muss ein psychiatrischer Sachverständiger dem geistig abnormen Rechtsbrecher Unbedenklichkeit attestieren. Geschieht das nicht, ist er weiterhin anzuhalten und kann, obwohl er seine Strafe verbüßt hat, nicht wieder in die Gesellschaft entlassen werden.*

*Der Mordprozess gegen Felix Puber wurde sehr aufwändig und lange geführt, jedes Detail, das für oder gegen den Angeklagten sprach, wurde sorgfältig erörtert. Doch letztlich sprach der Richter im Urteil genau das aus, worum Puber am Beginn der Verhandlung gebeten hatte: »Der Beschuldigte wird zu einer lebenslänglichen Haftstrafe verurteilt und in eine Anstalt für geistig abnorme Rechtsbrecher eingewiesen.«*

Felix Puber, gelernter Schlosser:

»Schon immer habe ich meine Wut an wehrlosen Lebewesen ausgelassen. Ich hatte zum Beispiel in meiner alten Wohnung sieben Katzen. Wenn es Probleme gab – und die gab es ziemlich oft mit meinen Eltern oder mit Mädchen –, versengte ich den Katzen mit einem Feuerzeug die Barthaare, riss sie am Schweif oder quälte sie sonst irgendwie. Einmal erschlug ich zwei von ihnen.

Jessica schlug ich das erste Mal vor vier Wochen. Das war drei Wochen, nachdem ich Pamela Kolinka kennen gelernt hatte. Eigentlich kenne ich Pamela schon seit sechs oder sieben Jahren von diversen Disco-Besuchen. Vor zirka zwei Monaten traf ich sie wieder und nahm sie in meine Wohnung mit. Wenige Tage später zog sie bei mir ein. Ich war auch damit einverstanden, dass sie ihre 15 Monate alte Tochter Jessica mitbrachte. Wer der Vater der Kleinen ist, weiß ich nicht. Pamela erzählte mir, es sei ein gewisser Manuel, mit dem sie in einer Diskothek intim geworden war.

Mein eigener Vater, zu dem ich seit meiner Teenagerzeit keinen Kontakt mehr habe, ist türkischer Abstammung und verbüßt eine lebenslängliche Gefängnisstrafe wegen Mordes. Als meine Mutter vor vier Jahren ihren Lebensgefährten erstach, schämte ich mich so sehr, dass ich den Familiennamen meiner Großmutter annahm und bei dieser Gelegenheit auch meinen Vornamen ändern ließ. Die Einzige in meiner Familie, die ich noch regelmäßig treffe, ist meine ältere Schwester.

Vor einiger Zeit kam ich dahinter, dass meine Freundin Pamela mich belügt. Damit meine ich, dass sie nicht an den Orten war, von denen sie vorgab, sie sei dort. Sie erzählte mir auch, dass sie in einem Kaffeehaus am Gürtel* in Wien arbeitet, was ich ihr aber vorerst nicht glaubte. Oft war sie, wie sie selber sagte, mit einer ›Türkenpartie‹ unterwegs. Da Pamela nicht regelmäßig über Bargeld verfügte, befürchtete ich, dass sie überhaupt nicht als Kellnerin arbeitet, sondern anschaffen geht. Wir stritten uns oft deswegen. Geschlagen habe ich Pamela aber nie. Ich ließ meine Wut an ihrer Tochter Jessica aus. Das erste Mal vor vier Wochen.

Jessica spielte im Wohnzimmer mit mehreren von meinen CDs. Sie schlug die Hüllen wie Tschinellen gegeneinander. Ich ärgerte mich sehr darüber, besonders weil Pamela im Wohnzimmer saß und nichts tat. Da nahm ich eine leere CD-Hülle und schleuderte sie wie eine Frisbeescheibe gegen Jessicas Stirn. Jessica fing zu schreien an. Daraufhin stellte Pamela mich zur Rede. Weil ich nicht wollte, dass sie mich verlässt, versprach ich ihr, dass ich das nicht mehr tun werde.«

Pamela blieb.

Nina Kolinka, Pamelas ältere Schwester:

»Pamela ist 19 Jahre alt und sehr naiv beziehungsweise dumm. Bis vor zwei Monaten lebte sie mit der kleinen Jessica bei unseren Eltern und den jüngeren Geschwistern. Kurz nachdem sie in die Wohnung von Felix Puber gezogen war, wollten mein Freund und ich Pamela dort besuchen. Sie war aber entgegen unserer Abmachung nicht zu Hause. Nur Felix und Jessica waren da. Um 18.00 Uhr rief Pamela Felix an und sagte ihm, dass sie erst gegen 23.00 Uhr heimkommen werde. Daraufhin schrie Felix sie am Telefon an, dass etwas passieren werde, wenn sie nicht sofort komme.

Meiner Meinung nach fasste Felix auch Jessica zu grob an. Er zog sie zum Beispiel an den Handgelenken abrupt aus dem Gitterbett. Gleichzeitig nannte er sie aber immer wieder ›mein Schatzi‹ und betonte, dass er für sie empfinde, als wäre sie sein eigenes Kind. Das passte nicht zusammen. Umso mehr, als Felix kurz darauf meinen Freund und mich beschimpfte. Er warf Gläser auf den Boden, riss Pamelas Sachen aus dem Schrank, spuckte darauf und brüllte, dass er Pamela umbringen werde. Wir versuchten, ihn zu beruhigen, aber es war sinnlos. Er randalierte komplett und warf zum Schluss auch noch sein Handy vom Balkon auf die Straße hinunter. Als Pamela endlich kam, saß er nur mehr auf dem Sofa und starrte vor sich hin.

Später erzählte ich Pamela unter vier Augen von Felix' aggressivem Verhalten. Aber sie meinte nur, ich solle mir nichts dabei denken. Auch sie gebe Felix manchmal eine Ohrfeige, das würden sie beide als Spaß betrachten.«

Pamela blieb.

Felix Puber:

»Seit ich arbeitslos bin, ist mir zu Hause meistens langweilig. Ich sehe viel fern und besuche öfters Lokale. Dem Alkohol spreche ich aber nicht allzu sehr zu. Wenn ich einen Vollrausch haben will, muss ich schon 15 Krügel Bier trinken.

Ich hatte nur vier Krügel intus, als ich Jessica das zweite Mal schlug. Pamela kam drei Tage und drei Nächte lang nicht nach Hause. Sie hatte ihren Spaß, und ich musste auf die Kleine aufpassen. Ich stieg gerade mit Jessica aus der Badewanne, als Pamela endlich erschien. Weil ich sehr verärgert über sie war, kam es zu einem heftigen Streit zwischen uns. Doch anstatt Pamela eine zu kleben, schlug ich Jessica mit der flachen Hand auf den Hinterkopf. Sie fiel nach vorne um und schlug mit dem Gesicht auf den Fliesenboden. Dadurch bekam sie einen blauen Fleck auf der Stirn und ein rotes Auge. Pamela fragte mich: ›Bist deppert, dass du auf die Kleine hinhaust?‹ Sie ging dann am nächsten Tag mit Jessica zu einem Kinderarzt, der ihr riet, Anzeige gegen mich zu erstatten. Das tat sie aber nicht.«

Pamela blieb.

Wolfgang Moravec, ein Freund:

»Ich kenne Felix Puber seit einigen Jahren. Wir gingen gemeinsam in den Polytechnischen Lehrgang* und in die Berufsschule. Wir verstanden uns immer ziemlich gut. Am Freitag vor zwei Wochen besuchte ich Felix in seiner Wohnung. Er war mit dem Baby seiner Lebensgefährtin allein. Pamela musste angeblich arbeiten. Was genau sie tat, wusste ich nicht. Ich kannte sie nicht besonders gut, weil Felix erst seit ein paar Wochen mit ihr zusammen war.

Zunächst unterhielten Felix und ich uns im Wohnzimmer. Etwas später fing das Baby im Schlafzimmer zu schreien an. Felix machte jedoch keine Anstalten, nach ihm zu sehen. Erst als ich ihn fragte: ›Schaust du nicht nach?‹, ging Felix ins Schlafzimmer, und ich folgte ihm. Als ich das Kind sah, hatte ich das Gefühl, dass es schon längere Zeit nichts zu essen und trinken bekommen hatte. Außerdem hatte es einen großen blauen Fleck auf der Stirn. Auch an seinen Unterarmen bemerkte ich blaue Flecken. Ich fragte Felix, was mit der Kleinen los sei. ›Nichts‹, sagte er, ›sie ist im Bad ausgerutscht.‹ Dann stellte er einen Napf mit Nudeln und ein Fläschchen mit Saft ins Gitterbett. Dabei dachte ich: Das Kind wird gefüttert wie ein Tier.

Ich fragte Felix auch, ob das wirklich das richtige Essen sei. Da fuhr er mich an: ›Wenn es dir nicht passt, wie ich die Kleine behandle, dann kümmere dich halt selber um sie!‹ Damit knallte er die Schlafzimmertür hinter sich zu. Ich diskutierte noch eine Weile im Wohnzimmer mit ihm, worauf er sich bei mir entschuldigte und auf Pamela schimpfte. ›Die Schlampe ist nie zu Hause!‹ Ich sagte ihm, dass er das Baby deswegen auch nicht so behandeln könne und es nicht weiter schreien lassen solle. Daraufhin ging er wieder ins Schlafzimmer, holte die Kleine und spielte mir eine übertriebene Freundlichkeit gegenüber dem Kind vor, indem er es ständig liebkoste. Ich kenne den Felix schon lange, so ist er nicht. Das Ganze kam mir jedenfalls sehr eigenartig vor. Ich beschloss, Felix nicht mehr wieder zu treffen, sagte ich ihm aber abschließend noch, er solle diese Frau, die ihr Kind derart vernachlässigte, hinauswerfen. Aber er entgegnete, dass er sich nicht von ihr trennen könne, weil er sie liebe.«

Und Pamela blieb.

Felix Puber:

»Nicht nur mein Freund Wolfgang, sondern auch ein Nachbar sprach mich auf Jessicas blaue Flecken an. Ich log ihn an, indem ich sagte, Jessica sei aus dem Kinderwagen gestürzt. Der Nachbar gab sich damit zufrieden. Er meinte, dass ich in Zukunft besser auf die Kleine aufpassen solle.

Doch ich passte nicht auf. Ich schlug Jessica zum dritten Mal am Samstag, dem 19. Juli, als ich mit ihr und Pamela spazieren ging. Wir stritten uns, weil Pamela an diesem Abend ausgehen wollte und ich auf Jessica aufpassen sollte. Denn auch ich wollte ausgehen. Unser Streit setzte sich im Stiegenhaus und im Vorzimmer meiner Wohnung fort. Ich war so wütend, dass Pamela mir die Kleine schon wieder aufhalsen wollte. Da schlug ich Jessica mit der Hand ins Gesicht. Sie krachte auf den Boden und bekam eine Beule auf dem Hinterkopf.

Pamela stellte mich zwar auch diesmal zur Rede, sie ging aber trotzdem am Abend weg. Darüber war ich sehr zornig. Als Jessica in der Nacht zu schreien anfing und sich nicht beruhigte, packte ich sie an den Füßen, hielt sie in die Höhe und schüttelte sie mehrfach. Ich tat dies sehr heftig. Da Jessica noch immer nicht zu brüllen aufhörte, legte ich sie wieder ins Gitterbett und schloss die Tür, damit ich ihr Schreien nicht mehr hörte. Ich setzte mich auf die Couch, hielt mir die Ohren zu und schrie selber aus vollem Hals. Es war ein einziger Albtraum. Ich weiß nicht mehr, wann dieser Irrsinn aufhörte.

Am nächsten Tag, dem Sonntag, bemerkte Pamela die blauen Flecken an Jessicas Beinen. Sie fragte mich, was ich mit dem Kind gemacht habe. Ich sagte ihr die Wahrheit und nannte als Grund meinen Zorn auf sie. Obwohl die Beule an Jessicas Hinterkopf größer war als am Vortag, brachten wir die Kleine nicht zu einem Arzt. Pamela sagte mir, dass sie sich von mir trennen werde, wenn ich Jessica noch einmal schlage. Ich versprach ihr abermals, es nicht mehr zu tun.«

Und Pamela blieb.

Angelika Vogt, eine Bekannte:

»Felix Puber war ein Freund meines Freundes Gernot. Wir trafen einander öfters und verstanden uns recht gut. Dann lernte Felix Pamela Kolinka kennen, die mit ihrer Tochter Jessica bei ihm einzog. Ich selbst lernte Pamela kennen, als Felix zirka einen Monat mit ihr zusammen war. Ich konnte sie zugegebenermaßen nicht besonders gut leiden, weil sie meiner Meinung nach eine schlechte Mutter war. Sie wusste nichts über den Vater ihres Kindes. Sie hatte damals in einer Diskothek mit einem fremden Mann, von dem sie nicht einmal den Vornamen kannte, Geschlechtsverkehr gehabt. Auch vernachlässigte sie Jessica. Sie ließ das Kleinkind öfters allein und gab ihm nichts Altersgerechtes zu essen. Mir fiel das auf, als Gernot und ich Felix am Sonntag, dem 20. Juli, besuchten.

Wir klingelten gegen 16.00 Uhr bei ihm, und es dauerte eine Weile, bis er uns öffnete. Felix wirkte sehr müde, bat uns aber trotzdem herein. Wir plauderten etwa eine Viertelstunde im Wohnzimmer miteinander. Dann ging ich ins Schlafzimmer, um nach Jessica zu sehen. Sie schlief im Gitterbett. Dabei lag sie in einer ganz eigenartigen Körperstellung, die auf mich den Eindruck machte, als wäre sie in das Gitterbett geworfen worden. Plötzlich schlug Jessica die Augen auf und sah mich an, gab aber keinen Laut von sich. Ich hob sie hoch und entdeckte dabei, dass sie auf der Stirn und an den Schläfen blau gefärbte Blutergüsse hatte. An ihrer Wange erkannte ich deutliche rote Abdrücke von Fingern. Mir war sofort klar, dass jemand dem Kind brutal ins Gesicht geschlagen hatte.

Jessica weinte nicht, als ich sie hoch nahm. Sie legte nur erschöpft ihr Köpfchen auf meine Schulter. Ich ging mit ihr zu Felix und Gernot ins Wohnzimmer. Ich fragte Felix, ob er es gewesen sei, der Jessica geschlagen hatte. So etwas mache er nicht, entgegnete er. Ich fragte ihn, wie das Kind sonst zu den blauen Flecken gekommen sei, und auch Gernot verlangte eine Rechtfertigung von ihm. Felix behauptete, dass Jessica in der Dusche ausgerutscht sei und die Fingerabdrücke an ihrer Wange von Pamela stammen würden. Doch Pamela war wieder einmal seit Tagen unterwegs. Sie kam oft mehrere Nächte lang nicht nach Hause. Ich schimpfte über sie, weil ich so empört war, dass sie sich nicht um ihr Kind kümmerte und es Felix anvertraute, der es offensichtlich misshandelte.

Ich wickelte Jessica erst einmal. Das war dringend nötig, denn die Windel, die sie trug, war randvoll mit Harn, und Jessicas Haut stark gerötet. Ich betrachtete ihren Unterleib genau, da ich befürchtete, Felix könnte dem Kind noch Schlimmeres angetan haben. Jessicas Unterleib war nicht verletzt. Ich ging dann mit der Kleinen in die Küche und setzte sie in den Hochstuhl. Als sie den Grießbrei sah, den ich für sie kochte, fing sie zu weinen an. Dies bestätigte meinen Verdacht, dass sie viel zu wenig zu essen bekam. Es war auch keine spezielle Babynahrung in der Wohnung zu finden.

Nachdem ich Jessica den Grießbrei gefüttert hatte, wurde sie etwas munterer, und ich spielte ein wenig mit ihr. Felix schimpfte die ganze Zeit über. Er werde Pamela wie einen Hund schlagen, wenn sie nach Hause komme, drohte er. In diesem Augenblick war ich mir hundertprozentig sicher, dass er Jessica misshandelte. Ich sagte ihm das auch. Außerdem stellte ich klar, dass ich das Jugendamt verständigen werde. Da wurde Felix kleinlaut und bat mich, damit zu warten, bis die blauen Flecken in Jessicas Gesicht verschwunden sein würden.

Schon vorher hatte Gernot eine SMS an Pamela geschickt, ohne dass Felix es bemerkte. Gernot schrieb ihr, sie solle sofort nach Hause kommen, ansonsten würde er die Fürsorge einschalten. Etwa eine Stunde später stand Pamela in der Tür. Sofort kam es zwischen ihr und Felix zu einem heftigen Streit. Gernot und ich verließen schleunigst die Wohnung. Wir versuchten, Felix' Schwester zu finden, wussten aber ihre Adresse nicht.

Dann riefen wir Pamela an, fragten sie, ob sie reden könne, ohne von Felix gehört zu werden, und vereinbarten ein Treffen mit ihr. Wir fuhren zurück zu der Wohnung, wo wir wieder an der Gegensprechanlage läuteten. Kurz darauf kam Pamela ohne Jessica auf die Straße herunter. Ich war betroffen, dass sie das Kind oben alleine lässt. Doch sie sagte unbekümmert, dass Felix ohnehin zu Hause sei. Ich redete ihr ins Gewissen und fragte sie, wie sie Jessica denn andauernd mit Felix allein lassen könne. Wie könne sie zulassen, dass er ihr Kind schlägt? Da fing Pamela zu weinen an und meinte, sie wisse nicht, wohin sie ziehen soll.

Ich bot ihr meine Hilfe an, sagte ihr, dass ich für die Initiative ›Frauen in Not‹ tätig bin und sie mit Jessica schon morgen in ein Frauenhaus übersiedeln könne. Doch Pamela ignorierte meinen Vorschlag. Stattdessen fragte sie, ob Felix denn schlecht über sie spreche. Daran erkannte ich, dass es ihr nicht um Jessicas Wohl ging, sondern lediglich um ihre eigene Annehmlichkeit. Und wie um noch eins draufzusetzen, fragte sie mich, ob ich am folgenden Abend, am Montag, auf Jessica aufpassen könne. Ich empfand das als Frechheit, weil ich nicht glaubte, dass sie arbeiten werde, sondern stattdessen mit Freunden herumziehen wolle. Noch einmal redete ich ihr wegen des Frauenhauses ins Gewissen. Vergeblich.«

Pamela blieb.

Elke Fohnsdorfer, Diplomsozialarbeiterin:

»Ich bin in der Jugendabteilung der Bezirkshauptmannschaft tätig. Am Montag, dem 21. Juli, teilte uns eine gewisse Angelika Vogt telefonisch mit, dass Pamela Kocar und deren Lebensgefährte Felix Puber möglicherweise das Kind Jessica misshandeln. Am nächsten Tag, dem 22. Juli, stattete ich den Kindeseltern einen unangemeldeten

Besuch ab. Bei meinem Eintreffen war die Wohnung ordentlich aufgeräumt. Pamela Kolinka nahm Jessica sofort aus dem Gitterbett und umsorgte sie. Auch Felix Puber zeigte sich fürsorglich. Er kam ins Wohnzimmer und brachte ein Fläschchen Kakao für Jessica mit. Die Kindesmutter und ihr Lebensgefährte folgten umgehend meiner Aufforderung, Jessica im Bezirkskrankenhaus untersuchen zu lassen.

Die Ärzte im Krankenhaus stellten an Jessica zahlreiche Hämatome fest. Felix Puber erklärte die Verletzungen damit, dass das Kind aus dem Kinderwagen gefallen sei. Zwar konnten die Ärzte den Unfallhergang nicht nachvollziehen, Tatsache ist aber, dass keiner von ihnen zu mir sagte, dass die Verletzungen eindeutig von einer Misshandlung herrührten. Wäre dies der Fall gewesen, hätte ich das Kind von der Familie getrennt und einem Krisenzentrum überantwortet.

Für diese Maßnahme bestand aus meiner Sicht jedoch keine Notwendigkeit, da Felix Puber, Pamela und Jessica Kolinka noch am selben Nachmittag für mehrere Stunden im Krankenhaus unter Beobachtung standen. Es gibt Erfahrungswerte, dass in einer solchen Stresssituation die Familienmitglieder einander nicht so lange liebevoll behandeln. Es kommt zu Spannungen, die aussagekräftig für die Verhältnisse zu Hause sind. Im vorliegenden Fall schienen Mutter und Kind gut aufeinander eingespielt, und der Lebensgefährte zeigte sich gegenüber Jessica geduldig. Die damalige Situation hätte es nicht gerechtfertigt, den Eltern das Kind wegzunehmen. Auch wurde es nicht stationär in das Krankenhaus aufgenommen, da dies auf Grund der psychosozialen Komponenten, die in meiner Verantwortung liegen, und der medizinischen Komponente, die in der Verantwortung der Ärzte liegt, nicht nötig war.

Als weitere Maßnahmen wurden eine wöchentliche Untersuchung des Kindes im Krankenhaus und ein ebenfalls wöchentlicher Besuch der Fürsorge in der Wohnung der Eltern vereinbart. Daraus ergibt sich, dass die Familie etwa alle drei Tage kontrolliert wurde. Eine Anzeige bei der Gendarmerie erstattete ich nicht. Ich versuchte jedoch Pamela Kolinka zu vermitteln, dass sie Jessica nicht mehr in der Obhut des Felix Puber lassen und gegebenenfalls aus dessen Wohnung ausziehen solle.«

Aber Pamela blieb.

Doktor Sybille Kuntner, Oberärztin an der Kinderstation des Bezirkskrankenhauses:

»Jessica Kolinka wurde am frühen Nachmittag des 22. Juli von ihrer Mutter, deren Lebensgefährten und der Sozialarbeiterin Elke Fohnsdorfer zur Untersuchung auf unsere Station gebracht. Das Kind wies zirka zehn kleinere Hämatome und ein sechs Zentimeter großes Hämatom, alle älteren Stadiums, an der Stirn auf. Ebenso waren an beiden Schläfen, an beiden Unterarmen und am linken Oberarm blaue Flecken vorhanden. Bis auf zwei kleinere Narben im Schulterbereich war der übrige interne Status unauffällig. In der Anal- und Genitalregion fanden sich keine Verletzungen. Auch im Schädelröntgen zeigten sich keine sicheren Zeichen eines frischen Traumas. Das Kind war altersgemäß entwickelt und gut gepflegt und ernährt. Jessica suchte den Körperkontakt der Mutter, nicht aber des Lebensgefährten. Im Verhalten auffallend war lediglich, dass Jessica beim Wickeln steif liegen blieb und die Luft anhielt.

Felix Puber erklärte die Hämatome im Kopfbereich mit einem Sturz aus dem Kinderwagen. Er sagte, er sei alleine mit Jessica unterwegs gewesen und habe sie im Buggy nicht angeschnallt. An einer Bahnunterführung sei Jessica aus dem Kinderwagen gerutscht und über mehrere Stufen gestürzt. Danach habe Jessica weder erbrochen noch sei sie benommen gewesen. Auch habe er keine Abschürfungen an ihr entdecken können. Pamela Kolinka gab an, sie habe mit Jessica noch am selben Tag einen Kinderarzt in Wien aufgesucht. An der angegebenen Adresse konnte jedoch kein praktizierender Arzt ausfindig gemacht werden. Auf die Frage, wie die Hämatome an den Unterarmen entstanden seien, antwortete Puber, das sei beim Herausheben aus dem Gitterbett passiert.

Für uns blieb der Verdacht auf Kindesmisshandlung weiterhin bestehen. Wir zeigten den Sachverhalt in den nächsten Tagen schriftlich bei der Gendarmerie an und untersuchten Jessicas Harn auf Drogen. Der Befund war negativ. Die Familie blieb bis zirka 20:00 Uhr unter der Beobachtung einer Ambulanzschwester. Felix Puber und Pamela Kolinka waren Jessica gegenüber geduldig, sie sprachen keine Drohungen aus, alles in allem herrschte eine gute Atmosphäre. Da eine akute medizinische Intervention nicht erforderlich war, wurde

Jessica nicht stationär aufgenommen. Mit den Eltern, die sich im Gespräch kooperativ zeigten, wurden wöchentliche Kontrolluntersuchungen vereinbart.

Die nächste Untersuchung sollte am Freitag, dem 25. Juli, stattfinden. Pamela Kolinka hielt diesen Termin jedoch nicht ein. Ich rief die Sozialarbeiterin Elke Fohnsdorfer an, die sofort einen Hausbesuch bei Puber und Kolinka durchführte. Das Paar wurde dabei aufgeweckt, das Kind war wach und stand im Gitterbett. Bei der anschließenden Untersuchung konnte ich an Jessica keine frischen Verletzungen feststellen.

Ich betone, dass meine Kollegen und ich schon beim ersten Treffen den Verdacht auf Kindesmisshandlung gegenüber Frau Fohnsdorfer, der Kindesmutter und dem Lebensgefährten klar aussprachen. Weiters setzten wir den dritten Untersuchungstermin für Freitag, den 1. August, fest und warnten Pamela Kolinka eindringlich, ihr Kind nicht mehr mit Felix Puber allein zu lassen. Ich persönlich gab ihr noch die Telefonnummer des Frauennotrufs.«

Aber Pamela blieb.

Felix Puber:

»Nach Jessicas erster Untersuchung im Krankenhaus hatte ich ein schlechtes Gewissen gegenüber Pamela. Sie hielt ja zu mir und nannte mich nicht als Verursacher von Jessicas Verletzungen. Am Mittwoch, dem 23. Juli, verfasste ich daher einen zweiseitigen handgeschriebenen Brief an Pamela, worin ich mich für alles entschuldigte und meinen Gefühlen für sie freien Lauf ließ. Ich wollte unbedingt, dass sie mit Jessica bei mir bleibt.

In den folgenden drei Nächten musste Pamela arbeiten, und ich war wieder mit Jessica allein. Ich schlug sie jedoch nicht und stritt auch nicht mit Pamela. Erst am Samstag, dem 26. Juli, hatten wir wieder eine Auseinandersetzung. Pamela kam gegen 8:00 Uhr nach Hause. Ich fragte sie, wo sie so lange gewesen sei. Daraufhin erklärte sie mir, dass sie Schwierigkeiten mit dem Geschäftsführer des Lokals habe, in dem sie arbeitete. Der Mann wolle mit ihr schlafen. Ich war rasend eifersüchtig. Den ganzen Vormittag über debattierten wir dann auch wegen der Hochzeit meiner Nachbarin. Wir waren beide zu der Feier am Nachmittag eingeladen, aber Pamela wollte nicht mitkommen. Also fuhr ich gegen 14.00 Uhr alleine zu dem Fest. Ich trank sieben Krügel Bier und einige Schnäpse. Davon war ich mittelstark alkoholisiert, und ich kann mich an alles erinnern, was danach geschah.

Kurz nach 19.00 Uhr brachte mich ein Bekannter nach Hause. Jessica, die außer einer Windelhose nichts anhatte, schlief im Gitterbett. Pamela war nicht da. Ich fand einen handgeschriebenen Zettel von ihr: *Bin arbeiten gegangen. Überleg, ob du auf die Maus aufbast oder nicht. Wenn nicht, dann las sie allein. Ich hab' geglaubt das wir uns gemeinsam helfen. Aber wie es aussiet ist es nicht so! Habe ich mich gedeuscht? Wenn ich in der Früh komme, gehe ich nadürlich, wenn du es so haben willst. In Liebe – deine Katze.*

Da ich zu müde war, um mich aufzuregen, legte ich mich ins Bett und schlief ein. Nach zirka einer Stunde weckte mich Jessicas Schreien auf. Ich nahm die Kleine aus dem Gitterbett und drehte eine Runde in der Wohnung mit ihr, damit sie sich beruhigt. Aber Jessica hörte nicht zu schreien auf. Da ich schon wieder meine Wut auf Pamela in mir aufsteigen fühlte, griff ich mit beiden Händen unter Jessicas Achseln, hielt sie in die Höhe und schüttelte sie einige Male kräftig. Obwohl sie danach immer noch schrie, legte ich sie ins Gitterbett und stellte mich unter die Dusche. Doch das Geplärre ging weiter. Ich war total zornig, ging ins Schlafzimmer und packte Jessica am Oberkörper. Im Badezimmer stellte ich sie auf den Fliesenboden und schlug ihr von oben heftig auf den Kopf. Dabei fiel sie um und prallte mit dem Hinterkopf gegen die Fliesenkante bei der Badewanne. Sie lag merkwürdig verdreht da und schrie jetzt nicht mehr. Sie wimmerte. Ich schlug weiter auf sie ein. Ihre Lippen und ihre Kopfhaut bluteten. Anschließend hob ich sie auf und schüttelte sie wiederum mehrmals, bis sie keinen Ton mehr von sich gab. Ich glaube, sie war bereits bewusstlos.

Meine Gefühle zu diesem Zeitpunkt waren zwiespältig. Einerseits hatte ich Angst, andererseits war ich froh, dass Jessica endlich ruhig war. Ich legte sie ins Gitterbett, sodass sie auf dem Rücken lag, und warf das mit Saft gefüllte Fläschchen, das auch im Bett lag, gegen ihren Kopf. Dabei holte ich mit der Hand weit aus, als würde ich die

Kleine mit einem Ball abschießen. Weil Jessica heftig zitterte und ich dachte, ihr sei kalt, bedeckte ich ihren Körper vollständig mit ihrer Decke. Ich meine damit: Ich zog die Decke auch über ihren Kopf. Heute weiß ich, dass Jessica wegen ihrer Verletzungen und dem Schock gezittert hat. Ich wollte mit dem Zudecken außerdem verhindern, dass Pamela bei ihrer Rückkehr das Kind so sieht.

Ja, es war mir bewusst, dass ich Jessica schwerste, lebensbedrohende Verletzungen zugefügt habe. Dennoch rief ich nicht die Rettung an, sondern legte mich in mein Bett. Als Pamela gegen 23.30 Uhr nach Hause kam, stellte ich mich schlafend. Ich lag auf dem Bauch, und Pamela berührte meinen Rücken. Ich sagte ihr, dass sie mich nicht angreifen soll, weil ich einen Sonnenbrand habe. Dann ersuchte ich sie, mir den Rücken mit Joghurt einzureiben. Pamela ging in die Küche, um das Joghurt zu holen. Als sie zurückkam, schaltete sie das Licht im Schlafzimmer ein. Dabei bemerkte sie, dass Jessica komplett zugedeckt war. Sie ging zum Gitterbett und hob die Decke hoch.«

Pamela schrie.

Pamela schrie und geriet in Panik. »Was ist los?«, kreischte sie. »Was – ist – los?«

»Das weiß ich nicht«, antwortete Felix Puber.

Mit der leblosen Jessica im Arm rannte Pamela aus der Wohnung und rief um Hilfe. Ihre Schreie hallten durchs Stiegenhaus. »Der Felix, das Schwein, hat die Kleine erschlagen!«

Ein Nachbar alarmierte die Rettung. Der Diensthabende in der Rettungszentrale benachrichtigte die Gendarmerie. Die Gendarmeriebeamten nahmen Felix Puber und Pamela Kolinka in Gewahrsam. Es war Sonntag, der 27. Juli, 3.00 Uhr früh.

Die Anzeige, welche die Ärzte des Bezirkskrankenhauses schriftlich verfasst und auf dem Postweg versandt hatten, traf am Montag, dem 28. Juli, auf der Gendarmerie-Dienststelle ein.

~

Professor Doktor Christian Reiter, Gerichtsmediziner, zieht ein Resümee: »Felix Puber dürfte die kleine Jessica recht gern gehabt haben. Seine Aggressionen galten in Wahrheit Pamela Kolinka, die eigentlich nur ein Kindermädchen brauchte. Sie machte Puber zwar Hoffnung auf eine länger dauernde Beziehung, ließ ihn aber auch nicht im Unklaren darüber, dass es noch andere Männer in ihrem Leben gab. Dadurch erfuhr Puber eine große Frustration, die er gegenüber Pamela nicht zeigen konnte, weil er ja mit ihr zusammenbleiben wollte. Stark alkoholisiert und mit dem Kind allein, verlor er die Kontrolle über sich. Jessica wurde quengelig, er ist ausgerastet und hat ihr einen massiven Schlag gegen den Kopf versetzt. Das Kind prallte gegen eine Fliesenkante im Badezimmer und zog sich einen so genannten Terrassenbruch des Schädeldaches zu.

Wenn Puber sich zu diesem Zeitpunkt gesagt hätte: ›O Gott, was hab' ich da jetzt angestellt?‹ und sofort die Rettung gerufen hätte, wäre Jessica möglicherweise nicht einmal behindert geblieben. Aber weil er nichts unternommen und Jessica einfach ins Bett gelegt hat, blähte sich ihr Kopf durch den Hirndruck sehr stark auf, was letztendlich zum Tod führte.

Auf Grund ihrer Schmerzen schrie Jessica im Bett immer weiter. Puber zog sie an den Beinen hoch – in etwa wie man einen toten Hasen trägt – und beutelte sie hin und her. Dabei rissen die Wachstumsfugen im Kniegelenk auf. Es war eine sehr grausame Tathandlung. Bezeichnend ist, dass die Wurzeln dieser Grausamkeit in Pubers eigener Kindheit zu suchen waren. In seiner Herkunftsfamilie steckte ein riesiges Gewaltpotenzial: Beide Elternteile waren Mörder. Puber selbst war in seiner Kindheit schwer misshandelt worden – von seinem Vater im Badezimmer. In Felix Puber schlummerte dieses alte Verhaltensmuster, bis es zum Durchbruch kam, und so zeigt dieser Fall in eindrucksvoller Weise die Spirale der Gewalt.«

Zwei Reporter der auflagenstärksten Zeitung des Landes verfassten unter dem Titel *»Mein Baby wird immer in meinem Herzen bleiben«* eine reich bebilderte Exklusiv-Story:

»Sie war mein Ein und Alles.« Mit zittriger Hand zeigt uns Pamela ein Foto ihrer Jessica. Ein glückliches Baby, das sterben musste, weil ihr Freund seine Wut an ihm ausgelassen hat. »Wenn ich doch nur gewusst hätte, was er mit meiner Jessy anstellt!«

Die 19-Jährige schüttelt verzweifelt den Kopf. Tränen laufen über ihre Wangen. Ihre Schwester nimmt sie in den Arm. Tröstet sie. Dann fasst sich die junge Wienerin und sagt: »Er hat mich von Anfang an belogen. Alles, was er mir versprochen hat, war eine einzige Lüge.«

Die attraktive junge Frau lernte den arbeitslosen Schlosser Felix P. in einer Disco kennen. »Er war so charmant, so liebevoll und zuvorkommend. Später hat er mir erzählt, dass er 70.000 Euro auf dem Sparbuch hat. Als er mich gefragt hat, ob ich mit Jessica zu ihm ziehen will, hab' ich nicht lange überlegt«, erinnert sich Pamela an den Beginn der verhängnisvollen Affäre.

Pamela ist als eines von fünf Kindern eines Wiener Arbeiters aufgewachsen. Sie wohnte zuvor mit dem Baby, ihrem jüngeren Bruder und ihren drei älteren Schwestern bei den Eltern. »Ich war so froh, endlich ein neues Leben beginnen zu können.« Für einen Augenblick blitzt das Glück in Pamelas von Trauer gezeichneten Augen auf. Denn die Beziehung mit Jessicas Vater war ein einziger Flop.

Doch auch der erhoffte Traummann Felix, ein 100-Kilo-Bodybuilder, zeigt schon bald sein wahres Gesicht. In Wirklichkeit hat er 30.000 Euro Schulden. »Wir hatten nicht einmal genügend Geld, um etwas zum Essen zu kaufen«, erzählt Pamela.

Also geht sie arbeiten. Als Kellnerin in einem Café. Während der Macho zu Hause fernsieht und nebenbei auf das Kind aufpasst. Pamela gibt ihm Geld, damit er einkaufen geht. »Doch anstatt Lebensmittel zu kaufen, hat er sich mit Haschisch und Ecstasy-Tabletten eingedeckt.« Das Leben mit dem Traummann wird für die junge Mutter zum Albtraum.

»Dann hab' ich den ersten blauen Fleck entdeckt und gefragt, was passiert ist.« Doch Felix antwortet schlagfertig: »Ach, die Kleine ist im Bad auf dem nassen Boden ausgerutscht.« Da Jessica Spreizfüße hat, denkt sich Pamela nichts Böses. Beim zweiten Mal sind die Flecken allerdings größer. »Was ist denn das?«, fragt Pamela. »Sie ist aus dem Kinderwagerl gefallen«, lügt Felix P. erneut. Gemeinsam fahren sie mit dem Baby ins Spital zur Behandlung.

»Ist Ihnen denn nie die Idee gekommen, dass Ihr Freund das Kind misshandelt?«, wollen wir wissen. »Oh ja«, antwortet die 19-Jährige. »Als ich gesehen habe, wie er der Jessy eine leere CD-Hülle auf den Kopf geschlagen hat. Ich hab' ihm erklärt, dass es jetzt aus ist, und ich ins Frauenhaus ziehe.«

Doch am selben Abend muss Pamela arbeiten. Sie lässt Jessica noch einmal bei Felix. Der allerdings besäuft sich – laut Geständnis mit sieben Bier und etlichen Schnäpsen. Als das Baby weint, dreht der Hüne durch. »Ich bin gegen Mitternacht heim gekommen«, schildert Pamela unter Tränen. »Der Felix hat gelallt, dass er einen Sonnenbrand hat. Ich hab' ihm den Rücken mit Joghurt eingerieben. Und dann hab' ich Jessica wimmern gehört.«

Als die Mutter in die Wiege schaut, sieht sie das blutüberströmte Kind. »Ich brauch' einen Notarzt, hab' ich immer wieder geschrieen«, schildert sie wie in Trance. »Dann hab' ich meine Kleine in den Arm genommen, ihr ›La, le, lu, nur der Mann im Mond schaut zu‹ vorgesungen und auf die Rettung gewartet.«

Während Jessica im Spital mit dem Tod ringt, klicken für Felix die Handschellen. Auch Pamela wird vorerst inhaftiert. »Es war die Hölle. Ich habe an den Gitterstäben gerüttelt.« Sie hebt die Arme und ballt die Fäuste. »Drei Tage und drei Nächte habe ich nicht geschlafen, nichts gegessen. Nur gebetet: ›Lieber Gott, lass meine Jessy nicht sterben!‹«

Als Pamela enthaftet wird, ist Jessica bereits hirntot. Die Mutter nimmt ihr Kind das letzte Mal in den Arm. Singt ihm vor: »Nur der Mann im Mond schaut zu«. Dann hat »Jessy« den Wettlauf mit dem Tod verloren.

»In meinem Herzen wird mein Baby immer bleiben. Ich werde jetzt arbeiten gehen, damit meine Jessica wenigstens ein schönes Begräbnis bekommt …«

Die gespielte Unschuld und die Mitleidhascherei in den Medien halfen Pamela Kolinka nicht.

Gegenüber den Mordermittlern des Landeskriminalamtes für Niederösterreich musste sie zugeben, dass sie sehr wohl von den Misshandlungen ihres Kindes wusste und oft sogar dabei anwesend war. Dennoch war sie bei Felix Puber geblieben und hatte Jessica immer wieder mit ihm allein gelassen.

Pamela Kolinka wurde nach den Paragrafen 81 und 83 Strafgesetzbuch wegen fahrlässiger Tötung unter besonders gefährlichen Verhältnissen sowie wegen Körperverletzung angeklagt. Das Gerichtsurteil gegen sie lautete auf sechs Monate Freiheitsstrafe.

## Vierfach hält besser

*Der kühl berechnende, jedoch unerfahrene Killer neigt zum Dilettantismus. In dem Bestreben, besonders schlau vorzugehen, übertreibt er wie ein schlechter Dramatiker in den Details seiner Tathandlungen und fliegt damit früher oder später auf. Denn es sind jene Einzelheiten, auf welche die Präzisionsferngläser professioneller Verbrecherjäger fokussieren. Den höchsten Alpengipfeln gleich, ragen diese Verdachtsmomente aus der Hochnebeldecke der Unverdächtigkeiten, oder wie Karl Fitz, Chefermittler der Mordgruppe des Landeskriminalamtes Niederösterreich, es ausdrückt: »Du musst das Zipferl sehen und es richtig anpacken, damit du das Ganze kriegst.«*

*Die Art und Weise, wie einem das »Zipferl« ins Visier gerät, kann man nicht lernen – weder in Psychologie-Seminaren noch in Kursen, die wirkungsvolle Vernehmungsstrategien demonstrieren. »Solche Schulungen haben meine Kollegen und ich zwar absolviert«, sagt Fitz, »aber wir haben dort nur erklärt bekommen, was wir in der Praxis ohnehin schon lange machen.«*

*Das »Zipferl« sehen und es richtig anpacken – entweder einer hat diese Fähigkeit oder er hat sie nicht. Chefinspektor Karl Fitz besitzt sie zweifellos. Ein Mörder wie Walter Oberhofer zappelt im Fitz'schen Netz, lange bevor er es merkt. Einen derart dramatisierenden Killer bringt der erfahrene Kriminalist gewissermaßen im Handumdrehen zum Gestehen.*

Die Zahl vier spielte in Walter Oberhofers Leben eine tragende Rolle. Er hatte mit seiner Fußballmannschaft in Unterkirchen vier Meistertitel geholt, er hatte, bevor er Erika heiratete, mit vier Frauen geschlafen, er war 32, also acht mal vier Jahre alt gewesen, als er Sonja kennen lernte, und er rief Sonja wenigstens viermal pro Tag an. Das erste Mal vormittags, nachdem er seinen Chef, den Herrn Ministerialrat, zu dessen Frühtermin gefahren hatte; das zweite Mal mittags, wenn er, üblicherweise im Café Krückl schräg vis-à-vis vom Wirtschaftsministerium, auf sein Kotelett mit Salat wartete; das dritte Mal nachmittags beim Warten an der Zapfsäule oder vor der Waschstraße; und dann gleich nach Dienstschluss.

Viermal täglich mit Sonja telefonieren war Oberhofers schmerzliches Minimum. Er hätte sie gerne öfters angerufen und tat es genau genommen auch, seit er von Sascha Karlitschek wusste. Aber die Vier war nun einmal die Zahl der Vollkommenheit. Vier Himmelsrichtungen, vier Jahreszeiten, vier Räder an seinem Dienstwagen.

Deshalb braucht es auch nicht zu verwundern, dass Walter Oberhofer, als er am 14. Dezember kurz vor Mitternacht auf Sascha Karlitscheks Erscheinen wartete, exakt vier Dinge im Auto hatte: einen schweren Schlosserhammer, ein scharfes Küchenmesser, eine dünne Paketschnur und einen vollen Benzinkanister.

Fahles Laternenlicht sickerte in die Siedlung am Nordrand von Wien. Nichts regte sich – es war eine windstille Freitagnacht im Advent. Das Fußballfeld jenseits der anderen Straßenseite lag unter einer dünnen Schneeschicht, und auf dem von den Lichtern der Großstadt gelblich dunstigen Himmel zeichneten sich blass ein paar Sterne ab. Alle Welt schien bereits zu schlafen, Walter Oberhofer war jedoch hellwach. Er hatte den Dienstwagen in eine Lücke zwischen den Büschen hinter der Autobushaltestelle gezwängt. Er selbst saß geduckt hinter dem Lenkrad, und seine Augen klebten an Sonja Gablers Haus.

Drinnen brannte der Wohnzimmerluster, draußen beschien eine Straßenlampe den Eingangsbereich und den Vorgarten. Oberhofers Van dagegen befand sich in einer dunklen Nische. Als ihm diese – für sein Vorhaben äußerst vorteilhaften – Lichtverhältnisse bewusst wurden, richtete Oberhofer sich auf. Er lockerte seine Schultern und lehnte sich an die Kopfstütze zurück. Seine Finger trommelten auf das Lenkrad, doch sein Blick wich nicht von Sonjas Haus. Was mochte dort drinnen vorgehen?

Sonja hatte, wie sie bereits bei seinem mittäglichen Anruf ankündigte, einen gemütlichen Abend drüben im Fußballclub verbracht. Lukas, ihr Elfjähriger, war ihr damit in den Ohren gelegen, weil seine Freunde und deren Eltern auch dort waren. Oberhofer packte die Gelegenheit beim Schopf. Wohlweislich hatte er Sonja am Nachmittag gebeten, sie möge sich doch melden, wenn sie das Haus verließ. Das hatte sie auch getan. Daher wusste er genau Bescheid, wann sie sich wo aufhielt. Oder was noch wichtiger war: Wo Sascha Karlitschek sich aufhielt. Der hatte Sonja, wie sie Oberhofer um halb elf via Handy mitteilte, nach Hause begleitet, worauf sie ihn auf ein Bier hereingebeten hatte.

So weit lief alles nach Plan. Oberhofer war gleich losgefahren. Er selbst kam auch von einer vorweihnachtlichen Feier mit Ehefrau und Kindern im heimeligen Kerzenschein. Erika hatte ihn bei seinem neu gebauten Haus in Unterkirchen abgesetzt und war mit den Buben im Familienauto in die Wiener Wohnung gefahren. Deshalb hatte er, Oberhofer, sich nicht einmal eine Ausrede für seinen nächtlichen Ausflug mit dem Dienstwagen ausdenken müssen, weil er sowieso seit Wochen nur mehr in Unterkirchen schlief. Klare Verhältnisse hatten auch etwas Gutes – einerseits. Andererseits saß er seit einer guten Stunde hier in der Kälte, und seine Finger waren schon ganz klamm. Um sie zu wärmen, knetete er sie und blies seinen Atem darauf.

Ein Bier, mehr nicht – das hatte Sonja ihm um halb elf versichert. Verdammt, die hatten ihn aber schön zum Narren gehalten. Die tranken keine Flasche Bier, die leerten eine ganze Kiste!

Wie spät war es eigentlich? Er konnte weder die Ziffern auf dem Armaturenbrett noch die Zeiger seiner Armbanduhr erkennen, so finster war es im Auto. Das Licht wagte er nicht einzuschalten, denn es hätte jeden Augenblick die Haustür aufgehen können, Sonja oder dieser Sascha wären womöglich auf ihn aufmerksam geworden, und der Überraschungseffekt wäre beim Teufel gewesen. Nein, das Licht einschalten konnte er nicht.

Aber eines konnte er doch tun, während dieser Versager sich auf Sonjas Couch den Hintern wärmte und er, Oberhofer, sich hier im Auto weiß Gott was abfror: Er konnte telefonieren. Sein Handy hatte er überall dabei. Also drückte er einmal mehr lang und fest auf die Vier – auf dieser Taste hatte er Sonjas Nummer eingespeichert, selbstverständlich auf der Vier. Es dauerte eine halbe Ewigkeit, bis die Verbindung sich aufbaute, Sonja aber meldete sich nach dem dritten Freizeichen.

»Bist schon im Bett, Schatzerl?« Er musste ja so tun, als läge er längst in den Federn, in seinem Haus in Unterkirchen.

»Nein.« Sie klang genervt. »Ich bin in der Küche und koch' Kaffee.«

Kaffee? Was hatte das zu bedeuten? Nichts Gutes, allem Anschein nach. »Ist er am End' noch da?« Oberhofer tat empört.

»Ja, er ist da, und wir trinken noch Kaffee. Was dagegen?«

»Aber wieso denn so lang'?«

»Wir reden halt. Außerdem ist er vorhin noch mit dem Hund draußen gewesen.«

Na bravo, wie ritterlich. Parzival persönlich. Führte der Trottel jetzt schon Sonjas Promenadenmischung äußerln. Aber das war natürlich typisch, nach allem, was er von Sascha Karlitschek gehört hatte: Hilfsbereit war er, hieß es, ruhig und immer freundlich. Schleimer.

Oberhofer legte eine Extraportion Wehleidigkeit in seine Stimme, als er fragte: »Bleibt er etwa über Nacht?«

»Nein.« Sonjas Ton wurde sanfter – ungefähr so, als spräche sie mit einem fiebernden Kind.

Oberhofer gratulierte sich. Den gekränkten Liebhaber herauszukehren funktionierte immer. Sie zeigte Mitgefühl für ihn, was ihm Hoffnung machte, dass alles wieder werden könnte wie früher – ohne dass er eingreifen musste. Noch konnte er die ganze Sache abblasen, nach Hause fahren und sich tatsächlich in die Federn schmeißen.

»Der Sascha ist müde geworden«, fuhr sie fort, »und damit er beim Heimfahren im Autobus nicht einschläft, mach' ich ihm noch einen Kaffee.«

»Hm. – Bleibt er wirklich nicht?«

»Gute Nacht, Walter. Ruf heut' nicht mehr an. Okay?«

Damit unterbrach sie die Verbindung. Sie wartete nicht einmal seinen Schmatz ab, den er jedes Mal durch das Funknetz auf ihre Lippen schickte. Hoffnung ade.

Also musste er es durchziehen, und zwar genau so wie er es sich ausgedacht hatte. Allerdings wäre er am liebsten gleich aus dem Wagen gesprungen, hätte vorzugsweise das Haus gestürmt und diesem Sascha das Gebiss in den Rachen gestopft. Aber so ging es nicht. Auf diese Weise konnte er Sonja nicht zurückgewinnen. Er musste nach Plan handeln, und dieser Plan besagte: warten. Warten, bis Sonja diesem Waschlappen den Kaffee eingeflößt hatte, er seinen Hintern von der Couch hievte und endlich aus dem Haus herauskam.

Oberhofer drosch mit dem Handballen gegen das Lenkrad und verfehlte die Hupe um Haaresbreite. Scheiße, dachte er. Reiß dich zusammen! Er atmete tief durch und versuchte sich an die unzähligen Male zu erinnern, die er in den letzten zehn Jahren in diesem Haus gewesen war; an die wunderbaren Stunden, die er dort gemeinsam mit Sonja verbracht hatte. Ein Lächeln umspielte seinen Mund. Er hatte sich nicht mit Kaffee im Wohnzimmer abspeisen lassen, wie dieser Sascha offensichtlich jetzt.

Warmduscher. Elender Frauenversteher. Obwohl er Sascha Karlitschek nie zu Gesicht bekommen hatte, wusste Oberhofer mehr als genug von ihm: Ein Arbeitsloser war er, eine verkrachte Existenz, seit Jahren ohne vernünftiges Einkommen, geschieden und unterhaltspflichtig für ein Kind. Der ewige Verlierer. So einer, mit dem alle Mitleid hatten. Nichts anderes als Mitleid war es mit Sicherheit auch, das den Vorstand des hiesigen Fußballvereins dazu bewog, ihn gegen ein geringes Entgelt den Platzwart mimen zu lassen und das U-12-Team zu trainieren. Und jetzt fiel auch noch Sonja auf diese lausige Mitleidsmasche herein.

Sonja. Seine Sonja. So sehr Oberhofer sich auch bemühte, an ihre vollen Lippen und ihren weichen Körper zu denken, es kam ihm doch nur das letzte Zusammentreffen mit ihr in den Sinn – der Dienstag in der Vorwoche. Da hatte er eine Niederlage einstecken müssen, denn es war ihm nicht gelungen, in ihr Schlafzimmer vorzudringen, obwohl die Chancen derart günstig gestanden waren.

Am Dienstagabend fand das wöchentliche Training der U12 statt, und Sonjas Sohn Lukas nahm daran teil. Sonjas verwitwete Mutter, die ebenfalls in dem Haus wohnte, hatte dienstags ihren Rommé-Abend, den sie auswärts in Gesellschaft ihrer ebenfalls verwitweten Freundinnen verbrachte. Na ja, und er, Oberhofer, hätte die Gunst der Stunde wahrlich gern genützt. Also schaute er nach der Arbeit auf dem Fußballplatz vorbei – bei jenem Wiener Club, dessen Nachwuchs er selbst zwei Saisonen lang trainiert hatte.

Natürlich war es nicht die Erinnerung an frühere Sportkameraden gewesen, die ihn veranlasst hatte, nach Monaten der Abwesenheit ein Cola light in der Vereinskantine zu kippen. Er hoffte vielmehr, Sonja dort zu treffen, die neuerdings befremdlich kurz angebunden auf seine Anrufe reagierte. Sie meldete sich auch gar nicht mehr von sich aus. Dass irgendwas im Busch war, das spürte er. Als sie sich dann auch noch weigerte, ihn in Unterkirchen zu besuchen, da sagte er sich: Walter, der Sache musst du persönlich auf den Grund gehen. Von Sascha Karlitschek wusste er damals noch nichts, beziehungsweise nur, dass der am Dienstagabend den Jugendtrainer gab – nebenan in der Sporthalle, wie im Winter üblich.

Sonja saß auch tatsächlich in der Kantine, an einem Tisch neben dem Ausschank. Sie blätterte in einer dieser Hochglanz-Illustrierten, die ihre Leserinnen mit computerperfektionierten Ablichtungen magersüchtiger Models frustrieren. Früher hatte er ihr gesagt, dass sie sich nicht frustrieren lassen brauchte, denn sie hatte einen sexy Po und einen Klasse-Busen. Zum Teufel, welchen richtigen Mann interessierten schon solche mit bleicher Haut überzogenen Skelette, deren dunkle Augenschminke einen obendrein an Begräbnis und Friedhof denken ließ. Jedenfalls hatte er es Sonja gegenüber mehrfach erwähnt – dass sie keineswegs die Vorstellung hervorrief, sie wäre soeben ihrem Grab entstiegen, sondern dass sie frisch und lebendig und irrsinnig aufregend sei –, doch aus unbegreiflichen Gründen fand sie sich zu dick. Absolut schwachsinnig.

Wie sie so dasaß, in der recht gut besuchten Vereinskantine, vermittelte sie allerdings einen Eindruck, der Oberhofer missfiel: Zwischen all den Müttern und Vätern, die ebenfalls auf ihre Buben warteten, und inmitten der gängigen Mitglieder, die sich zu ihren

Interessensgenossen gesellten, um bei lockerem Geplauder vor dem Nachtmahl ein Bier zu heben, wirkte Sonja, als gehöre sie zum Inventar.

Oberhofer zögerte für einen Moment. Eine innere Stimme schien ihm bereits zu diesem Zeitpunkt einzuflüstern: Du hast hier keinen Auftrag mehr. Sie ist jetzt das Gspusi* von einem angestammten Platzhirsch.

Er schüttelte die Eingebung seines Unterbewusstseins ab, ging zum Ausschank und orderte sein Getränk. Als er sich umdrehte, war Sonja schon aufgesprungen. Mit fuchsiger Miene kam sie auf ihn zu.

»Was machst denn du da?«, fauchte sie.

Ihre Aufgebrachtheit bestätigte seine Ahnung: Sie hatte gesucht und gefunden. Während er den Herrn Ministerialrat chauffierte und letzthin sogar in Brüssel und Straßburg seine dienstliche Pflicht erfüllte, hatte sie sich anderwärtig umgetan. Und das Anderwärtige musste hier ganz in der Nähe sein. Oberhofer biss die Zähne zusammen. Dann neigte er lächelnd den Kopf.

»Das war einmal mein Verein, erinnerst dich?«

Sie ignorierte seine Anspielung, aber ihm blieb nicht verborgen, was Sonja in Wirklichkeit dachte: Das fällt dir aber reichlich spät ein. – Keine Frage, sie nahm ihm den lässigen Charmeur nicht ab.

»Na gut, ich wollt' dich sehen«, gab er zu.

Sie verzog den Mund, ging zur Tür und trat ins Freie.

Er legte eine Münze auf den Tresen. Während er sein Cola austrank – nicht sonderlich hastig, denn er wusste ja, wohin sie unterwegs war –, hörte er es: »Die hat einen Neuen.«

Es kam von einem der Tische, von einer Frau, deren Raunen zu laut geraten war. Der Kopf der Frau machte einen Schlenker in Richtung Sporthalle, wo das Jugendtraining stattfand. Von da an war es ihm sonnenklar: Der Neue hieß Sascha Karlitschek. Es war der Sascha, den sie alle hier so mochten.

Oberhofer wusste nicht, ob er vielleicht sogar froh darüber sein sollte – es hätte ja auch der Vereinspräsident oder dessen Stellvertreter sein können. Aber dass Sonja ausgerechnet einen Aushilfsschakl* zu seinem Konkurrenten machte, war eine glatte Demütigung.

Lukas war schon bei Sonja, als Oberhofer sie einholte. Wie selbstverständlich begleitete er Mutter und Sohn. Der Bub betrachtete ihn ja beinah als Ersatzvater, nachdem sein Erzeuger sich kaum um ihn kümmerte. Früher waren sie sogar alle zusammen auf Urlaub gefahren: Er, Erika und seine beiden Stammhalter, gemeinsam mit Sonja und Lukas. Ebenso hätten sie jetzt, wie sie zu dritt vom Fußballplatz in das kaum 200 Meter entfernte Haus trotteten, eine glückliche Kleinfamilie abgeben können, wäre Sonjas gegenwärtige Ablehnung nicht gewesen. Was zwischen den Erwachsenen vorging, bemerkte Lukas wohl nicht, denn er erzählte begeistert vom Training und davon, welch »coole Übungen« sich Sascha wieder ausgedacht hatte.

Oberhofer schwieg. Er war damit beschäftigt, den Deckel auf seiner siedenden Eifersucht zu halten. Als der Bub zu Hause unter der Dusche verschwand, kochte er über. »Glaubst ich bin blöd und merk' nicht, dass du einen andern hast?«

»Sch-t – net so laut!«

Oberhofer dämpfte seine Stimme, jedoch nicht seine Wut. »Du hast was mit diesem Sascha!«

»Wenn 's d' damit meinst, dass ich mich gut mit ihm versteh', dann stimmt das. Ich mag ihn. Ich red' gern mit ihm.«

»Gern reden tust mit mir auch. Was hat der, was ich nicht hab'?«

»Er ist geschieden.«

»Das bin ich auch bald.«

»Das erzählst mir schon seit zehn Jahr'.«

Sie hatte natürlich Recht. Aber hätte er Erika verlassen sollen, damals, als die Kinder noch klein waren? Stattdessen hatte er die Fürsorge seiner Ehefrau und die Leidenschaft seiner Geliebten genossen. Das Leben bot ihm diese beiden Möglichkeiten. Hätte er denn da nicht zugreifen sollen? – Jeder normale, gesunde Mann, der seine fünf Sinne beisammen hatte, würde da doch zugreifen. Es hatte ja auch neun Jahre lang wie am Schnürchen geklappt. Bis zum vorigen Sommer. Da war Erika ihm blöderweise dahintergekommen. Oder vielmehr hatte Sonja ihr Verhältnis ausgeplaudert, weil sie auf einmal die Tatsache, dass er verheiratet war, nicht mehr verkraftete. Wie aus heiterem Himmel war sie plötzlich bockig geworden, seine Sonja.

Nun warf sie ein: »Komm mir nicht mit deinen Schulden.«

»Die Situation ist jetzt anders«, hielt er dagegen.

Ein kehliger Laut – sie glaubte ihm nicht.

Also gut, die Situation war nicht anders. Die finanzielle Seite jedenfalls nicht. Bei einer Scheidung hätte Erika ihm die Schulden an dem Neubau in Unterkirchen aufgehalst. Sie hätte die Wiener Wohnung behalten und wäre fein raus gewesen. Das konnte er sich doch nicht bieten lassen. Weiß Gott, er hatte es Sonja zigmal erklärt. Aber es war ihr nicht begreiflich zu machen. Sie war halt doch nur eine Frau, deshalb hatte sie zwar Sinn für Romantik, aber null Verständnis fürs Monetäre. Nein, in dieser Richtung ließ sie nicht mit sich reden. Auch jetzt nicht.

Folglich blieb ihm nichts anderes übrig, als mit der Wahrheit herauszurücken. Nach einigem Zögern und mit merkwürdig belegter Stimme sagte er: »Die Erika hat jemanden kennen gelernt. Sie wird die Scheidung einreichen.«

Offenbar musste Sonja – wie im Übrigen auch er selbst – das erst verdauen. Sie schluckte und sah weg.

Damit gab sie Oberhofer Zeit, seine Selbstbeherrschung wiederzugewinnen. »Hallo«, sagte er und zwang sich zu einem Lächeln. »Weißt was das bedeutet? – Ich bin frei. Frei für dich.« Er fasste an ihre Schultern. »Das hast dir doch immer gewünscht.«

Sie sah ihm geradewegs ins Gesicht. »Und was erwartest jetzt? Dass ich dir um den Hals fall', wo du mich Jahre lang hast dunsten lassen?«

Tja, was erwartete er eigentlich, angesichts der Tatsache, dass auch sie jemanden kennen gelernt hatte? Diesen Sascha. Gottverdammt. »Ist er besser als ich?«

»Was?«

»Im Bett«, schnaubte Oberhofer. »Ist er besser als ich?«

Sonja stieß einen Seufzer aus. »Darum geht 's doch gar nicht.«

Ach ja? Warum ging es denn bitte schön dann? – Wann immer Männer und Frauen miteinander zu tun hatten, ging es darum. Man konnte stundenlang um den heißen Brei herumreden, aber letztendlich drehte sich alles um das Eine: ums Vögeln. Das wusste er nun ganz genau.

»Ich hab' noch nicht mit ihm geschlafen«, sagte Sonja.

Es klang aufrichtig, und das verwirrte Oberhofer. Er trat die Flucht nach vorne an und zog Sonja an sich. »Vergiss die Schulden, Schatzerl. Das werden wir schon schaffen. Ich hab' schließlich einen anständigen Posten. Ich chauffier' den Minister.«

»Ministerialrat«, verbesserte sie.

Sie konnte wirklich kleinlich sein. »Na wenn schon. Ich bin Beamter.«

»Das warst voriges Jahr auch schon.«

Er überging ihren Einwand. »Haserl, wir könnten so glücklich sein.« Er wollte sie küssen, doch sie drehte den Kopf zur Seite.

Es hörte sich nicht trotzig, sondern traurig an, als sie sagte: »Ich hab' lang genug gewartet, Walter. Jetzt bist du an der Reihe.«

»Wie meinst denn das?«

»Mit dem Warten bist du an der Reihe.«

Er brauchte eine Weile, bis er es erfasst hatte. »Du meinst, bis d' dich entschieden hast?«

»Ja.« Sie machte sich von ihm los.

»Zwischen mir und – ihm?« Sie nickte.

Es war schwierig, nach der bitteren Pille von Erikas Treuebruch auch noch diesen Brocken zu schlucken. Heiser fragte er: »Und wie lang wird das dauern?«

»Das weiß ich nicht, Walter. Ein bisserl Geduld wirst schon haben müssen.«

Geduld. Warten. Jedes Mal, wenn er sie anrief, und das geschah ziemlich häufig seit jenem Dienstag in der Vorwoche, hieß es: »Nein, Walter. Ich bin noch nicht so weit. Dräng mich nicht.«

Er war zu ihr gekommen, hatte ihr kleine Gefälligkeiten erwiesen in den vergangenen zehn Tagen, hatte diverse Hausarbeiten erledigt, Müll weggeführt und so weiter. Aber: »Dräng mich nicht.« – Was in drei Teufels Namen wollte sie denn noch? Sollte er sich etwa zum kompletten Idioten machen? Er hatte eine kaputte Glühbirne im Wohnzimmerluster ausgewechselt – in genau dem Luster, der jetzt noch immer brannte. Freitagnacht. Bestimmt war es schon nach zwölf, also Samstag. Wie lange, verflucht, brauchte denn der für einen Kaffee, dieser Schlappschwanz!

Moment einmal … Schlappschwanz? Hatten die ihn etwa die ganze Zeit über hintergangen? – Natürlich! Der wollte gar nicht in ihr Schlafzimmer. Der fiel gleich auf der Wohnzimmercouch über sie her!

Oberhofer griff sich das Handy. Wieder musste die Vier dran glauben. – Vergeblich. Nach dem fünften Freizeichen kam »die Mailbox von Sonja Gabler. Bitte hinterlassen Sie eine Nachricht.«

Kruzitürken!*

Ein neuer Versuch. Verdammt noch mal, geh ran!

Wieder die Mailbox.

Versuch Nummer drei. »Hinterlassen Sie –«

Einen Dreck hinterlass' ich.

Beim vierten Mal – selbstredend beim vierten Mal – war er erfolgreich. Denn da tippte er Sonjas Festnetznummer. Nach dreimal Läuten hob sie ab.

»Ist dieser Sa–«, begann er, doch weiter kam er nicht.

Schon ließ Sonja eine Schimpfkanonade los. »Bist deppert? Wie kannst denn um diese Zeit am Festnetz anrufen! Du weckst meine Mutter auf!«

Scheiße, daran hatte er nicht gedacht. »Aber Haserl, ich wollt' doch nur –«

Klack. Stille im Funknetz.

Oberhofer warf den Kopf in den Nacken. Er holte Luft – so tief, als wolle er die Dunstglocke über dem nächtlichen Wien einatmen.

Warten. Sein ganzes Leben bestand nur noch aus Warten. Er hatte es endgültig satt. Irgendwo hatte er gelesen – in einem dieser Wellness-Magazine wahrscheinlich, die im Fitnessclub herumlagen –, man soll, wenn man Ungeduld verspürt, an beiden Händen Daumen und Zeigefinger ganz fest aufeinander pressen. Irgendeine fernöstliche Akupressur-Technik. Weiß der Teufel, ob dieser chinesische Humbug half – Oberhofer presste. Er konzentrierte sich auf den Lichtkegel vor Sonjas Haus. Da wurde ihm wohler. Allmählich beruhigte er sich. Er entsann sich plötzlich wieder, weshalb er eigentlich hier im Wagen saß und vor Kälte und Anspannung zitterte: um Sascha Karlitschek auszuradieren. Um ihn zu zerquetschen wie eine lästige Wanze.

Ach, viel zu viel Emotion. Er wollte doch nichts weiter tun, als diesen Typen vom Spielfeld zu eliminieren. Rote Karte. Ausschluss.

Bei dem Vergleich aus seinem Lieblingssport musste Oberhofer lächeln. »Du entgehst mir nicht«, sagte er halblaut. »Nicht in diesem Laternenlicht.«

Und als hätte sein Widersacher die Drohung gehört, öffnete sich die Haustür. Langsam. Wie in Zeitlupe. Ein Gruß, ein kurzes Winken. Dann drehte der Mann sich um und durchquerte den Vorgarten. Er war kleiner als in Oberhofers Vorstellung, schmächtiger und jünger. Er öffnete das Gartentor, schloss es wieder. Mit leichtem federnden Gang tauchte er in den dunklen Zwischenraum ein und nahm im Schein der nächsten Straßenlampe wieder Kontur an.

Der Mann hatte die Hände in den Taschen seiner schwarzen Lederjacke vergraben. Das Büschel seines Nackenhaares wippte im dynamischen Takt seiner Schritte. Für einen Augenblick hatte Oberhofer Angst, der Bursche könnte sich wehren – mit einem wendigen Manöver, zum Beispiel irgendeinem unerwarteten Karate-Trick.

In Gedanken ging Oberhofer noch einmal den geplanten Ablauf durch; welchen der vier Gegenstände, die er neben sich auf den Beifahrersitz gelegt hatte, er als Erstes einsetzen würde. Das Messer? – Nein. Zu blutig. Es würde verräterische Spuren auf seiner Kleidung, dem Dienstwagen und dem Asphalt hinterlassen. Die Schnur dagegen wäre für einen lautlosen Angriff von hinten perfekt gewesen. Aber dieser Sascha kam nun einmal von vorne auf ihn zu. Ziemlich zügig, wie Oberhofer feststellte. Hatte der Kerl ihn etwa gesehen? – Er wurde langsamer und blieb an der Autobushaltestelle stehen. Oberhofer blies hörbar Luft durch die gespitzten Lippen.

Jetzt galt es, keine Zeit zu verlieren, denn der Nachtbus konnte jede Minute auftauchen. Der Moment war gekommen. Oberhofer stieg aus dem Wagen.

Beim Geräusch der ins Schloss fallenden Autotür wandte Sascha Karlitschek den Kopf. Dabei blinkte ein winziger Punkt an seinem Ohrläppchen golden auf.

Ein Flinserl*, dachte Oberhofer, der Trottel trägt ein Flinserl. Er hielt eine Hand hinter dem Rücken verborgen. Es war seine Rechte, und die hatte den Stiel des Schlosserhammers fest im Griff. Geh nicht zu weit vom Auto weg, mahnte er sich und stoppte nach zwei oder drei Schritten in Richtung Haltestelle.

»Bist du der Sascha?«, fragte Oberhofer.

»Ja«, antwortete der andere. Er schien gar nicht erstaunt, dass ein Fremder ihn um Mitternacht vor dem Haus seiner Flamme abpasste, um ihn in ein Gespräch von Mann zu Mann zu verwickeln.

»Lass die Sonja in Ruh'! Die gehört mir.«

»Das muss sie selber entscheiden.« Offenbar hatte dieser Sascha erkannt, wen er vor sich hatte. Er kam auf Oberhofer zu und pflanzte sich vor ihm auf.

Der ließ die Muskeln spielen. »Da hab' ich auch noch ein Wort mitzureden. Ich weiß, dass sie mich immer noch gern hat.«

»Geh, verschwind', du Arsch!«, zischte Sascha. Gleichzeitig aber schnellte wie bei einem Roboter seine Faust hervor, die allerdings ins Leere stieß, denn Oberhofer holte schon aus.

Der erste Hammerhieb traf Karlitschek auf den Haaransatz. Der Kerl war viel zu perplex, um sich zu wehren. Beim zweiten Hieb hörte Oberhofer die Schädeldecke knacksen. Beim dritten Schlag kam etwas Blut, und beim vierten ging sein Kontrahent zu Boden.

»Gott. Ja!«, keuchte Oberhofer. Wieder lächelte er, denn er hatte in dem Wellness-Magazin auch gelesen, dass in China und Japan die Vier als Unglückszahl gilt, weil der Ausdruck dafür klanglich dem Wort für Tod oder auch für Leichenhemd ähnelt. »Das stülp' ich dir jetzt über.«

Er ging zum Wagen und öffnete die Heckklappe. Während er die Plastikfolie ausbreitete, beglückwünschte er sich, dass er von allen Fahrzeugen, die ihm zur Verfügung standen, den Van mit der niedrigsten Ladefläche gewählt hatte. Deshalb geriet es Oberhofer auch nicht zum Kraftakt, den leblosen Körper in den Kofferraum zu verladen.

Die Fahrt auf der nächtlichen Landstraße hätte zum Spießrutenlauf werden können. Doch wie immer zu dieser Jahreszeit war nicht die Spur von einer Funkstreife zu sehen. Er hätte mit vollem Karacho durch die Ortschaften brausen können, diesen Ochsen von Gendarmen wäre es nicht aufgefallen. Dass die bei der Eiseskälte lieber in ihren Wachstuben hockten, konnte man ihnen kaum verdenken.

Perfekte Bedingungen. Eine bessere Nacht hättest du dir gar nicht aussuchen können, lobte Oberhofer sich selbst. Die Freude ließ ihn stärker aufs Gaspedal steigen. Halleluja!

Doch halt. Was war das? Er war kaum zehn Kilometer in Richtung Norden gefahren, da registrierte er ein sonderbares Geräusch. Es klang wie ein Ächzen, aber seltsam entmenscht – als streiche ein Windhauch durch morsches Geäst. Geisterhaftes Knarren. Er trat auf die Bremse und horchte.

Wieder das gespenstische Stöhnen. Es kam aus dem Kofferraum, keine Frage. Woher sollte es denn sonst kommen?

Oberhofer fuhr den Wagen an den Straßenrand und zog die Handbremse an. Er war sich hundertprozentig sicher, dass irgendeine geheimnisvolle Macht diesem Sascha wieder Leben eingehaucht und die Kraft verliehen hatte, ihm, Oberhofer, beispielsweise in die Magengrube zu treten, wenn er die Heckklappe öffnete. Und genau davor graute ihm – die Heckklappe zu öffnen. Er wickelte die Paketschnur um seine rechte Hand und zog sie mit der linken straff. Dann entriegelte er, bis aufs Äußerste angespannt, das Kofferraumschloss. Er handelte blitzschnell: Schlinge um den Hals – ein festes Ziehen.

Doch es war sinnlos. Ein völlig unnützes Unterfangen. Sascha Karlitscheks Kopf fiel schlaff zur Seite. Seine Augen starrten Oberhofer wie durch eine ausdruckslose Maske hindurch an. Ein Schauder durchlief ihn. Reflexartig streifte er über das Gesicht seines Opfers und schloss dabei dessen Lider.

Dreh jetzt nicht durch, schalt er sich und kletterte wieder hinters Lenkrad. Lass dich nicht verrückt machen. Er ist tot. Tot. Tot. Tot. Er kann dir nichts mehr anhaben. Um die grässlichen Spukgeräusche zu übertönen, die der instinktgesteuerte Teil seines Hirns produzierte, schaltete Oberhofer das Radio ein.

Auf direktem Weg fuhr er weiter zu seinem Ziel nahe einem Nachbarort von Unterkirchen. Er kannte die Stelle seit seiner Kindheit: eine aufgelassene Lehmgrube an einem Waldrand. Dort hinein rollte er die Leiche, die auf dem Bauch zu liegen kam. Teils weil er noch immer fürchtete, dieser Sascha könnte plötzlich die Augen aufschlagen, teils weil er es nun einmal mitgebracht hatte, griff Oberhofer nach dem Küchenmesser. Er stieß es dem Toten in den Nacken. Viermal. Wie es sich gehörte.

Sicherheitshalber fuhr er den Wagen ein Stück weg, kam zu Fuß mit dem Kanister zurück und übergoss den Leichnam mit Benzin. Das Feuer, das er mit einem Streichholz anzündete, brannte fast zehn Minuten lang. Oberhofer wartete, bis es ausging. Dann fuhr er nach Hause, duschte und legte sich ins Bett.

Die Nacht war ein Horror. Albträume quälten ihn: Von selbst dreht sich die verkohlte Leiche um. Gleißendes Licht flutet aus den geöffneten Augen. Der Mund bewegt sich, riesige Maden kriechen heraus. Oberhofer rannte ins Bad und übergab sich. Anstatt sich weiterhin im kalten Schweiß zu wälzen, stand er auf. Es war sowieso schon Samstag, 4:30 Uhr. Er warf die Paketschnur weg, wusch das Blut von Messer und Hammer und versteckte die Werkzeuge im Keller.

Zu Mittag kam Erika mit den beiden pubertierenden Jungen. Sie lümmelten sich in die Wohnlandschaft, starrten in die Flimmerkiste und waren Oberhofer der sprichwörtliche Klotz am Bein. Er erhob sich jede Viertelstunde, trat an die Terrassentür und beobachtete die kärglichen Flöckchen, die aus dem bleichen Himmel trudelten. Unfähiges Meteorologen-Pack! Die hatten doch fürs Wochenende ergiebige Schneefälle angesagt. Einen arktischen Wintereinbruch quasi, der jeglichen Abfall für die nächsten drei Monate unter sich begrub.

Nach dem Abendessen hielt er es nicht mehr aus. Er musste zu Sonja nach Wien fahren. Er musste wissen, was dort vor sich ging, ob man Sascha Karlitschek im Fußballclub bereits vermisste, ob man vielleicht sogar schon die Polizei eingeschaltet hatte. Als die Kennmelodie von »Zeit im Bild« ertönte, ging Oberhofer ins Vorzimmer, schnappte die Wagenschlüssel und rief: »Ich muss kurz weg!«

Erika kam aus der Küche. »Jetzt noch?« Aber da warf er schon die Tür hinter sich zu.

War ihm doch egal, was die dachte. Er war ihr ja keine Rechenschaft mehr schuldig. Sollte sie ruhig glauben, dass er die ganze Nacht über bei Sonja blieb. Und genau das war immerhin möglich, wenn Sonja endlich einsah, wie unzuverlässig dieser Sascha war:

Sich einen ganzen Tag lang nicht blicken zu lassen, weder im Verein noch bei ihr – ungeheuerlich.

Jetzt gehörte sie wieder ihm, ganz allein ihm. Seine Sonja. Dieses Bewusstsein löschte den Horror der vergangenen Nacht in ihm aus. Er war nun bereit für die nächste Nacht – für ein paar göttliche Stunden, in denen er Sonja alles Vergangene vergessen lassen würde. Keine Mühe würde er scheuen, um diesen Sascha aus ihrem Gedächtnis zu vertreiben. Als hätte es ihn nie gegeben. Und morgen würden sie wie geplant wegfahren.

Der Ausflug zum Barockstift am dritten Adventsonntag war schon fast ein Brauch bei ihnen. Wenn er Sonja, ihre Mutter und Lukas in den hügeligen Westen kutschierte, ihnen im Stiftsrestaurant ein Mittagessen spendierte und sie danach bei einem bestimmten Bauern im Dorf einen Christbaum kauften, dann konnte er sich guten Mutes sagen: Hier ist mein Platz. Ich bin das Oberhaupt dieser Familie.

Der Ausflug morgen gab ihm den idealen Vorwand, um heute Abend bei Sonja aufzutauchen. »Bleibt ’s eh dabei?«, fragte er sie noch im Vorzimmer.

»Sicher. Wir haben ’s doch am Donnerstag abgemacht.« Sie schien ganz aufgelöst, als ob es weitaus Bedeutenderes gäbe als ihre gemeinsame Tradition; als wäre ihr alljährlicher Ausflug zum Stift bloß irgendeine winterliche Landpartie.

»Es ist mir halt wichtig.«

Sie seufzte. »Mir auch, Walter, mir auch. Aber stell dir vor: Der Sascha ist verschwunden. Drüben im Verein sind s’ völlig aus dem Häuschen. Heut’ Nachmittag war die Weihnachtsfeier für die U 12, und der Sascha ist nicht gekommen. Die Buben waren total fertig. Der Obmann hat mich am Vormittag schon angerufen, und ich hab ’s bei seiner Mutter und bei seinem Bruder probiert und natürlich hundertmal bei ihm zu Haus’. Aber er ist wie vom Erdboden verschluckt.«

»Der wird schon wieder auftauchen«, meinte Oberhofer beiläufig und ließ sich in die Wohnzimmercouch fallen.

»Willst einen Schnaps?«

»Du weißt doch, dass ich so was nicht trink’.«

»Entschuldige, aber ich brauch’ jetzt einen.«

Die fahrigen Bewegungen, die Wucht, mit der sie den Klaren hinunterkippte – ihre Angst um diesen Sascha verdarb alles. Es war geradezu abstoßend. Als sie ihm auch noch sagte, er solle sie weniger oft anrufen, sie brauche jetzt einfach mehr Zeit für sich und im Büro beschwere sich schon ihr Chef, weil sie so viel telefoniere, da platzte Oberhofer der Kragen.

»Was glaubt der eigentlich, wie er zu seinem Jaguar kommt? Pick dem Idioten einen Zettel aufs Hirn und schreib drauf, dass er für die Telefongesellschaft arbeitet!«

Sonja zog eine Schnute.

Die Telefongesellschaft. So hatten sie sich kennen gelernt, damals vor zehn Jahren. Da hatte auch er noch für diese Firma gearbeitet. Doch er hatte nach Höherem gestrebt, nach Unkündbarkeit, und er hatte sie bekommen. Wenn Sonja jetzt andeuten wollte, er leide an Telefoniersucht – falls es etwas Derartiges überhaupt gab –, so war das aber echt der falsche Zeitpunkt.

Sie wollte gerade zu reden beginnen, da fiel er ihr ins Wort. Instinktiv wusste er, was sie zu sagen beabsichtigte. Er sprach es schlicht aus, bevor sie es aussprechen konnte: »Ich glaub', es ist besser, wenn wir uns eine Zeitlang nicht sehen.«

»Okay. Wenn 's d' meinst, dass das irgendein Problem löst.«

Verflucht. Hatte sie doch etwas anderes sagen wollen? Aber es war ohnehin egal. Der Abend war schon verpatzt. Er ging – und kam am nächsten Morgen wieder, um sie zum Sonntagsausflug abzuholen. Samt Schwiegermama in spe und Ziehsohn.

Als er gegen drei Uhr nachmittags zurück nach Unterkirchen kam, stellte Erika ihn zur Rede. Der Einfachheit halber hatte er ihr am Morgen erzählt, er müsse auf Dienstreise. Jetzt schleuderte er ihr die Wahrheit ins Gesicht. Daraufhin herrschte den restlichen Nachmittag Schweigen. Das war Oberhofer nur recht. Erneut beobachtete er mit Sorge das Wetter. Die angesagten Schneefälle waren ausgeblieben – die ergiebigen jedenfalls. Das bisschen Staubzucker konnte keine Leiche zudecken.

Es ließ ihm keine Ruhe. Gegen sechs fuhr er zur Lehmgrube. Besser, es vor dem Abendessen erledigen. Er zog sich die Arbeitshandschuhe über und breitete die Plastikfolie aus. Wie gut, dass er nichts im Magen hatte. Mit Widerwillen packte er den steifen, verkohlten Toten und verfrachtete ihn in den Kofferraum des Van. Dieser Sascha Karlitschek durfte auf keinen Fall so nahe bei Unterkirchen, praktisch neben seinem, Oberhofers, Wohnort gefunden werden. Also fuhr er, ohne sich noch einmal umzusehen, die Brünner Straße Richtung Wien. Auf halbem Weg gab es einen geschotterten Parkplatz, der jetzt von einer dünnen Firnkruste bedeckt war. Dort schob er im Rückwärtsgang bis knapp vor den Abhang, öffnete die Heckklappe und beförderte die Leiche über die Böschung.

*Auf diesem Parkplatz »entsorgte« der Mörder sein Opfer.*

»Es ist Montag, der 17. Dezember, 15.00 Uhr. Hier die neuesten Nachrichten: Leichenfund im Weinviertel. Heute Mittag wurde neben einem Parkplatz an der Brünner Bundesstraße eine Brandleiche entdeckt. Der Fundort ist mit Sicherheit nicht der Tatort, wie ein Polizeisprecher mitteilte. Derzeit wird nach der Brandstelle gesucht. Hinweise richten Sie bitte an die Kriminalabteilung Niederösterreich oder an die nächste Polizeidienststelle.«

Seltsamerweise überraschte Oberhofer die Meldung im Newsflash überhaupt nicht. Er unterdrückte den Impuls, das Autoradio lauter zu stellen und sah kurz in den Rückspiegel. Wie gewöhnlich verbarg sich das Gesicht seines Chefs hinter einer großformatigen, dafür umso kleiner gedruckten Zeitung. Kaum anzunehmen, dass eine

Brandleiche in der Provinz den Herrn Ministerialrat mehr interessierte als der ATX, der DAX oder der Dow Jones.

Irgendwie hatte Oberhofer damit gerecht, dass man die Leiche bald entdecken würde. Er war, wie immer an einem Montagmorgen, zeitig zur Arbeit gefahren und hatte Hammer und Handy in seinem Spind im Wirtschaftsministerium versteckt – den Metallteil des Hammers zumindest, denn den Stiel hatte er aus einem Impuls heraus im Ofen verheizt. Sicher ist sicher, hatte er sich gesagt. Man kann nicht vorsichtig genug sein. Das Handy allerdings hatte Sascha Karlitschek gehört. Es war ihm bei der Hammerattacke bei der Autobushaltestelle aus der Jackentasche gefallen. Oberhofer hatte es ausgeschaltet, später die SIM-Karte weggeworfen und es in den Spind gelegt. Weshalb er das Ding aufbewahrte? – Bestimmt nicht, weil es ihm so gut gefiel. Es war ein beinah vorsintflutliches Modell, und er hatte ja schon ein mondänes Diensthandy, von dem aus er alle Anrufe erledigte, und zwei Privathandys, die er kaum benutzte. Vermutlich behielt er das Mobiltelefon seines Opfers als Trophäe, wie ein Großwildjäger sich gerne ein Bären- oder Löwenfell an die Wand hängt. Es könnte aber auch sein, dass Oberhofer nicht nur an etwas wie Telefoniersucht litt, sondern auch eine Art fernmündliche Magie – Telefonfetischismus – praktizierte.

»Brünner Bundesstraße?« Der Herr Ministerialrat lugte über den Zeitungsrand. »Ist das nicht Ihre Strecke?«

»Wie?«, stammelte Oberhofer verwirrt. »Ach ja.«

»Dann passen Sie auf, dass Sie nicht dem Mörder in die Arme laufen!«

Oberhofer lachte. »Mach' ich.«

Bezeichnenderweise sagte Sonja dasselbe, als er am späten Nachmittag zu ihr kam: »Das ist doch deine Strecke.« Sie hatte auch die 16.00-Uhr-Nachrichten gehört und wusste deshalb ein weiteres Detail: Ein Vertreter hatte die Leiche entdeckt. Beim Austreten.

Das muss man sich einmal vorstellen. Wie viele Möglichkeiten gibt es, an der Brünner Straße eine Pinkelpause einzulegen?, fragte sich Oberhofer. Hunderte. Tausende. Und dieser Schnösel von Vertreter sucht sich gerade die Stelle aus!

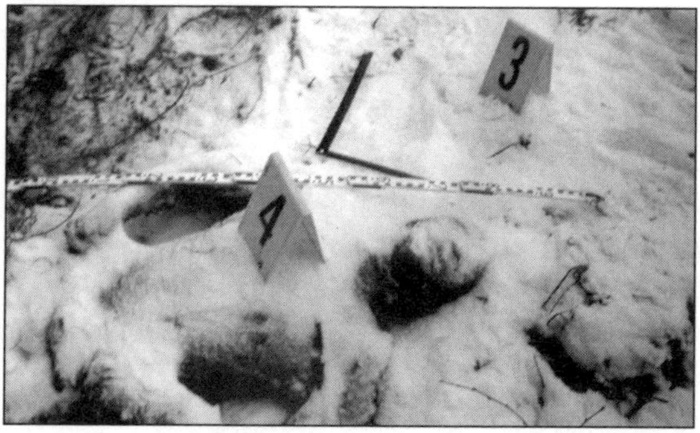

*Ein Handelsreisender findet den mit etwas Schnee bedeckten, verkohlten Toten.*

Wie gegenüber seinem Chef hätte Oberhofer auch Sonja gegenüber gern aufgelacht, aber er ließ es natürlich bleiben. Dass ihre Hirnwindungen allmählich in Schwung kamen, wurde ihm gegen 20.00 Uhr klar, als er Sonja anrief und sie ihm erzählte, dass zwei Kriminalbeamte bei ihr gewesen waren. »Sie haben mich gefragt, ob ich was mit Oberkirchen oder Furtbach anfangen kann.«

Augenblicklich schnürte sich Oberhofers Kehle zu. Dass sie die Brandstelle so schnell finden würden – überhaupt finden würden –, damit hatte er nicht gerechnet. Zweifelsohne, sie mussten die Spuren in der Lehmgrube entdeckt haben. Weshalb sollten sie sich sonst nach Oberkirchen erkundigen? Zum Teufel, wie hatten sie davon eigentlich Wind bekommen?

Er schluckte heftig, weil er fürchtete, seine Stimme könnte aussetzen. »Und was hast du gesagt?«

»Na, dass ich mit Oberkirchen nix anfangen kann.«

Wunderbar. Großartig.

»Aber dass du in Unterkirchen zu Haus' bist, das hab' ich ihnen schon gesagt.«

Das darf doch nicht wahr sein! »Aber wieso –?« Er räusperte sich. »Du hast ihnen von mir erzählt?«

»Ja warum nicht. Außerdem haben sie mich gefragt, zu welchen Leuten ich Kontakt habe und so weiter. Sie sagen, es ist fast sicher, dass der Tote der Sascha ist.« Sonja schniefte. »Es ist so furchtbar.«

Oberhofer spürte, wie seine Halsschlagader anschwoll.

»Sie wollten wissen, ob der Sascha irgendwelche Feinde hatte, drüben im Verein.« Da schien ihr plötzlich ein Licht aufzugehen. »Hast du was damit zu tun?«

Die Ader an Oberhofers Hals pochte wie wild. Sekundenlang war er unfähig zu antworten. Dann platzte er heraus: »Das kann ich mir in meiner Position nicht leisten!«

Und als wäre er empört, dass sie ihn auf diese schäbige Art verdächtigte, brach er das Telefonat mit Sonja unverzüglich ab.

Zwar gewährte der Lauf der Ermittlungen Oberhofer noch einige Stunden Gnadenfrist, aber die Kriminalisten des LKA Niederösterreich hatten längst das Netz für ihn gespannt. Am nächsten Abend, dem Dienstag, verfing er sich darin. Die Beamten holten Oberhofer zum Verhör ab. Er leugnete den Mord an Sascha Karlitschek nur kurze Zeit und gestand das Verbrechen noch in den späten Nachtstunden. Danach wünschte er sich von den Ermittlern nur eines: »Bitte rufen S' den Herrn Ministerialrat an. Sagen S' ihm, dass ich ihn morgen in der Früh nicht zum Flughafen fahren kann.«

~

»Ich weiß vor allem noch, dass es auf dem Parkplatz da draußen eisig kalt war und dass uns, als wir mit dem Hubschrauber über den Wald mit der Lehmgrube geflogen sind, um mit Luftaufnahmen die Nähe zu Oberhofers Wohnort aufzuzeigen, der Wind fürchterlich durchgebeutelt hat.«

Chefinspektor Karl Fitz sitzt zufrieden vor seinem Spritzer*. Es ist ein später Mittwochnachmittag im März 2006, die Arbeit des Tages – »hauptsächlich Papierzeugs« – ist erledigt.

»Einen massiven Tatvorsatz hat er gehabt, der Oberhofer, und für den Mord zuerst lebenslänglich bekommen. Mehr dazu fällt mir eigentlich nicht mehr ein.«

Kälte, Luftaufnahmen, Tatvorsatz, das Gerichtsurteil der Hauptverhandlung – immerhin vier Dinge. Exakt vier. Ein Zufall?

»Oder doch noch etwas: Nach der Berufung haben s' ihm die Strafe auf einen Zwanziger* runtergesetzt.«

Also fünf Dinge. Schade, vier hätten besser in mein Konzept gepasst. Sei 's drum. Fünf Fakten, ist das wirklich alles? Hat der Verdächtige denn gar keinen persönlichen Eindruck in Fitz hinterlassen? Ist Oberhofer nun wortkarg oder redselig, gefühlskalt oder emotionell gewesen?

»Verzeihen S' bitte schön, aber an solche Spitzfindigkeiten kann ich mich nicht mehr erinnern.«

Da gibt es nichts zu verzeihen. Man kann ihm nicht böse sein, dem Chefinspektor Fitz. Er mag sich bisweilen ein wenig raubeinig geben, in Wahrheit aber versteht er sich aufs gemütvoll Sinnige. Eine Eigenschaft, die er bei Bedarf auch bewusst einsetzt. Sein Vorgesetzter erzählt, die Serienmörderin Elfriede B., Österreichs »Schwarze Witwe«, habe Karl Fitz vollends unterschätzt. Immer wieder habe sie ihn mit »Mei' Bua« angesprochen und ihm letztlich im Plauderton drei Giftmorde mit dem Blutzucker senkenden Medikament Euglucon gestanden. »Mei' Bua.« – Sicher, Elfriede B. war eine alte Dame, ihrem Gebaren nach ganz der Mama-Typ, und Fitz damals noch zehn Jahre jünger.

Heute ist er 48 und sieht die Dinge pragmatisch. »Ich betrachte einen Fall als Sache. Würde ich mich in jeden Mörder hineindenken, würde mich das seelisch kaputt machen. Ich persönlich hab' keine Probleme damit, wenn an einem Tatort vier tote Kinder liegen, wie kürzlich in Mauerbach. Was mir allerdings zu schaffen macht, sind mumifizierte Leichen, die grässlich stinken und auf denen Maden krabbeln. Oder wenn ich eine Kühltruhe, die nicht funktioniert, aufmache und da liegt seit Monaten ein Toter drinnen.« Sinnierend setzt Fitz hinzu: »Wir sind halt alle Menschen, und jeder ist aus einem anderen Holz geschnitzt.«

Zurück zu Fitz, dem Pragmatiker. Die Mordsache Walter Oberhofer ist für ihn reibungslos gelaufen. Kein Stottern im Fahndungsmotor. Eineinhalb Tage vom Auffinden der Leiche bis zur Verhaftung des Verdächtigen, da muss man schon über einen Zwölf-Zylinder verfügen.

Naturgemäß begann der Fall für Karl Fitz mit dem Auffinden der Leiche durch den Handelsreisenden. Schon kurze Zeit später, nach der Verlautbarung in den Medien, meldeten sich die Angehörigen von Sascha Karlitschek. Auf Grund der Kleidungsreste, die sich nur noch am linken Unterarm fanden, der auffälligen Armbanduhr, die trotz der Hitzeeinwirkung funktionierte und die richtige Uhrzeit anzeigte, sowie des Ohrsteckers – goldfarben und mit eingelassenem Steinchen – lag nahe, dass es sich um den vermissten Wiener Fußballtrainer handelte.

Es folgte das übliche »Klinkenputzen« im sozialen Umfeld des Opfers. »Meine Leute haben sich die Mühe gemacht, besonders im Fußballclub Detailgespräche zu führen, und konnten die Erkenntnisse daraus sehr rasch umsetzen«, streicht Fitz die Verdienste der ermittelnden Beamten heraus. Bald erfuhren die Fahnder, dass Karlitscheks neue Freundin Sonja Gabler eine langjährige Beziehung zum verheirateten Walter Oberhofer unterhielt. Die durch Gerichtsbeschluss erwirkten Rufdatenermittlungen ergaben: Oberhofer hatte zu den tatkritischen Zeitpunkten mehrmals mit Sonja telefoniert. Fitz: »Wir konnten auch feststellen, dass er ein ›Extrem-Telefonierer‹ war und über sein Handy stundenlange Gespräche mit der Frau geführt hat.«

Eine Verhaltensweise, die Fitz an sich selbst nicht kennt. Für ihn sind Mobiltelefone ein heutzutage notwendiges Übel. »Ich glaube, die technische Entwicklung geht viel zu rasch vor sich. Davon darf man sich nicht geißeln lassen, denn der Mensch braucht Grundregeln, an die er sich halten kann.« Ein Dialog von Angesicht zu Angesicht, sagt Fitz, sei dem Telefonieren allemal vorzuziehen. »Das Plaudern mit meinen Kollegen gibt mir unheimlich viel. Wenn wir uns in einer gemütlichen Atmosphäre zusammensetzen und ein Glaserl trinken, dann brauchen wir keine Psychologen oder Supervisoren. Wir reden uns unseren Kummer untereinander von der Seele.« Spricht 's und nimmt einen Schluck von seinem Spritzer.

»Ich bin kein Trinker, aber ich bin auch nicht überfromm. Wenn 's mir richtig schlecht geht, dann genehmige ich mir am Abend schon ein Schluckerl.«

Kummer hatten Fitz und seine Kollegen von der Mordgruppe im Fall Oberhofer nicht. Bereits am Morgen des Dienstag, des 18. Dezember, fiel einem Jäger, als er Futter für das Hegewild ausbrachte, die Brandstelle in der aufgelassenen Lehmgrube bei Oberkirchen auf.

Beamte der Tatortgruppe führten umgehend eine Spurensicherung durch und fanden zwei Schlüsselbunde. Einer von ihnen bestand aus zehn Schlüsseln, die auf dem Sportplatzgelände in Wien Nord sperrten. Der andere Schlüsselbund wurde Sascha Karlitscheks Wohnadresse zugeordnet.

In diesem Punkt hatte der Mörder gepatzt. Er hatte nicht bedacht, dass Schlüssel nicht verbrennen wie Kleidungsstücke. Doch Oberhofer übersah auch noch weiteres Beweismaterial: die Reifenspuren seines Van, die er beim Zurückschieben auf dem Parkplatz direkt vor dem Abhang hinterlassen hatte.

*Am Leichenfundort sind Reifenspuren vom Wagen des Täters vorhanden.*

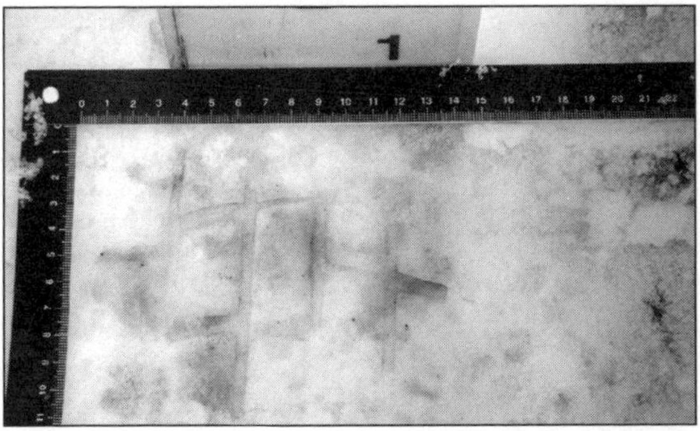

Sein vermutlich größter Fehler aber war sein Hang zur Übertreibung: In seiner ersten Vernehmung gab er an, er habe am Abend der Tat gemeinsam mit seiner Frau und seinen Söhnen die Weihnachtsfeier seines Fußballvereins in Unterkirchen besucht. Das entsprach den Tatsachen. Er war ab 19.00 Uhr dort, schob aber gegen 22.00 Uhr Müdigkeit vor, um die Feier verlassen zu können. Frau und Söhne fuhren nach Wien, während er sich angeblich sofort in sein Unterkirchener Haus zurückgezogen und es bis zum nächsten Morgen nicht mehr verlassen haben wollte. Bestätigen könne das niemand, sagte er aus. Weil ihm beim Durchlesen der Niederschrift sein fehlendes Alibi auffiel und er diese Unvollkommenheit offenbar wettmachen wollte, fügte er handschriftlich dem Protokoll folgenden Satz hinzu: »Meine Gattin kontrolliert bei solchen nächtlichen Fahrten, ob ich bei Sonja parke.«

Aha, das Kontrollorgan Ehefrau. Sie hatte nicht gesehen, dass er vor Sonjas Haus parkte, ergo konnte er an jenem Abend auch nicht dort gewesen sein.

Damit tat Oberhofer zuviel des Guten. Das besagte »Zipferl« ragte aus dem Nebel der Unverdächtigkeiten. Karl Fitz und seine Kollegen packten es richtig an, und das Lügengebäude krachte in sich zusammen. Von diesem Zeitpunkt an zeigte Oberhofer sich kooperativ, schilderte sein Vorgehen bis ins Detail und zeigte wenige Tage später bei der Tatrekonstruktion auch dem Staatsanwalt alle Einzelheiten.

»Ich finde, er war ein Durchschnittstyp. Wahrscheinlich kann ich mich deswegen nicht mehr an ihn erinnern.« Aber mit Sonja Gabler, so Karl Fitz, habe er viel geredet. »Sie war unglücklich. Sie hat es nicht geschafft, richtig mit ihm Schluss zu machen. Und er hat sie immer wieder mit seinen Anrufen gepiesackt.«

Um das Gerichtsurteil wieder aufzugreifen: Ursprünglich lautete es auf lebenslänglich. Im Berufungsverfahren konnte Oberhofers Anwalt einen Milderungsgrund geltend machen und die Herabsetzung des Urteils auf eine 20-jährige Haftstrafe erwirken. In Paragraf 34, Absatz 1 des Strafgesetzbuches heißt es dazu: »Ein Milderungsgrund ist insbesondere, wenn der Täter bisher einen ordentlichen Lebenswandel geführt hat und die Tat zu seinem sonstigen Verhalten in auffallendem Widerspruch steht.«

Was Gesetzestreue betrifft, hatte Walter Oberhofer ein untadeliges Leben geführt. »In moralischer Hinsicht steht mir kein Urteil zu«, merkt Karl Fitz an. »Wenn man sich auf ein Doppelspiel einlässt, dann muss man auch die Konsequenzen tragen. Ich sag' immer: Man kann kein bisserl schwanger sein.«

Einen Vergleich, den Fitz auch anwendet, wenn er seine Chefposition überdenkt: »Als Gruppenleiter musst du einen breiten Buckel haben, du musst akribisch sein und manchmal sogar ungut. Denn du bist derjenige, der die Regeln aufstellt.« Manchmal heißt es aber auch, den eigenen Kopf hinzuhalten, wenn etwas schief geht; es medial durchzustehen, wenn man sich geirrt hat – zum Beispiel in jenen heiklen Fällen, in denen ein Mordermittler schnell vom Kondolieren aufs Beschuldigen umschalten muss. »Da muss man innerlich schon sehr überzeugt sein, dass man richtig liegt.« Aber: »Eine falsche Entscheidung ist besser als keine Entscheidung.«

Seinen Job als Fahndungskriminalist gut zu machen, heißt freilich, möglichst oft die richtige Entscheidung zu treffen. »Das kann nur eine gefestigte Persönlichkeit«, ist Fitz überzeugt. »Der Background ist für einen Kriminalbeamten unheimlich wichtig, der geregelte familiäre Hintergrund. Natürlich muss ihm die Arbeit auch taugen.«

Fitz »taugte« es von Anfang an. Der gebürtige Wiener wuchs im westlichen Niederösterreich auf, wo sein Vater den Posten eines Gerichtsvorstehers innehatte. Fitz senior war es, der dem Sohn eine Anstellung bei der Exekutive schmackhaft machte. In jungen Jahren versah der heutige Chefinspektor Dienst auf einem kleinen Gendarmerieposten im Mariazellerland. »Dort hat immer der frühere Leiter der Kriminalabteilung Skiurlaub gemacht, und eines Tages hab' ich ihn angesprochen.« Nachdem der 23-jährige Fitz, wie für Neulinge üblich, probeweise die verschiedenen Ermittlungsbereiche durchlaufen hatte, sprach wiederum der einstige Chef der Mordgruppe ihn an. »Der Mann war 62 und hat mich jungen Spund gefragt, ob ich nicht dabeibleiben möchte. Das hat mir imponiert, und ich bin geblieben.«

Damals war Fitz mit viel Enthusiasmus beim Ermitteln. Er verspürte auch lange Zeit große Genugtuung, wenn er und seine

Kollegen wieder einmal einen Täter dingfest machen konnten. Vor drei Jahren, als er nach einem Verkehrsunfall etliche Wochen im Rollstuhl verbringen musste, hat sich seine Einstellung jedoch verändert. »Das Ermitteln ist für mich heute eine analytische Tätigkeit. Ich empfinde es als angenehm, wenn nach der Aufklärung eines Falles der Druck weg ist, und bin zufrieden, dass alles gut gegangen ist.«

Gibt es auch Fälle, die ihm gegen den Strich gehen?

»Sicher. Besonders, wenn ich es mit manchen ausländischen oder anderen Behörden zu tun bekomme, die vom System her nicht so funktionieren, wie ich es mir vorstelle.« Als Beispiel nennt der Chefinspektor den »Brotzetterl«-Fall aus *Gelegenheit macht Mörder**. Doch auch in dieser Angelegenheit war Karl Fitz letztendlich erfolgreich.

# DIE FÄLLE DES PROF. MACHATA

*Alles Leben ist Chemie.*
*Eine abgegriffene Redensart, denken Sie? Damit haben Sie natürlich Recht. Ursprünglich jedoch war der banal klingende, an verstaubte Schulbänke erinnernde Satz eine provozierende Ansage gegen die verbreitete Vorstellung, dass nur eine übersinnliche Kraft anorganischer Materie Leben verleihen könne. Es war der deutsche Chemiker Friedrich Wöhler, der als Erster an den Grundfesten dieser vitalistischen Auffassung rüttelte. 1828 gelang es ihm, eine Substanz, die bisher nur in lebenden Organismen erzeugt worden war, künstlich herzustellen: Wöhler synthetisierte Harnstoff aus Ammoniumcyanat.*
*Heute ist es längst Stand des Wissens, dass chemische Prozesse in Lebewesen prinzipiell gleich ablaufen wie überall sonst im Universum. Wenn also alles Leben Chemie ist, dann gilt das auch für dessen Ende: Jeder Tod ist Chemie – ein Einschnitt, der die biochemischen Reaktionen im Körper stoppt. Aus diesem Blickwinkel sind gewaltsame Todesfälle, deren Ursachen ermittelt werden müssen, von besonderem Interesse. Ein eigener Forschungszweig entwickelte sich im Laufe des vergangenen Jahrhunderts und ist aus Gerichtsmedizinischen Instituten nicht mehr wegzudenken. Wie vielfältig die Aufgaben dieser Fachrichtung waren, noch immer sind und in Zukunft sein werden, sollen die folgenden Beispiele aus der Laufbahn eines weltweit angesehenen Vertreters der forensischen Chemie illustrieren.*

## Chemischer Beistand für einen Verdächtigten

10. November 1955. Es war ein kalter, regnerischer Abend, an dem die 25-jährige Krankenschwester Margarete F. auf dem Heimweg nahe Steyr in Oberösterreich überfallen wurde. Die junge Frau, von Kollegen und Patienten »Schwester Bernhardine« genannt, lag entkleidet, vergewaltigt und erschlagen im Gebüsch neben der Landstraße.

Nicht ihr wahrer Mörder Alfred E., ein Sexualstraftäter, der später als »Gnom von Sierning« in die österreichische Kriminalgeschichte eingehen sollte, wurde mit dem Verbrechen in Verbindung gebracht; fälschlicherweise verdächtigte die Polizei den verheirateten Anästhesisten Günther H., der ein Verhältnis mit der Krankenschwester unterhalten hatte.

Obwohl H. jeden Zusammenhang mit dem Tod von Margarete F. vehement bestritt, glaubten die Kriminalbeamten ihm nicht. Der Fiat des Arztes war am Tatort gesehen worden, und H. hatte einen Wagenheber im Kofferraum, der laut eines Linzer Gerichtsmediziners genau zu den Schädelverletzungen des Opfers passte.

Doktor H.s Lage war hoffnungslos, bis ein Reporter aus Steyr auf die Idee kam, nach einem Triebtäter zu suchen. Er fand tatsächlich zehn ungeklärte Überfälle auf Frauen, die unter ähnlichen Umständen von einem auffallend kleinen, radelnden Mann verübt worden waren. Der Reporter zeichnete auf einer Landkarte die Tatorte ein und folgerte: Der Unhold wohnt in der Mitte – in Sierning.

Die These war kühn, verfehlte aber ihre Wirkung nicht. Eine überregionale Sonderkommission wurde gebildet, und man ersuchte Sachverständige der Gerichtsmedizin Wien, unter ihnen den 30-jährigen Chemiker Gottfried Machata, um zusätzliche Gutachten. Machata, der 1951 an der Universität Wien promoviert hatte und erst wenige Monate vor dem Mord an der Krankenschwester ans Gerichtsmedizinische Institut gekommen war, betrachtete den knöchernen Schädel des Opfers, den der Linzer Gerichtsmediziner zur Untersuchung mitgebracht hatte. Die Wiener Experten kamen zu dem Schluss, dass der Kollege aus Oberösterreich sich geirrt hatte: Der quadratische Abdruck im Schädeldach konnte nicht von Doktor H.s Wagenheber stammen, er war vielmehr typisch für einen schweren Hammer, ein so genanntes Maurerfäustel.

Auf Grund dieser Erkenntnis wurden Details erörtert, denen man bisher keine Beachtung geschenkt hatte. So war etwa die Strumpfhose des Opfers zusammengeknüllt neben der Leiche gelegen. War die junge Frau damit geknebelt worden?

Falls ja, sprach dieses Indiz für die Unschuld von Doktor H., denn Margarete F. war seine Freundin – er hätte sie nicht geknebelt. Die Frage an den Gerichtschemiker lautete daher: »Können Sie feststellen, ob sich die Strumpfhose im Mund des Opfers befunden hat?«

Zur Erinnerung, es war das Jahr 1955, Dekaden von DNA-Tests und High-Tech-Analysen entfernt. Machata musste sich mit einfacheren Mitteln begnügen. Er verließ sich auf die Kraft der Logik: Wenn der Täter die Strumpfhose Margarete F. in den Mund gestopft hatte, musste Speichel darauf sein. Zwar konnte man Speichel nicht nachweisen, sehr wohl aber die darin enthaltene Substanz Ptyalin. Es ist jenes Enzym*, das Stärke in Malzzucker spaltet und eine Semmel süßlich schmecken lässt, wenn man sie längere Zeit im Mund behält.

Das Ergebnis von Machatas Untersuchungen war positiv, das Opfer war geknebelt worden. Doktor H. war somit entlastet und Gottfried Machata noch am Ende des Jahres 1955 Leiter der forensischen Chemie am Wiener Institut für Gerichtsmedizin.

## Ihr letzter Atemzug

Renate S. lag tot auf dem Fußboden ihrer versperrten Wohnung in Wien-Hietzing; ein 25 Jahre junges Leben, ausgelöscht auf dem handgeknüpften Isfahan in einer bourgeoisen Idylle. Ein Nachbar hatte Gasgeruch bemerkt und den Hausmeister alarmiert. Dieser hatte die Tür geöffnet, den Gashahn zugedreht und die ebenfalls alarmierten Einsatzkräfte hereingelassen.

Zunächst erschien die Situation völlig klar. »Die hat ihren Kopf in den Backofen gelegt«, hieß es – wie in der Zeit des Wirtschaftswunders umgangssprachlich üblich. Besitzer eines Gasherdes können sich vermutlich vorstellen, was mit diesem saloppen Spruch gemeint war: ein Selbstmord mit dem damals im Stadtgas enthaltenen Kohlenstoffmonoxid.

Doch dann kamen der Gerichtsmediziner und der forensische Chemiker – Gottfried Machata – an den Tatort. Sie entkleideten die Leiche und stellten fest: Die Totenflecken sind nicht hellrot, sondern blaurot ausgebildet.

Der erfahrene Krimileser weiß an dieser Stelle: hochverdächtig!

Totenflecken besitzen normalerweise eine blaurote bis blauviolette Färbung. Es gibt nur wenige Bedingungen, unter denen sie hellrot erscheinen. Eine davon ist die Vergiftung mit Kohlenstoffmonoxid (CO). Schon 0,5 Prozent dieses farb-, geruch- und geschmacklosen Gases in der Atemluft sind tödlich, weil das heimtückische Gift sich 200mal leichter als Sauerstoff mit dem Hämoglobin in den roten Blutkörperchen verbindet. Konkret »schnappt« das Eisen-Zentralatom des Hämoglobins sich das CO, das Blut ist nun arteriell und hellrot gefärbt. Auf diese Weise blockiert Kohlenstoffmonoxid blitzschnell und ohne Vorwarnung den Sauerstofftransport im Körper. Die Folgen sind Bewusstlosigkeit und Erstickungstod innerhalb weniger Minuten.

»Bei Renate S. hatten die Totenflecken eine dunkle Farbe«, erinnert sich Professor Machata bei einem Kleinen Braunen im gemütlichen Wiener Kaffeehaus. »Wir hatten deshalb sofort Zweifel am vermeintlichen Selbstmord.«

Die Obduktion ergab, dass Renate S. im Brechakt erstickt war – an sich nicht ungewöhnlich bei einer CO-Vergiftung, weil das Gas starke Übelkeit verursachen kann. Die anschließenden Labortests jedoch bestätigten Machatas anfänglichen Verdacht, es fand sich kein Kohlenstoffmonoxid im Blut des Opfers. Welche geheimnisvolle Substanz hatte stattdessen den Tod von Renate S. hervorgerufen?

»Die Idee war, dass in der Lunge der letzte Atemzug, den ein Mensch getan hat, gespeichert ist. Um ihn aufzufangen, entwickelte ich eine irrsinnig komplizierte Apparatur.« Gottfried Machata, ein galanter Herr von 81, blickt spitzbübisch über den Rand seine Kaffeetasse. »Ich nahm nichts anderes als ein Einsiedeglas, in das ich die Lunge legte, die der obduzierende Kollege mir überreichte. Danach verschloss ich das Glas mit einem Deckel, der mit einem Gummistopfen versehen war. Während der nächsten Stunde fiel die Lunge etwas zusammen, die enthaltene Luft war nun in dem Behälter vorhanden, und ich konnte sie untersuchen.«

*Professor Machata am Gaschromatographen.*

Das geschah im Gaschromatographen, ein tatsächlich komplizierter Apparat, der das Endergebnis lieferte. Die Luft aus der Lunge von Renate S. enthielt weder CO noch einen anderen Bestandteil von Stadtgas, sondern das organische Lösungsmittel Trichlormethan ($CHCl_3$), besser bekannt unter dem Trivialnamen Chloroform. Der Ehemann hatte seine junge Frau nach einem Streit damit betäubt und dabei getötet. Hinterher drehte er den Gashahn auf, um einen Selbstmord vorzutäuschen. Das Motiv für die Auseinandersetzung war ein Urlaub gewesen, den der untreue Gatte mit seiner Geliebten hätte verbringen wollen. Um niemandem über sein Verhalten Rechenschaft ablegen zu müssen, chloroformierte der Mann auch noch seine Schwiegermutter in deren Wohnung und stieß sie kopfüber in die Badewanne, wo sie ertrank.

## Stadtgas und andere Quellen des schleichenden Gifts

Wer sich Wien vom Osten her nähert und auf der A4 stadteinwärts fährt, dem stechen knapp innerhalb der Stadtgrenze linker Hand vier breitzylindrische Gebäude ins Auge. Wer noch dazu das Glück hat, mit der Stadt an der schönen blauen Donau bei Sonnenschein Bekanntschaft zu schließen, dem zeigen sich die vier alten runden Ziegelmauerwerke in glühendem Rotbraun. Der Kennerblick haftet an klassizistischer Baukunst des späten 19. Jahrhunderts, Industriearchitektur mit Rundbogenfenstern und kantigen Pilastern, gekrönt von flachen Zipfelmützen aus Glas, neuerdings zu einem avantgardistischen Wohn-, Einkaufs- und Kinokomplex aufgepeppt.

»Gasometer« heißen die knapp 74 Meter hohen Konstruktionen in Wien-Simmering recht profan und zudem noch falsch. Aber hätte man sie korrekterweise »Gasbehälter« nennen sollen? Wie gut, dass man bei der für die Messuhr reservierten Bezeichnung geblieben ist – beim Namen jenes Messgerätes mit Ziffernblatt, das einst an der Gebäudeaußenseite den Füllstand und somit den Gasdruck im Inneren angezeigt hat. Angesichts dieser Begriffsumdeutung kann es auch nicht überraschen, dass alles heute noch Bestehende lediglich Blendwerk gewesen ist. Die an der Basis viereinhalb Meter und am Scheitel immerhin 90 Zentimeter dicken Mauern erfüllten rein ästhetische Zwecke. Der eigentliche Gasbehälter befand sich dahinter und konnte sich teleskopartig aus dem darunter liegenden Wasserbassin hochschieben, wenn das Gas hineinströmte. Sank hingegen der Füllstand, verschwand der Behälter wieder im Bassin wie eine Taucherglocke.

Faszinierende Technik ummantelt von rein kaschierender Schönheit – verglichen mit den heutigen glatzigen Erdgaskugeln ist man versucht, der guten alten Zeit nachzutrauern.

Damals, seit der Eröffnung anno 1899 bis zur endgültigen Stilllegung 1985 speicherte jeder der vier Gasometer bis zu 90 000 Kubikmeter Gas, das nebenan im Gaswerk durch Verkokung von Stein- oder Braunkohle erzeugt wurde. Bei diesem Verfahren transportierte man – zunächst händisch mit Schaufeln, später mit Förderbändern – die Kohle in so genannte Retortenöfen und erhitzte sie dort unter Luftabschluss mehrere Stunden lang auf 1200 Grad Celsius. Die hohe Temperatur zerlegt die komplizierten organischen Moleküle der Kohle in einfachere Verbindungen. Übrig bleibt ein Kohlenstoffgerüst – der als Brennstoff eingesetzte Koks, der heute noch vor allem als Hüttenkoks in der Stahlindustrie benötigt wird –, Kohleteer als Nebenprodukt und das brennbare Stadtgas, das sich hauptsächlich aus Wasserstoff (51 %), Methan (21 %), Stickstoff (15 %) und dem hochgiftigen Kohlenstoffmonoxid (bis zu 15 %) zusammensetzt. Früher wurde das Stadtgas zur Beleuchtung der Straßen verwendet, weshalb man es auch Leuchtgas nennt.

*Die vier Gasometer in Wien-Simmering.*

Leuchtgasvergiftungen im Haushalt machten damals mehr als die Hälfte aller Vergiftungen aus. Bis zur endgültigen Umstellung auf das praktisch CO-freie Erdgas Ende der 1970er-Jahre starben in Wien jährlich 50 bis 60 Menschen den Kohlenstoffmonoxid-Tod. Heute sind Autoabgase in geschlossenen Garagen, langen Tunneln und verkehrsreichen Straßenschluchten sowie Zimmerbrände, schlecht ziehende Öfen oder Kamine und Gasthermen in unbelüfteten Baderäumen die Hauptursachen von CO-Vergiftungen.

All diese Quellen für die Entstehung der toxischen Verbindung gab es auch in den Zeiten von Stadtgas. Daher war die Ursache für die Vergiftung am Leichenfundort oft völlig unklar: Handelte es sich um einen Unfall, hervorgerufen etwa durch unvollständige

Verbrennung in einem Durchlauferhitzer? War es Selbstmord durch ausgeströmtes Stadtgas aus einem offenen Gashahn? Oder musste man gar in einem Mordfall ermitteln?

Um Licht in das Dunkel zu bringen, begann Gottfried Machata, die Zusammensetzung der verschiedenen Gase zu erforschen. Mit der Gasmaske vorm Gesicht stieg er in den Brandkeller der Wiener Feuerwehrzentrale – Adresse: Wien Innere Stadt, Am Hof neun – und holte sich Proben von Gasen, die unter den unterschiedlichsten Verbrennungsbedingungen entstanden. »Ich musste eine Vielzahl von Proben analysieren, um verlässliche Aussagen treffen zu können«, sagt Machata heute. Damals erkannte er, dass die statistische Variation der Gasbestandteile typisch für die jeweilige Situation ist. »Zum Beispiel enthält das Gas aus einem schlecht ziehenden Kamin kein Methan, Stadtgas jedoch schon.«

Um zu erkennen, welches Gas das Opfer zuletzt eingeatmet hat, brachte der Gerichtschemiker wieder seine »irrsinnig komplizierte Apparatur«, das Einsiedeglas mit dem Gummistopfen, ins Spiel. – Etwa im Fall des Studenten Robert V., der mit einem über den Kopf gestülpten Kleidersack tot auf dem Dachboden seines Wohnhauses aufgefunden wurde. »Der junge Mann starb zweifelsfrei an einer Kohlenmonoxid-Vergiftung, er wies hellrote Totenflecken auf, und sein Blut hatte einen Hb·CO-Gehalt* von über 70 Prozent – ein mit Sicherheit tödlicher Wert«, erläutert Machata.

Die Polizei vermutete, dass Robert V. Selbstmord begangen hatte. Professor Machatas Untersuchung des letzten Atemzugs wiesen auch Stadtgas als die Quelle der todbringenden Substanz aus. Nun hatten die Ermittler ein Problem: Wie war der Student ohne Zutun eines anderen auf den Dachboden gekommen, auf dem es gar keinen Gasanschluss gab?

Des Rätsels Lösung war der Kleidersack. Robert V. hatte ihn am Gasanschluss in seiner Wohnung mit Stadtgas gefüllt und die Öffnung des Sacks mit der Hand zugehalten. Damit war er auf den Dachboden gestiegen und hatte ihn sich dort über den Kopf gestülpt, um die tödliche Füllung einzuatmen.

Als auf andere Weise bizarr entpuppte sich die Vorgangsweise von Xaver D. Der Mann in den besten Jahren folgte an einer sprudelnden Heilquelle im steirischen Vulkanland als Kurschatten einer Dame seines Alters. Beide waren in Wien wohnhaft und unglücklich verheiratet. Wieder zu Hause traf sich das Liebespaar ein letztes Mal beim Heustadlwasser, einem Altarm der Donau im Prater. Es sollte ein Abschied für immer werden. Xaver D. beteuerte später: »Wir wollten gemeinsam aus dem Leben scheiden.«

Als die Frau, Hermine M., zu ihm ins Auto stieg, schoss D. ihr in den Kopf. Der Schuss war tödlich. Daraufhin steckte D. einen vorbereiteten Gartenschlauch auf den Auspuff und leitete die Abgase ins Wageninnere. Xaver D. kletterte hinters Lenkrad, setzte sich die Pistole von unten ans Kinn und feuerte sie ab. Was dann geschah, war ein Gustostückerl für den Ballistiker, den Hirnchirurgen – und den Chemiker: Das Projektil durchschlug nicht nur D.s Kopf, sondern auch das Seitenfenster. Sauerstoff strömte durch das zerschossene Fenster in den Fahrgastraum, und Xaver D. kam mit dem Leben davon. Hermine M. hatte lediglich Spuren von Autoabgasen in der Lunge und Spuren von Kohlenmonoxid im Blut. Sie hatte nur ganz kurz überlebt. Sachverständige, Richter und Geschworene glaubten Xaver D. seine Version vom gemeinsamen Selbstmord nicht. Hermine M., so befanden sie, wollte nicht sterben. Sie verurteilten Xaver D. wegen Mordes.

Mit dem Leben davon gekommen ist auch der 22-jährige Franz F. Gemeinsam mit seinen Eltern hatte er gerade ein neu gebautes Einfamilienhaus in Waidhofen an der Thaya bezogen. Eines Abends – Franz F. befand sich im Badezimmer – hörte sein Vater einen dumpfen Aufschlag. Der Vater stürmte sofort ins Bad, fand seinen Sohn bewusstlos auf den Bodenfliesen liegend und konnte ihn noch rechtzeitig reanimieren. Die Ursache für den Gasunfall war eine nagelneue 12-Liter-Junkerstherme, die einwandfrei funktionierte. Bloß hatte der Installateur vorläufig eine Flotte Lotte* auf den im Dachboden mündenden Abzug gelegt – »damit das Rohr nicht verschmutzt«.

Weniger Glück war einem Bäckersohn aus Mistelbach beschieden. Der 16-jährige Bursche schlief in einer Kammer neben der Backstube, da er in aller Herrgottsfrühe zum Semmelbacken aufstehen musste. Im Herbst, als es draußen kälter wurde und die Fenster geschlossen waren, klagte er plötzlich über Übelkeit. »Mir wird immer so schlecht in der Nacht. Das muss am Ofen liegen.« Seine Annahme war richtig. Er besah sich das Abzugsrohr, das knapp unter dem Dachfirst endete, anstatt ins Freie zu führen. Die Reaktion des Burschen war fatal: Er montierte das Rohr ab, so dass nur mehr ein Stutzen übrig blieb. Am nächsten Morgen war der Bäckersohn samt seinem Hund tot.

## Eine tödliche Verwechslung und mehrere Missgeschicke

Die Psychiatrie ist ein dunkles Kapitel in der Geschichte der Menschheit, und wie in jeder Großstadt gibt es auch in Wien Orte der Seelenfinsternis. Das berühmt-berüchtigte Steinhof auf der Baumgartner Höhe im Bezirk Penzing zum Beispiel, und die psychiatrische Abteilung des Allgemeinen Krankenhauses. Dort kam es Ende der 1960er Jahre zu einem tragischen Zwischenfall.

Die Patienten bekamen allabendlich Medikamente zur Ruhigstellung. Damals wurde ihnen das Schlafmittel Paraldehyd, ein chemischer Abkömmling von Ethanal, in flüssiger Form mit dem Löffel verabreicht. Als besonders problematisch erwies sich in diesem Zusammenhang der Schichtwechsel der Pfleger: Hatte ein bestimmter Patient nun bereits »den Löffel bekommen« oder nicht? So geschah es gelegentlich, dass Patienten mit der doppelten Dosis vor sich hin dämmerten.

Erich B. wehrte sich einmal besonders heftig gegen den Löffel – und starb kurze Zeit später. Die Obduktion zeigte, dass B.s Mund und Speiseröhre schwer verätzt waren. Teile seiner Leber waren so hart, als hätte man sie wie Tierhaut gegerbt. »Ich war bei der Obduktion dabei und hatte da schon den Verdacht, dass man ihm irrtümlich Formaldehyd verabreicht hatte«, entsinnt sich Professor Machata dieses erschütternden Falls. Die Untersuchungen, die der Chemiker folgen ließ, bestätigten seine Vermutung.

Der Dienst habende Arzt hatte einen Pfleger angewiesen, die beinahe leere Paraldehyd-Flasche aufzufüllen. Einer der beiden Dienst habenden Pfleger, die dem Alkohol zusprachen und auch am betreffenden Abend nicht mehr nüchtern gewesen waren, ging in den Keller, sah eine große Flasche mit der Beschriftung »...aldehyd« und befüllte seine kleinere Flasche mit der enthaltenen Flüssigkeit. Er hatte nicht auf die Vorsilbe geachtet und so Par- mit Formaldeyd (internationale Bezeichnung: Methanal) verwechselt, einen unter anderem als Konservierungs- und Desinfektionsmittel verwendeten giftigen Stoff, der sich im Tierversuch mit Ratten als krebserregend erwiesen hat.

Der Fall fand ein – wohl nicht nur für Gottfried Machatas Gerechtigkeitsempfinden – unbefriedigendes Ende: Die beiden in Frage kommenden Pfleger wurden vor Gericht freigesprochen, der Dienst habende Arzt und der Klinikleiter nicht zur Verantwortung gezogen. Es konnte nicht festgestellt werden, welcher von den zwei Pflegern damals die Flasche nachgefüllt hatte.

»Wie halt so manches einfach vom Tisch gefegt wird«, resümiert der seit 1990 emeritierte Professor, der ungeachtet seines Ruhestandes unermüdlich in seinem Fach aktiv ist. Über 150 wissenschaftliche Publikationen tragen seinen Namen. Bis vor wenigen Jahren war Machata in der Ausbildung der UN-Drogendelegation tätig. Es waren seine Beiträge zur Analyse illegaler Suchtgifte und die anschauliche und anregende Art, in der er seine Arbeit präsentiert, die die Vereinten Nationen veranlasste, zum Beispiel derartige Trainingskurse in China zu finanzieren.

Doch nicht immer war Machatas Verhältnis zur UNO ungetrübt. Als zu Beginn des Jahres 1959 die belgische Kolonialmacht sich schlagartig aus dem Kongo zurückzog und ein Chaos in dem zentralafrikanischen Staat hinterließ, sollte eine internationale Militärhilfsaktion Frieden schaffen. In den Wirren dieser Kämpfe verschwanden drei Sanitäter – eine Frau und zwei Männer des Roten Kreuzes.

Etliche Wochen später fand man sie erschossen und in einem Erdgrab verscharrt auf. Eine von der UNO eingesetzte Untersuchungskommission unter der Leitung des Wiener Gerichtsmediziners

Professor Leopold Breitenecker sollte den Fall klären. Die bereits sehr faulen Leichen wurden nach Wien geflogen, wo man Röntgenaufnahmen von den Körpern der vor ihrem Tod schwer misshandelten Rot-Kreuz-Helfer anfertigte. Die Experten entdeckten Metallsplitter von Panzerfäusten und Gewehrmunition. Die Frage, die es für den Gerichtschemiker zu klären galt, lautete: Wem gehören die Waffen, aus denen die Metallsplitter stammen?

Gottfried Machata: »Die UN-Truppen bestanden großteils aus äthiopischen Soldaten, die von den USA bewaffnet wurden. Sie verwendeten amerikanische Munition aus einer Messing-Legierung. Die kongolesischen Aufständischen hingegen schossen mit belgischen Kupfer-Geschossen. Außerdem zeigten die abgefeuerten Projektile unterschiedliche Riefen und die Geschosskerne verschiedene, sehr typische Zusammensetzung. Meine Analysen ergaben, dass die Munition einwandfrei amerikanischer Herkunft war. Bestimmt können Sie sich vorstellen, wie schnell meine Ergebnisse unter den Teppich gekehrt wurden.«

Doch zurück zu Machatas späterem Engagement für die UNO und gegen die Verbreitung illegaler Drogen. Als der Professor in den 1980er-Jahren auf diesem Gebiet intensiver zu forschen begann, trat er an Innenminister Karl Blecha heran. Dieser möge ihn, so Machatas Bitte, mit der Untersuchung aller vom Flughafen Wien-Schwechat gemeldeten Drogendelikte betrauen. Blecha genehmigte Machatas Ansuchen. »Ich kam immer gut mit ihm aus. Das ging sogar so weit, dass mir Blecha, wenn ich dienstlich ins Ausland musste, Empfehlungsschreiben für die dortigen Innenminister mitgab. Eines Tages fragte mich der Innenminister von Sri Lanka bei einem Besuch: ›How is Charly?‹ – Ich stutze kurz, dann sagte ich: ›Oh, Charly. Charly is always fine.‹«

Machata untersuchte die Begleitprodukte im Heroin, um dessen Herkunft festzustellen. »Die Droge wird aus dem Schlafmohn hergestellt. Unter verschiedenen Wachstumsbedingungen enthält die Pflanze wechselnde Mengen an anderen Opiaten wie Morphin, Codein und Papaverin. Je nach Herkunftsland variiert also die chemische Zusammensetzung der Droge. Daher lässt die Analyse Rückschlüsse auf die Herkunft zu. Zudem benutzen Hersteller und Dealer unterschiedliche Streckmittel. Zum Beispiel verwendeten die Inder eine Zeit lang das Schlafmittel Metaqualon, später Aspirin.«

Dass auch leitende Kriminalbeamte nicht immer rühmlich handeln, bestätigte sich für den Gerichtschemiker, als auf dem Wiener Flughafen ein Dealer mit einer Tasche voll Heroin gefasst wurde. Im Verhör sagte der Mann aus, ein Kriminalpolizist hätte ihm die Droge gegeben. Machata glaubte dieser Aussage zunächst nicht. Erst als der Rauschgifthändler im Beisein des Professors genau beschrieb, wie der Polizist die Droge aufbereitet hatte, stand die Schuld des Kripo-Mannes für Machata fest. »Er streckte schon beschlagnahmtes Heroin im Verhältnis eins zu eins mit Milchzucker aus der Apotheke. Ich fragte den Dealer, wie der Polizist das denn gemacht habe, wo das in Frage kommende Heroin doch ein fester Block war. ›Ach‹, antwortete daraufhin der Dealer, ›der hat immer so mit der Fanta-Flasche drübergerollt.‹ – Da hab' ich etwas gelernt.«

Jüngere Fachkollegen können Gottfried Machata allerdings nicht viel vormachen. Er ärgert sich, wenn er im Fernsehen einen Tatsachen-Bericht über ein Verbrechen sieht, in dem ein kriminaltechnischer Experte interviewt wird und der Sprecher daraufhin stolz verkündet, der Spezialist habe die Art der Droge über Nacht bestimmen können. »Bei mir dauert so etwas nicht einmal fünf Minuten«, merkt Machata an, »denn ich schmecke schließlich den Unterschied zwischen Kokain, Heroin und anderen Drogen.«

Auch seine Kollegen unter den UN-Drogendelegierten dachten mitunter zu kompliziert: Die Schlüsselsubstanz zur Herstellung von Heroin ist Essigsäureanhydrid. Normalerweise hat diese flüssige, nach Essig riechende Substanz im Haushalt nichts zu suchen. Wenn ein UNO-Mitarbeiter in einem Haus beispielsweise im Iran einen Behälter mit diesem Stoff findet, dann weiß er: Hier wird Heroin erzeugt. Allerdings hat Essigsäure, die in stark verdünnter Form Speiseessig ergibt, denselben Geruch und dasselbe Aussehen wie Essigsäureanhydrid.

»Da bräuchten wir ja ein chemisches Labor, um den Unterschied festzustellen«, sorgte sich ein Delegierter.

Machatas Antwort: »Ihr braucht gar nichts, außer einem Glas Wasser. Essigsäure ist nämlich wasserlöslich, das Anhydrid aber nicht.«

Viele weitere Anekdoten und Episoden aus Professor Machatas Laufbahn ließen sich noch schildern. Etwa jene beiden Fälle, in denen populäre Schauspieler Leichenexhumierungen verlangten, weil sie, wie sich herausstellte, fälschlicherweise hinter natürlichen Toden Giftmorde vermuteten. Oder Machatas Aufklärungsarbeit im Fall des Schützenmajors Georg Klotz, einer Spitze des Südtiroler Freiheitskampfes. Oder den Fall des Tanzschulbesitzers, der an einer Portion mit Arsen versetztem Verhackert* starb ...

In *Gelegenheit macht Mörder* tritt der Professor übrigens unter dem Namen »Roland Baumgartner« auf – ein Pseudonym, das zu lüften er mir nun gestattet. Seine Verdienste um die Trennung von Barbituraten, die letztlich den »Blaubart von St. Pölten«, den Serienmörder Max G., überführten, sowie seine Vorliebe für geschmackliche Erkundungen, die ihm im Zusammenhang mit einer mit Aconitin präparierten Flasche Calvados beinahe zum Verhängnis wurde, sind im vorangegangen Band von Kriminalgeschichten geschildert.

Es ist jedoch ein Satz, der mehr als alles andere das Bild von diesem bemerkenswerten österreichischen Wissenschafter vervollständigt. Im Kaffeehaus blickt Gottfried Machata von seinem Kleinen Braunen auf und meint beinah bedauernd: »Der klassische Giftmord ist selten geworden. Die Mörder greifen heute zu Schusswaffen oder Messern oder arbeiten mit der bloßen Hand.«

Schwindet die Raffinesse unter den Killern?

In Anbetracht der täglichen Zeitungs-, Radio- und TV-Berichte ist der kriminalistisch Interessierte tatsächlich versucht, der guten alten Zeit nachzutrauern.

# »VERRÜCKTE« WIRKLICHKEIT

*Findelkind lag in Obstkiste – Neugeborenes in Mülltonne gefunden – Toter Säugling in Wäscheschrank entdeckt.*

*Meldungen wie diese gehen selbst im Zeitalter von sexueller Aufklärung, Pille und Fristenlösung immer wieder durch die Presse. Für viele sind sie ein Anlass, mit verständnislosem Entsetzen zu reagieren; für manche eine Gelegenheit, die strengere Bestrafung der schuldigen Mütter zu fordern.*
*In den letzten Jahren sah die Politik Handlungsbedarf, förderte die Errichtung von Babyklappen und legalisierte in einigen Spitälern die anonyme Geburt. Kritiker entgegnen jedoch, es habe seit der Umsetzung dieser Maßnahmen nicht weniger Kindstötungen und Kindsaussetzungen mit Todesfolge gegeben. Eine Sprecherin der Kinderhilfsorganisation »terre des hommes« etwa meint: »Alles deutet darauf hin, dass Mütter, die ihre Kinder töten, vom Angebot der Babyklappe und der anonymen Geburt überhaupt nicht erreicht werden.«*
*Zudem führen diese Einrichtungen nicht an die Wurzel des Problems. Wenn ausgesetzte oder getötete Neugeborene gefunden werden, meinen Kriminalisten, so sei das bloß die Spitze des Eisbergs. Wie hoch die Dunkelziffer sei, wisse im Grunde niemand. Auch über die Beweggründe der Frauen weiß man nur von den Einzelfällen, die ausgeforscht werden. Und über diese Motive liest man wenig in den Zeitungen. Die vom Ehemann oder von religiösen Traditionen unter Druck gesetzte Frau, das unaufgeklärte*

*oder vom eigenen Vater missbrauchte Mädchen sorgen zwar für Schlagzeilen, die Not der Betroffenen ruft jedoch kaum nachhaltiges Interesse der Öffentlichkeit hervor. So kann der nachstehende Fall einer Kindstötung, der sich vor wenigen Jahren im nordwestlichen Niederösterreich ereignet hat, lediglich als eines von vielen verschiedenen Beispielen betrachtet werden. Unter den gegebenen Umständen hätte weder eine Babyklappe noch die Möglichkeit zur anonymen Geburt das Kind retten können.*

Das niederösterreichische Waldviertel ist ein stiller Landstrich. Es besteht aus verwittertem Urgestein – einem zur Hochebene abgeschliffenen Gebirge, das mehrere hundert Millionen Jahre auf dem Buckel hat. Die Zeit vergeht in einer solchen Gegend langsamer.

Wie jede Grenzregion, vor der Jahrzehnte lang der Eiserne Vorhang zugezogen war, mangelt es auch dem Waldviertel an Einrichtungen, die man gemeinhin als Infrastruktur bezeichnet. Rau ist die Landschaft und zugleich lieblich, eine eigentümliche Mischung aus Abweisung und magischer Anziehungskraft. Damit ist das Waldviertel bevorzugter Tummelplatz für Künstler, Esoteriker und Alternative. Wer jedoch an unbegrenztes Wachstum glaubt und von der steilen Karriere träumt, der sucht das Weite. Übrig bleiben die Zweitwohnsitzler, die Nutznießer des sanften Tourismus, die Idealisten – und jene, die nicht anders können.

Die Familie Keiper bestand aus drei Personen. Mutter Hermine, 68, war neun Jahre lang verheiratet gewesen und hatte sieben Kinder geboren, zwei davon außerhalb ihrer Ehe. Diese beiden wohnten bei ihr, in dem winzigen Dorf nahe der tschechischen Grenze. Der 37-jährige Ferdinand, von Geburt an geistig behindert, wurde in seinen Zwanzigern von einem Auto angefahren und war seitdem auch körperlich lädiert. Tochter Veronika hatte sich mit Ach und Krach durch Volks- und Sonderschule gebracht und den Rest ihrer Teenagerzeit als Hilfsarbeiterin verdingt. Sie arbeitete im Schlachthof der nahen Bezirksstadt, bis sie zum ersten Mal schwanger wurde. Sie war damals 22 und kam in etwa so unbedarft zu ihrem Kind wie der Wacholderstrauch zu seinen Beeren.

Zu dieser Zeit war ihr älterer Bruder noch am Leben. Ludwig war, wie man in zeitgemäßem Jargon sagen würde, ein »Looser« und als solcher dem Suff ergeben. Einzig gegenüber seiner kleinen, zurückgebliebenen Schwester Veronika fühlte er sich stark. Er missbrauchte sie. Besonders in warmen Sommernächten nach durchgezechten Zeltfesten fiel er in seinem Rausch über sie her. Das Resultat war Karli. Der Tschuschen*-Karli, wie alle im Dorf ihn nannten, weil er einen ungewöhnlich dunklen Teint hatte und keiner so recht über den väterlichen Anteil seiner Gene Bescheid wusste.

Schon in der zweiten Klasse kriegte Karli das kleine Einmaleins nicht hin und tauchte derart verwahrlost in der Schule auf, dass die Fürsorge ihn der Mutter wegnahm und in ein Heim steckte. Die Leute zerrissen sich die Mäuler: Kein Wunder bei der Familie … Ist er am End' wirklich vom Ludwig? … Armes Tschapperl*… So ist er eh besser dran …

Mittlerweile war Veronika 33, schlug sich mit Notstandsunterstützung und Kinderbeihilfe durch, und der elfjährige Karli kam hin und wieder am Wochenende zu Besuch. Ansonsten lebte die junge Frau neben ihrer gebrechlichen Mutter und dem delirierenden Bruder her.

Als »leben« konnte man es genau genommen nicht bezeichnen, wie die beiden Rettungsfahrer, die Notärztin, der Gerichtsmediziner und die Kriminalbeamten hinterher einhellig feststellten. Ihrer Ansicht nach wäre »vegetieren« zutreffender gewesen, denn Hermine, Ferdinand und Veronika Keiper teilten sich eine bäuerliche Stube von 20 Quadratmetern Fläche, eine Keusche*, die so heruntergekommen war, dass sie nicht einmal mehr die Qualität eines Tierstalls besaß. An den Mauern klebte Dreck, der Putz war teilweise heruntergefallen, die Wände waren seit Jahrzehnten weder mit einem Pinsel noch mit frischer Farbe in Berührung gekommen. An einer Wand gab es eine Küchenkredenz und einen alten Bauernherd, den man mit Holz beheizen konnte. Gegenüber standen ein

Ehebett und an dessen Fußende ein Einzelbett. Die Leintücher und Überzüge wuschen die Keipers offensichtlich in jenen Zeitabständen wie andere Leute ihre Vorhänge – wenn überhaupt.

Eine Toilette, oder was man heutzutage darunter versteht, war nicht vorhanden. Wohl befand sich ein Plumpsklosett im Hof, aber das suchten die Bewohner nachts nicht auf. Und die Nacht dauerte sehr lange bei Familie Keiper. Die drei legten sich um sieben Uhr abends nieder – die alte Frau Keiper ins Einzelbett, Ferdinand und Veronika ins Ehebett – und standen auf, wenn die ersten Lichtstrahlen des neuen Tages durch das beinah blinde, kleine Fenster blitzten. Ihre Notdurft verrichteten sie in einem Kübel, der in einer Ecke stand. Ausgeleert wurde der Kübel – nein, nicht jeden Morgen, sondern wenn er voll war.

In diesem Ambiente wurde Veronika erneut schwanger.

Am 19. Mai um 2.35 Uhr nachts verständigte Franziska Göller die Rettung. »Der Ferdinand, mein Nachbar, hat grad an d' Tür pumpert. Seiner Schwester geht 's schlecht, sagt er. Ganz aufgeregt ist er.«

»Welcher Ferdinand?«, fragte der Diensthabende in der Rotkreuz-Zentrale.

»Na, der Keiper Ferdl. Der ist a bissel blöd im Schädel, wissen S' eh!«

Der Rotkreuz-Mann wusste es, die Keipers waren amtsbekannt. »Was fehlt denn seiner Schwester?«

»Was? – Sei still, Ferdl! – Er stammelt irgendwas von Bauchweh und Blut, viel Blut, und dass sei' Mutter ihn rüber g'schickt hat.«

Der Mann in der Zentrale delegierte einen Rettungswagen an die Adresse, die Franziska Göller ihm nannte. Wenige Minuten später traf die Rettungsmannschaft, bestehend aus dem hauptamtlichen Sanitäter Leopold Koller und der ehrenamtlichen Helferin Gerlinde Leitgeb, am Einsatzort ein. Ferdinand Keiper erwartete sie bereits auf der Straße und dirigierte sie mit fahrigen Gesten in das Haus. Den beiden Sanitätern war die Situation sofort klar, als sie die junge Frau auf dem Kübel in der Ecke sitzen sahen.

Gerlinde Leitgeb fragte: »In welchem Monat sind S' denn?«

Veronika antwortete nicht.

Ihre Mutter Hermine aber sagte in einfältigem, alle Schuld von sich weisendem Ton: »Wir haben gar net g'wusst, dass s' schwanger ist.«

»Kommen Sie, stehen Sie auf.« Leitgeb griff Veronika unter die Arme.

»Putzi drin«, meinte Veronika jetzt schlicht, während sie sich hochziehen ließ.

Der Kübel war bis zum Rand mit einer dunklen, übel riechenden Brühe gefüllt, aus der ein kleines Gesäß hervorlugte.

Leopold Koller rannte aus dem Haus und alarmierte den Notarztwagen, während seine Kollegin Gerlinde Leitgeb sich ein Herz fasste, in den Kübel griff und zu ihrem Entsetzen ein Neugeborenes herauszog. Es war ein Mädchen, das keine Anzeichen von Leben mehr zeigte. Umgehend nabelte Leitgeb das Kind von der Nachgeburt ab, die sich ebenfalls im Kübel befand. Sie reinigte die Atemwege und forderte Ferdinand Keiper auf, ein Handtuch zu bringen. Gemeinsam mit dem zurückgekehrten Koller säuberte sie das Neugeborene und versuchte bis zum Eintreffen des Notarztwagens vergeblich, es zu reanimieren. Doktor Elisabeth Schwendenwein vom Bezirkskrankenhaus konnte nur noch den Tod des Kindes feststellen.

Beim Eintreffen der vom Diensthabenden in der Rettungszentrale verständigten Gendarmerie-Patrouille war Veronika Keiper nicht mehr anwesend. Man hatte sie ins Krankenhaus gebracht. Auch die Rettungsmannschaft war bereits weggefahren. Nur mehr Hermine und Ferdinand Keiper saßen auf ihren Betten, starrten stumpf vor sich hin und reagierten auf die Fragen der Beamten mit kaum verständlichem Kauderwelsch. Das tote Kind lag mit einem Tuch bedeckt auf dem Boden.

Die Gendarmen zeigten den Sachverhalt beim zuständigen Staatsanwalt an, der die Obduktion des Kindes anordnete, und am nächsten Tag, dem 20. Mai, übernahm wegen der bedenklichen Umstände die Kriminalabteilung Niederösterreich, das nunmehrige Landeskriminalamt, den Fall.

Der Obduzent, Professor Christian Reiter aus Wien, traf am Nachmittag des 21. Mai in der Prosektur des Krankenhauses Gmünd ein.

»Im Fall einer mutmaßlichen Kindstötung«, erläutert Reiter, »muss der Gerichtsmediziner als Erstes feststellen, ob es sich tatsächlich um ein Neugeborenes handelt. Das war hier eindeutig gegeben, denn Mutterkuchen und Nabelschnur waren vorhanden.«

Weitere Anzeichen des Neugeborenseins sind die Wollbehaarung an der Schulterregion; die Geburtsgeschwulst – eine Beule am Hinterkopf, die durch die Druckbelastung im Geburtskanal entsteht; das so genannte Kindspech oder Meconium – zäher, schwarzer Stuhl beziehungsweise Darminhalt, der sich noch während der Schwangerschaft bildet; sowie Blut und Käseschmiere – eine Art körpereigene Creme, welche die Haut des Babys vor dem Aufweichen im Fruchtwasser schützt und die Gleitfähigkeit während der Geburt begünstigt.

Der nächste Schritt in der forensischen Untersuchung bezieht sich auf die Reife des Kindes. Veronika Keipers Mädchen war 50 Zentimeter groß, 3,17 Kilogramm schwer und somit voll entwickelt und lebensfähig. Schwere Erkrankungen und Missbildungen diagnostizierte Professor Reiter nicht.

»Selbstverständlich ist die wichtigste zu klärende Frage, ob das Kind tot geboren wurde oder ob es gelebt hat. Ein sicherer Test dafür ist die Lungenschwimmprobe: Beim ersten Atemzug entfalten sich die Lungenbläschen und füllen sich mit Luft. Legt man die Lunge nun in ein Becken mit Wasser, so schwimmt sie, und wir wissen, dass das Kind gelebt hat. Sinkt die Lunge aber zu Boden, dann war sie nicht mit Luft gefüllt und das Kind bei der Geburt schon tot.«

*Positive Lungenschwimmprobe.*

Da ein lebendes Neugeborenes auch Luft schluckt, muss eine Schwimmprobe des Magen-Darm-Traktes ebenfalls positiv ausfallen. Die entweichenden Luftblasen aus unterschiedlichen Darmabschnitten lassen Rückschlüsse darauf zu, wie lange das Kind gelebt hat.

Professor Reiter: »Veronika Keiper dürfte bei der Geburt gehockt sein. Das Kind stürzte aus einer Höhe von einem halben bis zu einen Meter in den Kübel. Dabei hat es sich einen Schädelbruch zugezogen. Die Lunge war zwar nicht komplett belüftet, aber sie ist geschwommen, wie auch der Magen und der erste Teil des Zwölffingerdarms.« Fazit: Das Kind hat geatmet, einige Minuten lang gelebt und ist in dem Gemisch aus Fruchtwasser, Blut und Exkrementen ertrunken beziehungsweise erstickt. In der mikroskopischen Untersuchung zeigten sich Fruchtwasserbestandteile und feste Fremdkörper – vermutlich WC-Papier – in der Lunge.

»Schrecklich, nicht?«, setzt Reiter hinzu. »Veronikas Mutter und der Bruder waren bei der Geburt anwesend. Der Bruder hat vermutlich nicht mitbekommen, worum es ging. Aber Veronika und die Mutter wussten, dass eine Geburt stattfindet. Alle schauten zu, aber getan haben sie nichts.«

Weshalb?

Diese Frage zu klären, oblag den Kriminalbeamten der Mordgruppe.

Gruppeninspektor Michael Emmerich vernahm Veronika Keiper noch am selben Tag im Krankenhaus – auf ihren ausdrücklichen Wunsch hin allein. Er erkannte rasch, dass seine Fragen nach den zeitlichen Abläufen der Schwangerschaft und der Geburt die junge Frau überforderten. Sie gab lediglich an, sie habe in der Nacht zum 19. Mai starke Bauchschmerzen verspürt, drei- oder viermal auf dem Kübel ihre Notdurft verrichtet und schließlich dabei ein Kind geboren. »Ich hab' kurz gedrückt, und das Putzi ist aus mir raus g'rutscht.« Von der Schwangerschaft wollte Veronika nichts bemerkt haben. Auf Grund ihrer schlechten körperlichen und seelischen Verfassung war zu diesem Zeitpunkt ein weiteres Nachhaken zwecklos.

Veronika Keiper wurde auf freiem Fuß angezeigt. Der Staatsanwalt zog einen Psychiater zu den Vernehmungen bei und beantragte eine Blutuntersuchung des Kindes auf Alkohol- und Suchtgift-Rückstände, die negativ ausfiel, sowie einen DNA-Vergleich mit Ferdinand Keiper.

Veronikas Bruder ließ den Mundhöhlenabstrich bereitwillig an sich vornehmen. Bedenkenlos gab er seine Aussage zu Protokoll und setzte seine krakelige Unterschrift darunter. Zum Lügen schien er gänzlich unfähig. Tatsächlich hatte er nichts zu verheimlichen: Er war nicht der Vater des toten Neugeborenen, denn er hatte offensichtlich noch nie eine intime Beziehung gehabt, weder zu Veronika noch zu einer anderen Frau.

In jener Nacht war Ferdinand gegen 2.00 Uhr aufgewacht, weil seine Schwester laut jammerte. Sie lag noch im Bett, stand aber kurz darauf auf und ging zu besagtem Kübel. Ferdinand bemerkte, dass sie stark aus dem Unterleib blutete. Das irritierte und ängstige ihn, er drückte ganz fest die Augen zu und stellte sich schlafend. Irgendwann schüttelte seine Mutter ihn und forderte ihn auf, zur Nachbarin zu gehen, um die Rettung zu verständigen. Freilich, so erzählte Ferdinand den Kriminalbeamten, sei ihm schon vor einer ganzen Weile aufgefallen, dass Veronikas Bauch immer größer wurde. Es hätte deswegen auch öfters Streit zwischen seiner Schwester und der Mutter gegeben. »Die Veronika hat immer g'sagt: ›Nein, i' krieg' kein Putzi.‹«

Hermine Keiper gab zu, auch ihr wäre in letzter Zeit aufgefallen, dass Veronika immer dicker wurde. »Aber wenn ich s' gefragt hab', ob s' schwanger ist, hat s' immer nur g'lacht und es geleugnet.« Nein, beim Arzt sei ihre Tochter nicht gewesen. »Sie hat ja keine Schmerzen g'habt.«

Am 19. Mai gegen Mitternacht jedoch bekam Veronika Schmerzen. »‚Mama, Mama, hilf mir, mir tut der Bauch so weh', hat s' gejammert. Ich hab' gesagt: ›Da kann ich dir auch net helfen‹, und bin wieder eingeschlafen. Aber ziemlich bald bin ich wieder aufgewacht von ihrem Gejammer. Da bin ich dann aufgestanden und hab' ihr einen heißen Thermophor und ein Kopfwehpulverl' geben. Einschlafen haben wir aber alle zwei nimmer können. Der Ferdl hat die ganze Zeit geschnarcht, der wird nie von alleine wach.«

Dass eine Geburt vor sich ging, war Hermine Keiper von dem Moment an klar, als sie das Blut sah. »Ich bin zu ihr hin 'gangen und neben ihr stehen 'blieben. Sie wollt' aufstehen. Da hab' ich gesehen, dass das Kind mit dem Kopf nach unten im Kübel gelegen ist. Der war voller Blut, und die Nachgeburt ist auch drin geschwommen. Ich hab' zur Veronika gesagt, sie soll sich wieder hinsetzen. Dann hab' ich den Ferdl aufgeweckt und ihm gesagt, er soll zur Göller Franzi um die Rettung rennen. Wir haben ja kein Telefon.«

Gruppeninspektor Emmerich fragte: »Warum haben Sie das Neugeborene nicht aus dem Kübel genommen, als Sie es gesehen haben?«

Antwort: »So was mach' ich net. Ich greif' so was net an. Außerdem hab' ich keine Handschuh' g'habt.«

»Das Kind hat zu dem Zeitpunkt noch gelebt. Sie hätten es retten können.«

Doch Hermine Keiper blieb dabei: »Ich mag so was net angreifen. Nein, so was greif' ich net an. Es hat mir regelrecht gegraust. Außerdem – geschrieen hat 's ja nicht, und die Rettung ist dann eh bald 'kommen. Aber da war halt nix mehr zu machen.«

Hermine Keiper wurde wegen unterlassener Hilfeleistung angeklagt, das Verfahren jedoch wegen Verhandlungsunfähigkeit der Frau eingestellt. Gerichtsmediziner Reiter: »Ich habe sie in ihrem Elendsquartier untersucht. Sie war gebrechlich, ihr Gesundheitszustand war sehr schlecht. Ein Transport wäre ihr nicht zumutbar gewesen.«

Auch den dunklen Punkt um den Kindesvater konnte Hermine Keiper nicht erhellen. Sie gab an, dass ihre Tochter sich häufig in Gmünd aufhielt, wo der betreffende Mann vermutlich zu suchen sei.

Gmünd erwies sich als Fehlanzeige.

Veronika Keiper wurde am 24. Mai aus dem Krankenhaus entlassen und tags darauf detailliert einvernommen. Sie sagte aus, dass sie nach der Geburt ihre Mutter um Hilfe gebeten habe. Diese habe aber nichts getan, außer auf die Rettung zu warten.

»Warum haben Sie denn selbst nichts gemacht?«, wollten die Kriminalbeamten wissen.

Sie erhielten ein paar dumpf hervorgestoßene Satzfetzen zur Antwort, die in flüssigem Hochdeutsch ungefähr wie folgt lauten: »Ich habe nicht gewusst, was ich machen soll. Ich habe gesehen, wie sich das Kind bewegt hat. Aber ich glaube, ich habe gedacht: Ich kann ihm sowieso nicht helfen. Genau weiß ich nicht mehr, wie das war.«

Eine Abtreibung hatte Veronika nie erwogen. Sie hätte das Kind im Falle seines Überlebens zur Adoption freigegeben. Sie war schon mit ihrem Sohn Karli, der im Jugendheim untergebracht war, heillos überfordert und hätte ein zweites Kind nicht verkraftet. Das war vermutlich der Grund, weshalb sie die Schwangerschaft verdrängte.

Die Ermittler fragten Veronika auch nach den Anzeichen der Schwangerschaft. »Ist Ihnen nie schlecht gewesen?«

»O ja, 'brochen hab' ich schon.«

»Und Ihre Regel, die ist doch ausgeblieben?«

Verständnisloses Schweigen.

»Sie haben doch schon ein Kind. Ist Ihnen denn nicht aufgefallen, dass sie wieder eines bekommen?«

»Ich weiß 's nicht. – Schon anders in mein' Bauch. Das Stampfen. – Aber dass mir so was noch einmal passiert.« Anhaltendes Kopfschütteln.

Und wie war es ihr nun noch einmal passiert?

Immer wieder hatte sie ihre ältere, verheiratete Schwester besucht. Deren Haus in einer Arbeitersiedlung lag eine Dreiviertelstunde mit dem Autobus entfernt. Dort war Veronika eine willkommene Arbeitskraft und durfte als Belohnung in der kleinen Kammer unter dem Dach übernachten – in einem eigenen Zimmer ganz für sie allein! Für Veronika war das der pure Luxus im Vergleich mit daheim, fast schon die Erfüllung ihrer unbändigen Sehnsucht, es wenigstens ein bisschen besser im Leben zu haben. Was machte es da schon aus, wenn der Stiefsohn der Schwester, der Pepi, sich hin und wieder nachts zu ihr legte. Zwar war der Pepi verheiratet, aber seine Frau und seine beiden Kinder brauchten ja nichts davon zu erfahren. »Schön still sein«, fispelte der Pepi immer. »Gell, Veronika, du sagst eh nix.«

»Nein, eh nix«, bestätigte Veronika, und der Freund vom Pepi, der Franzl, der hatte ihr dann auch noch etwas mehr als nur schöne Augen gemacht.

Erst vor eineinhalb Wochen hatte sie die beiden zuletzt gesehen, bezeichnenderweise am Samstag vor dem Muttertag. Da hatte der Pepi, anzüglich auf Veronikas Bauch blinzelnd, den Franzl gehänselt, dass der ja in Kürze Vater werden würde. »Gibt 's 'leicht bald eine Hochzeit?«, hatte er gefragt und dreckig gelacht. Veronika hatte beschämt zu Boden geblickt und sich nicht dazu geäußert.

Ob die beiden Männer zumindest ansatzweise das schlechte Gewissen plagt, bleibt dahingestellt.

~

»Dieser Fall lässt in die dunkelsten Tiefen unserer Gesellschaft blicken«, kommentiert Gerichtspsychiater Dieter Wolfhut. »Er zeigt, dass es selbst in reichen Industrienationen noch soziale Schichten und Regionen gibt, die mittelalterlich anmuten.«

Wolfhut nimmt sich insbesondere der verwundeten Seelen von Kindern und Jugendlichen an. Immer wieder führt er therapeutische Gespräche mit Mädchen und jungen Frauen, die Neugeborene ausgesetzt oder getötet haben. Von einem der erschütternden Schicksale, die sich oft hinter diesen – auch heute noch – tabuisierten Vergehen verbergen, berichtet Wolfhut: »Die jüngste Mutter, die ich kannte, war elf Jahre alt. Sie wurde von ihrer Mutter an einen 63-Jährigen verkauft. Der Mann hatte zu dem Mädchen ein durchaus liebevolles Verhältnis, bei dem es allerdings auch zum Geschlechtsverkehr kam.« Die junge Mutter und ihr Baby leben heute wie Geschwister in einem SOS-Kinderdorf, der Mann muss eine Gefängnisstrafe von zehn Jahren absitzen.

Psychiater Wolfhut beleuchtet die Motive von Kindsaussetzungen und -tötungen: »Häufig stehen religiöse und familiäre Traditionen im Kontrast zum gegenwärtig freizügigen Umgang mit der Sexualität. Beispielsweise gelten junge Frauen islamischer Herkunft als nicht mehr verheiratbar, wenn sie ein uneheliches Kind haben. Sie sind eine Schande für ihre Familien – auch noch in der zweiten oder dritten Generation der Zuwanderer. Und streng katholisch erzogene Mädchen erfahren selbst im 21. Jahrhundert gesellschaftliche Ächtung, wenn sie sich zu jung mit einem Mann einlassen.«

Es komme aber auch vor, dass aufgeklärte, erwachsene Frauen eine Schwangerschaft vor ihrem Partner verheimlichen. »Etwa wenn der Mann Druck auf die Frau ausübt, das Kind abtreiben zu lassen, und die Frau diesem Druck entgehen will.« Als Beispiel erwähnt Wolfhut den Fall einer zweifachen Mutter jenseits der 30, die ihren Mann, der kein Kind mehr wollte, in dem Glauben ließ, sie habe abgetrieben, das Baby später allein zur Welt brachte und aussetzte.

Dieter Wolfhut zählt nicht zu den uneingeschränkten Befürwortern von Babyklappen, wie sie derzeit an der Hinterseite mancher Krankenhäuser installiert sind. »Wenn eine solche Maßnahme wirklich greifen soll, müsste sie theoretisch flächendeckend, das heißt alle zwei Kilometer, eingerichtet werden. Eine Frau, die erschöpft und in Panik ist, läuft nicht eine halbe Stunde oder länger, um die nächste Babyklappe zu suchen.« Weshalb, so fragt sich der Experte, gibt man dem Allgemeinen Krankenhaus seine ursprüngliche Bedeutung nicht wieder zurück?

Das Wiener AKH, 1784 unter Kaiser Joseph II. eröffnet, diente ursprünglich auch als Geburtenstation für gesellschaftlich geächtete Mütter, die anonym bleiben konnten. Mit der »Verbürgerlichung« der Moral schaffte man diese Möglichkeit jedoch ab. Ist die Wiedereinführung der anonymen Geburt also die Lösung? – Dazu Wolfhut: »Zumindest werden auf diese Weise nicht nur die Babys, sondern auch die Mütter medizinisch versorgt.«

Für viele Menschen ist es schwer zu verstehen, wie man ein Neugeborenes aussetzen oder gar töten kann. Wolfhut aber plädiert dafür, dass für diese Frauen etwas getan werden muss, bevor sie in eine derart ausweglose Situation geraten. »Wir müssen uns entscheiden, was uns mehr wert ist: die Sensation der Entwicklung von Potenz steigernden Medikamenten oder die langfristige Verbesserung des Verhütungsverhaltens.«

Die betroffenen Mütter – oft genug ja selbst noch Kinder – befänden sich tatsächlich in einer großen Zwangslage, sagt Wolfhut. »Sie können ihre Not mit niemandem teilen, mit keinem Kompetenten über ihr Problem reden. Sie gelten in der Gesellschaft als Schlampen, weil sie sich so jung mit einem Mann einlassen. Oft ist auch ihr Stiefvater oder ihr leiblicher Vater der Kindesvater. Dann sind sie erst recht zum Schweigen verdammt. – Sie tun also in jedem Fall etwas Verbotenes.«

Vielfach verleugnen die werdenden Mütter daher das Problem. »Es ist ihnen durchaus bewusst, dass sie ein Kind bekommen. Sie zittern auch vor der Geburt, können aber nicht darüber sprechen.«

Speziell für dickliche Frauen sei es keine Schwierigkeit, eine Schwangerschaft zu verheimlichen. »Es ist physiologisch stimmig, wenn sie mehr essen. Sie erklären ihre Gewichtszunahme einfach mit größerem Appetit. Ihren wachsenden Bauch kaschieren sie mit weiter Kleidung, und die Säuglinge haben oft ein geringes Geburtsgewicht.«

Doch ist gerade das Verdrängen einer Schwangerschaft besonders problematisch, denn die Betroffenen lehnen es ab, ihre Situation zur Kenntnis zu nehmen, und werden deshalb oft von der Geburt überrascht. Im Schock und in der Verzweiflung kommt es dann häufig zu Kurzschlusshandlungen. Wolfhut verdeutlicht: »Die Mütter wollen ihre Kinder eigentlich nicht töten. Aber das Baby schreit, und die Frauen haben Angst, andere könnten das Schreien hören.«

Der Geburtsvorgang ist ein instinktgesteuertes Geschehen. Das eigene Ego steht im Zentrum der Wahrnehmung. Zudem besteht eine echte körperliche Erschöpfung, bei welcher die Blutgefäße im Bauchraum stark erweitert sind. Im Kopfbereich zirkuliert nur eine geringe Blutmenge – äußerlich erkennbar am blassen, spitzen Gesicht der Gebärenden. Hinzu kommt die rasante Hormonumstellung wegen der beginnenden Milchproduktion. »Die Frau befindet sich in einem Ausnahmezustand«, erläutert Wolfhut, »in einer Art ›verrückter‹ Wirklichkeit oder, wie es im Englischen vielleicht treffender heißt: Sie ist ›absent minded‹.«

Diese Tatsache macht die Milde des Gesetzes bei Kindstötungen verständlich. In Paragraf 79 des Strafgesetzbuches heißt es: »Eine Mutter, die das Kind während der Geburt oder solange sie noch unter der Einwirkung des Geburtsvorgangs steht, tötet, ist mit Freiheitsstrafe von einem bis zu fünf Jahren zu bestrafen.«

Im Fall Veronika Keiper lautete wegen der verminderten Zurechnungsfähigkeit der Angeklagten das Gerichtsurteil auf sechs Monate bedingt. Diesbezüglich heißt es in Paragraf 34 des Strafgesetzbuches:

»Ein Milderungsgrund ist es insbesondere, wenn der Täter […] die Tat unter dem Einfluss eines abnormen Geisteszustands begangen hat, wenn er schwach an Verstand ist oder wenn seine Erziehung sehr vernachlässigt worden ist.«

Auf Veronika Keiper dürften vor allem die letzten beiden Punkte zugetroffen haben.

# AM UNTEREN RAND

*Ein Kriminalfall ohne Gerichtsmediziner am Tatort ist ein schlecht begonnener Fall, denn der für die Totenbeschau herangezogene Arzt – häufig der Allgemeinmediziner einer Gemeinde – verfügt in der Regel über keine oder unzureichende forensische Kenntnisse. In der Tradition der Wiener Schule der Gerichtsmedizin gehört daher zu jedem sorgfältig untersuchten Kriminalfall ein Lokalaugenschein. Für den Gerichtsmediziner selbst ist ein solcher Termin ein zweischneidiges Schwert. »Wenn man«, sagt Professor Christian Reiter, »um zwei Uhr in der Nacht angerufen wird, und es heißt: Kommen Sie nach Sowieso, dann denkt man sich: Meine Güte, warum hab' ich nichts G'scheites gelernt?«*

*Für den Lokalaugenschein im Mordfall Vinzenz Braunegger hat man Professor Reiter, der übrigens in »Gelegenheit macht Mörder« unter dem Pseudonym »Georg Zoller« agiert und mit der Nennung seines wahren Namens einverstanden ist, tatsächlich um zwei Uhr nachts aus dem Bett geholt. Es war eine sternenklare Nacht Ende September. Der Vollmond und die Suchscheinwerfer der Gendarmerie durchfluteten die stille Finsternis des Föhrenwaldes im Bezirk Neunkirchen. Eigentlich ist die Gegend sehr hübsch, wenn man, zirka eine dreiviertel Autostunde von Wien entfernt, die Südautobahn verlässt und in Richtung der höchsten Erhebung Niederösterreichs fährt. Gestatten Sie mir, an dieser Stelle einmal mehr meinen Mann zu zitieren. Die kleine Episode ist einfach bezeichnend für*

*das liebevoll-missverständliche Verhältnis, das Deutsche und Österreicher gemeinhin pflegen:*
*Mein Mann flog einen Hamburger Gast von Wien-Schwechat aus über die östlichen Ausläufer der Alpen. Dabei näherten sich die beiden Hobbypiloten dem imposanten Zweitausender. Der Gast fragte: »Sag'n Se mal, Herr Schimmer, wie heißt denn dieser schneebedeckte Berg da vorne?«*
*»Schneeberg«, antwortete mein Bester wahrheitsgemäß.*
*Darauf der Hamburger indigniert: »Sie wollen mich wohl veräppeln, was!«*
*Unweit der Straße also, die von der Südautobahn zum Schneeberg führt, liegt der Föhrenwald, in dem Gendarmen auf dem Abhang einer aufgelassenen Schottergrube die Leiche von Vinzenz Braunegger gefunden hatten.*

*Auffindungssituation.*

*Im Umkreis des Toten entdeckten die inzwischen eingetroffenen Tatort-Kriminalisten eine Wolldecke mit Blutflecken, eine ebenfalls blutverschmutzte Pappschachtel und eine Schaufel, die im Boden steckte. Professor Reiter erkannte im Scheinwerferlicht, dass das Opfer erschossen worden war. Angesichts der Umstände bildete sich der Gerichtsmediziner bald ein Urteil über den Täter. Es fiel vernichtend aus: »Er war zu faul und zu dumm. Wenn er wenigstens ein bisschen Erde über die Leiche geschaufelt hätte, wäre Unkraut drüber gewachsen, und man hätte in ein paar Monaten nichts mehr gesehen.«*

*Die Schaufel steckt noch im Boden.*

*Der Mörder, Günter Schmied, wurde noch in derselben Nacht verhaftet. Dass er tatsächlich stümperhaft vorgegangen war, zeigte auch sein Auto, das er unmittelbar neben der Leichenfundstelle stehen ließ. Er hatte sich weder die Mühe gemacht, die Kennzeichen abzumontieren, noch seine eigenen Blutspuren auf der Windschutzscheibe wegzuwischen. Sie waren dorthin gelangt, als er beim Abtransport seines Opfers im Finstern gegen einen Baum krachte.*
*Die Geschichte von Schmieds Vorgehen ließe sich ohne weiteres als »Anleitung zum stümperhaften Mord« zusammenfassen, die wie folgt lauten könnte:*

*1. Führen Sie ein liederliches Leben.*
*2. Werden Sie zum Alkoholiker.*

*3. Lassen Sie Ihren Aggressionen freien Lauf.*
*4. Beschaffen Sie sich eine auffällige Waffe.*
*5. Töten Sie ohne die geringste Überlegung.*
*6. Sorgen Sie unbedingt für Tatzeugen.*
*7. Verursachen Sie einen Unfall mit dem Fluchtwagen.*
*8. Lassen Sie sich neben der Leiche verhaften.*

*Für die Kriminalisten war es ein Leichtes, einen solch gedankenlosen Mörder zu überführen. Professor Reiter und die Schuss-Sachverständigen der Wiener Gerichtsmedizin aber mussten durch aufwändige chemisch-ballistische Tests Schmied den Tatvorsatz nachweisen.*

*Der Wagen des Täters mit amtlichen Kennzeichen und Blutspuren.*

»Räudiges Mistvieh!«

Vinzenz Braunegger, von seinem Kumpel Vinz genannt, stoppte mit schlitternden Sohlen vor der Katze, die nach seinem Schuss einfach umgefallen war. Sie hatte ein gequältes »Mi-aa-uuh« ausgestoßen, lag jetzt hechelnd auf der Seite und zuckte mit der Vorderpfote. Vinzenz stieß mit der Schuhspitze gegen ihre Rippen – oder eigentlich gegen seine Rippen, denn es war ein Kater, wie er sah. Er sah auch, dass eine Darmschlinge aus dem schlaffen Bauchfell hervorquoll.

»Elendiger Katzentrampel! Was hat der auch da verloren?«

Während Vinzenz nichts weiter tat, außer mit den Füßen zu zappeln und zornige Flüche auszustoßen, riss sein Kumpel ihm die Flinte aus der Hand. Gü, der mit vollem Namen Günter Schmied hieß, kippte den Gewehrlauf nach unten und feuerte eine Schrotladung ab. *Puff*, und der Schädel des Tiers war zu einem Matsch aus Blut, Knochensplittern und Gehirnmasse zerflossen.

Seinen Ekel hinunterwürgend stapfte Vinzenz davon. Er hatte genug von der Ballerei. Ein für allemal. Er war es nicht gewesen, der auf diese blöde Idee verfallen war. Gü hatte die Flinte aus dem Waffenschrank seines Onkels geschmuggelt, damit sie im Wald, wo es knapp neben den Südbahngleisen eine aufgelassene Schottergrube gab, auf die Pirsch gehen konnten. Auf die Pirsch gehen – das waren Güs Worte. Vinzenz hatte das so verstanden, dass sie das ungeladene Gewehr anlegen und dann den Abzug drücken wollten, wobei es jedes Mal einen leisen Klick gab; und so hatten sie es anfangs auch gemacht. Aber Gü war das bald zu langweilig geworden. Er fühlte sich stark mit der Flinte in der Hand, protzte vor Vinz damit und hatte sich aus dem Werkzeugkasten im Wagenschuppen seines Onkels die passende Munition organisiert. »Ich will, dass es richtig kracht.«

Gü zielte auf Vögel, die aus den Baumkronen aufflatterten, und auf Eichhörnchen, die von Ast zu Ast wieselten, traf jedoch nie. Ausgerechnet Vinzenz musste es passieren, dass er den streunenden Kater erwischte, obwohl er doch nur auf die leeren Bierflaschen schoss, die sie auf die Stümpfe der geschlägerten Schwarzföhren gestellt hatten. »Vertrotteltes Viech!«, grollte er, während er sich wie ein Unwetter gegen Westen verzog und Gü die restlichen Patronen in die Luft donnerte.

Es war ein schwüler Tag Anfang Juni, der Schulschluss nahte, und spätestens dann würde er, Vinzenz, sich auf Nimmerwiedersehen davon machen aus dieser Gegend, die seiner Meinung nach das Hinterletzte auf der Welt war; viel zu eng für seinen Zorn und viel zu weit, um irgendwo darin Fuß zu fassen. Es war ihm egal – »Extrawurscht«, wie er zu sagen pflegte –, wenn sein Zeugnis vor Fünfern strotzte. Dass dies der Fall sein würde, war ihm klar, denn er hatte schon seit geraumer Zeit keine Lust mehr, seine Vormittage im Klassenzimmer zu verplempern. Und bevor er nachmittags seinem versoffenen Vater über den Weg lief, suchte er lieber das Weite.

Ende April hatte Vinz – er war gerade 14 geworden – damit begonnen, per Anhalter ins Höllental zu trampen, um in der Schwarza zu baden oder ein bisschen zu angeln. Zu seiner Überraschung hatte er dort eines Tages Günter Schmied aus der Parallelklasse auf einer Sandbank sitzen gesehen. Offenbar hatte der auch keinen Bock auf Lernen. Also zogen sie von da an gemeinsam los, und Günter versteckte Süßigkeiten und Spirituosen unter seiner Jacke, während Vinzenz, der ein wenig kommunikativer war – wenn auch sein Vokabular sich vorwiegend aus Schimpfwörtern zusammensetzte –, den Gemischtwarenhändler ablenkte. Den Cola-Schlecker in der einen Hand und eine Flasche Schwechater Lager in der anderen ließen sie sich am Flussufer nieder. Hätten sie da schon Glatze beziehungsweise Schnauzbart gehabt, wären sie rein optisch als pubertäre Kreuzung zwischen Kojak und Kottan durchgegangen, die in diesen Tagen als besonders cool galten. Weil sie aber beide männlichen Attribute noch nicht besaßen, nannten sie einander Vinz und Gü, was, wie sie fanden, viel hartgesottener klang als ihre provinziellen Vornamen.

Nachdem an dem schwülen Junitag der letzte Knall der Schrotflinte verhallt war und die überschüssigen Bleikörner zwischen die Föhrennadeln auf den Waldboden rieselten, kam Gü hinter Vinzenz her gerannt. »Scheiß di' net an, Alter«, meinte er und drückte seinem Kumpel mit der Linken lässig die Schulter.

Der schüttelte die Hand ab. »Geh' selber scheißen!«

So einfach ließ Gü sich aber nicht abwimmeln. »War eh besser für das Viech, verludert wie das war.«

Vinzenz fuhr herum und rammte die Faust in Güs Magengrube. Besser gesagt, er wollte sie dorthin rammen, verfehlte aber sein Ziel. Da presste plötzlich die Gewehrmündung von unten gegen sein Kinn. »Hörst, was willst?« Und er musste sich die vier Wochen bis zum Schulschluss Güs Gespött gefallen lassen – von wegen dass er zu feig gewesen war, dem verkommenen Kater das Licht auszublasen.

Verdammt noch einmal, musste er denn immer den Kürzeren ziehen? Daheim war es genauso. Als Jüngster von sechs Brüdern war Vinzenz von klein auf quasi das Omega-Huhn gewesen, das sich mit dem zu begnügen hatte, was die anderen übrig ließen – und außer Hieben war das nicht viel. Den Aggressionen seiner Sippe schutzlos ausgeliefert, hatte sich ein gewaltiges Pensum an Groll in ihm aufgestaut, dem er bis dato lediglich ein verbales Ventil hatte öffnen können. Als Vinzenz jedoch ohne Hauptschulabschluss nach Wien ging, trat er als Erstes einem Boxverein bei. Dort trainierte er wie ein Besessener exakt so lange, bis er jeden – absolut jeden –, der ihm an die Gurgel wollte, k. o. schlagen konnte.

Gegen Ende seiner Teenagerzeit hatte Vinzenz sich zu einem menschlichen Bullterrier gemausert, der sein Leben größtenteils in rasender Wut verbrachte. Finanziell hielt er sich mit Hilfsarbeiten an diversen Fließbändern und auf Baustellen über Wasser. Nirgendwo hielt er es lange aus – oder seine Arbeitgeber hielten es mit ihm nicht lange aus, weil er andauernd Unruhe in der Truppe stiftete.

Mit 19 hatte er Gü längst aus den Augen verloren, und es wuchs ihm nun tatsächlich ein Schnauzbart, so wie ein wuscheliger Haarschopf ihn von Stirn bis Nacken zierte. Vinzenz schwängerte Martina, eine Kellnerin in einem der zwielichtigen Lokale, in denen er verkehrte. Er heiratete sie, die beiden zogen in eine Mietwohnung im Arbeiterbezirk Favoriten, und ehe sie sich 's versahen, waren sie zu siebent.

Jedes Kind, das Martina gebar, steigerte Vinzenz' Unmut. Er wurde halb verrückt, denn ihn erwartete der reinste Affenzirkus, wenn er abends in die 65-Quadratmeter-Wohnung zurückkehrte. Nachdem der Presslufthammer ihm tagsüber Herz und Hirn durchgerüttelt hatte und er die Vibrationen sogar nachts in jeder einzelnen Muskelfaser spürte, musste er auch noch das ständige Gebrüll und Gequengele daheim ertragen. Vinzenz' Nerven glichen ausgefransten Schnürsenkeln. Sie rissen in dem Moment, als Martina ihm eröffnete, dass sie ein sechstes Mal schwanger war. »Du depperte Sau!«, schimpfte er sie. »Hast denn schon wieder die Pille vergessen?«

Mit ganzer Kraft versuchte er, ihr die Schlampigkeit aus dem Leib zu dreschen, womit er sich seine erste Vorstrafe wegen

Körperverletzung, die Scheidung und die Verpflichtung zur Unterhaltszahlung für seine Ex-Frau und die fünf Kinder einhandelte.

Etwa zur selben Zeit starb Vinzenz' Vater. Das Elternhaus, eine kleine gemauerte Hütte zwischen Wiener Neustadt und Neunkirchen, stand nun leer. Bis vor kurzem wäre es Vinzenz zwar nicht im Traum eingefallen, sich wieder zurück in das Kuhdorf zu begeben, aus dem er einst sang- und klanglos verschwunden war. Aber jetzt, nachdem seine Ex ihn auf derart niederträchtige Weise vor die Tür gesetzt hatte, sah er den Tod seines Vaters als echten Glücksfall. Die sechs Braunegger-Söhne erbten den Besitz zu gleichen Teilen, und da ein jeder von Vinzenz' älteren Brüdern eine eigene Bleibe hatte, überließen sie Haus und Grundstück dem Jüngsten zur Nutzung.

Bravo, sagte sich Vinzenz, als er einzog, endlich einmal etwas Ordentliches, das sie dir überlassen. Obwohl man, objektiv betrachtet, keineswegs von Ordnung sprechen konnte bei all dem Gerümpel, das im Hof herumlag, und den Autowracks, die seit Jahren vor sich hinrosteten. Sein Vater war nicht nur ein Säufer gewesen, sondern auch was man auf Neudeutsch einen »Messie« nennt. Er hatte am Vermüllungssyndrom gelitten und, seit Vinzenz' Mutter vor etlichen Jahren bei einem Unfall ums Leben gekommen war, wahllos alles gesammelt, was die Leute im Dorf wegwarfen. Genau genommen warfen sie die Dinge aber gar nicht weg, das hatte Vinzenz schon als Kind durchschaut; sie riefen stattdessen seinen Vater an, der die Sachen dann mit dem Pritschenbus abholte. Auf diese Weise hatte sich das Grundstück der Brauneggers über die Jahre in ein Endlager für ausgediente landwirtschaftliche Geräte, kaputte Rasenmäher, durchgelegene Matratzen, lädierte Gartenmöbel und dergleichen mehr verwandelt.

Vinzenz fand das Durcheinander nicht weiter schlimm. Ihn störte nur, dass die Dorfbewohner sich darüber aufregten – und das, nachdem sie sich die Entsorgungskosten für ihren Müll erspart hatten! Sie beschwerten sich sogar beim Gemeindeamt, weil angeblich das Grundwasser gefährdet war. Na, von denen sollte ihm einer blöd kommen. Der würde Bekanntschaft mit seinen Fäusten schließen, so schnell konnte der gar nicht schauen. Das Gerümpel bleibt, beschloss Vinzenz. Jetzt erst recht.

Er sortierte lediglich die Sachen aus, die noch halbwegs brauchbar waren und verscherbelte sie an den Altwarenhändler. Mit dem Geld konnte er die Sperrfrist bis zur Auszahlung der Arbeitslosenunterstützung überbrücken, nachdem er bei der Straßenbaufirma in Wien gekündigt hatte. Dieser Job am Presslufthammer war sowieso das Allerletzte gewesen, und das tägliche Pendeln hätte sich zu einer riesigen Mühsal ausgewachsen. Obendrein war Frühling, da musste Vinzenz sich erst einmal richtig einleben, die ländliche Gegend aufmischen, ausgiebige Streifzüge durch die Wirtshäuser unternehmen und die einschlägigen Lokale unsicher machen, in denen er willige Weiber aufgabeln konnte. Um einen neuen Job kümmerte er sich nicht. Es war ohnehin besser, dass er sein Geld verprasste, denn wo nichts ist, da kann man nichts holen. Sollte Martina, die dumme Gans, doch selber schauen, wie sie ihre Brut durchfütterte.

Doch Martina war nicht ganz so hilflos, wie Vinzenz gedacht hatte. Sie bemühte Vater Staat, und der pfändete ihm die Arbeitslose. Als nichts, aber auch gar nichts mehr zu holen war, flatterten die gerichtlichen Vorladungen in sein kleines Haus, in denen irgendetwas von Verletzung der Unterhaltspflicht, Unterlassung, einem Erwerb nachzugehen, und Freiheitsstrafe von bis zu sechs Monaten stand. Und genau die brummten sie ihm letztendlich auf. Eine himmelschreiende Ungerechtigkeit! Vinzenz wehrte sich mit Händen und Füßen, was ihm auch noch eine Verurteilung wegen Widerstands gegen die Staatsgewalt einbrachte.

Das Gefängnisleben hatte durchaus seine guten Seiten, wie Vinzenz feststellte. Vorausgesetzt, man konnte sich gegen zudringliche Mithäftlinge wehren. Aber diesbezüglich hatte er ja schon in seiner Jugend vorgesorgt. Er brauchte lediglich mit der rechten Faust ein wenig herumzufuchteln, um damit den Gegner zu irritieren, und dann in einem unerwarteten Moment einen linken Haken loszuschicken. Der haute alle um, selbst die, die einen Kopf größer waren als er. Mit der Zeit akzeptierten sie ihn, den testosterongesteuerten Schnauzbärtigen, ihre Angriffe legten sich, und der »bucklige Vikerl«, ein Langjähriger, unterwies ihn in der Kunst des Tätowierens.

Das Gefängnisleben hatte also auch seine guten Seiten, denn mit dem Tätowieren konnte Vinzenz sich später eine Kleinigkeit dazuverdienen, ohne dass seine Ex und der Staat etwas davon mitbekamen. Kurz vor seiner Entlassung fühlte sich der Psychologen-Heini dann noch bemüßigt, ihm eine elendslange Predigt über die Gefahren von Alkohol und Medikamenten zu halten. Und das bloß, weil ihm der Blumendoktor Rohypnol-Tabletten verschrieben hatte, damit er sich in exaltierenden Momenten wieder einkriegte und besser schlafen konnte.

Was er von dem Psycho-Trottel alles zu hören bekam! Von Verminderung der geistigen Leistungsfähigkeit, von Gastritis und Leberzirrhose, von Bauchspeicheldrüsenentzündung und erektiler Dings-Funktion – Extrawurscht – erektile Dysfunktion, dass er nicht lachte!

Es war ihm dann doch eher zum Toben zumute, als er, kurz nachdem er wieder die heimatliche Hütte bezogen hatte, gleich in zwei Fällen zum Vaterschaftstest zitiert wurde. Prompte zwei Volltreffer natürlich, und zwei weitere Ansprüche auf Unterhaltszahlung.

Er dachte ja gar nicht daran. Seine Gespielinnen waren doch selber ganz gierig gewesen. Dass die zu dämlich zum Verhüten oder zum Abtreiben waren, dafür konnte er doch nichts. Aber er sollte jetzt die Rechnung begleichen. Nein, wirklich nicht. Auf gar keinen Fall.

Wegen einer Anstellung sah Vinzenz sich nicht mehr um. Und die Arbeitslose konnten sie sich, von ihm aus, weiß der Teufel wohin stecken. Er verdiente sich sein Geld jetzt mit Tätowieren, basta. Doch als er sah, dass das bei weitem nicht reichte, begann er sich bei Martina reinzuraunzen. »Schau, Schatzilein, das war doch nicht so gemeint, damals …« Er wusste genau, wie er schnurren musste, und seine muskulösen, tätowierten Oberarme – auf die standen die Mädels einfach.

Er kam tatsächlich damit durch, denn während er im Knast saß, prügelte ein anderer Kerl Martina halbtot. Das, erklärte Vinzenz bereits in weniger schmeichelndem Ton, hätte *er* mit Sicherheit zu verhindern gewusst, wäre er zur Stelle gewesen. Aber sie, seine liebe Ex, habe ihn ja unbedingt vor Gericht zerren und zur Unterhaltszahlung verdonnern müssen, was er sich, man könne es nun einmal drehen und wenden wie man wolle, einfach nicht leisten könne.

Würde sie jedoch in Zukunft von derlei Unvernünftigkeiten absehen, so könnte er fortan sozusagen als ihre Schutzmacht fungieren. Großmütig würde er ihr dann alle Unannehmlichkeiten verzeihen, die sie ihm in der Vergangenheit bereitet hatte. Sie könnte sogar bei ihm auf dem Land wohnen. Die Kinder müsse sie allerdings in der Stadt lassen, für die war hier wirklich kein Platz. Sonst würde das ganze Theater bloß wieder von vorne anfangen. – Wie alt war die Älteste jetzt? – 14, ah ja. Ohnehin schon groß genug, um auf die anderen aufzupassen. – Das geht nur tageweise? – Auch gut.

Martina zog zeitweilig bei Vinzenz ein. Sie lieferte ihm sogar zwei Drittel der Kinderbeihilfe ab, denn irgendetwas musste er ja essen und seine Notstandsunterstützung ging allein fürs Trinken drauf. Das Bier versank halt literweise in den durstigen Kehlen, wenn seine Kumpels abends zu Besuch kamen und über Nacht blieben. Damit er dann tagsüber mit seinem Brummschädel einschlafen konnte, fing Vinzenz wieder an, sich Rohypnol zu organisieren. Das war ganz einfach, denn er bekam die Dinger auf Rezept, und Martina und die süße zarte Alexandra, seine Neue, ließen sich die Tabletten auch verschreiben. Sie brauchten sie natürlich nicht für sich, sondern versorgten ihren Vinzenz damit.

Dann, eines Tages, Vinzenz war mittlerweile 34, sagte ihm Alexandra, dass sie schwanger sei. Er war knapp vor dem Explodieren, aber sie freute sich so sehr über ihr nahendes Mutterglück, dass ihm die Wut in den gespannten Sehnen stecken blieb. Drei Wochen, nachdem Alexandras Vater und ihre beiden Brüder – allesamt Bodybuilder – unisono bei ihm angerückt waren, war Vinzenz zum zweiten Mal verheiratet. Dass Martina trotzdem die meiste Zeit über bei ihm wohnte, ließ er sich nicht verbieten. Mit ihr verstand er sich besser denn je. Den Gschrappen* hingegen, den Alexandra zur Welt brachte, komplimentierte er umgehend zu den Schwiegereltern hinaus. Die Kinderbeihilfe behielt er selbstverständlich.

Etwa zu jener Zeit, als Alexandra erneut schwanger war – im sechsten Monat bereits –, schaute Vinzenz wieder einmal im Dorfwirtshaus vorbei. Plötzlich ging die Tür auf, und Günter Schmied stakste ins Gastzimmer. Obwohl er sich eine Glatze geschoren hatte und ein wenig blass im Gesicht war, erkannte Vinzenz ihn sofort wieder.

»Hey, Alter, wo kommst denn du her?«, fragte er in dem Bewusstsein, dass er schon etliche Jahre zurück in seinem Heimatdorf war, Günter aber seit seiner Jugend nicht mehr gesehen hatte.

Schmied, so geradeheraus wie eh und je, antwortete ohne Bedacht auf die andere Gäste: »Aus 'm Häfen*.«

»Was, du a'?«

Sie lachten beide und fielen sich in die Arme.

Nach der innigen Begrüßung, bei der sogar ein paar Tränen der Rührung flossen, sagte Vinz (sie waren automatisch wieder per Vinz und Gü): »Setz di' her! Willst a Krügel?«

Gü wollte. Er wischte sich den Bierschaum von der Oberlippe und fing an, sein Leid zu klagen. Er hatte eine Frau, die Ingrid hieß, eine Vierjährige und ein sieben Monate altes Baby, die er alle irgendwie mit Notstandsunterstützung und Kinderbeihilfe über die Runden brachte. Eine geregelte Beschäftigung konnte er nicht finden, denn er hatte mehrere Einbruchdiebstähle verübt, war deswegen insgesamt fünfeinhalb Jahre hinter Gittern gesessen und hatte es auf sage und schreibe 16 Vorstrafen gebracht.

Aber das Schlimmste sei, so schilderte Gü, dass für eine Wohnung das Geld nicht reiche. »Du kannst dir gar net vorstellen, wie oft ich auf der Gemeinde und bei der Fürsorge war und um eine Sozialwohnung gebettelt hab'. Weißt, was die die g'sagt haben? – Wieso ich net bei den Vorstellungsterminen war, die mir das Arbeitsamt bei ein paar Baufirmen vermittelt hat – das haben s' g'fragt. Stell dir das vor! Die reinste Schikane ist das.«

Deshalb hause er seit ewigen Zeiten mit seiner Familie in einem alten Wohnwagen, dessen Standort sie immer wieder wechseln müssten. Nirgendwo würden sie dauerhaft geduldet. »Zuletzt hat mi' mein eigener Bruder aus seinem Garten geschmissen. Der hat g'sagt, ich bin zu nix nutze, das schwarze Schaf in der Familie, ich soll mich schleichen und nimmer blicken lassen. Es hat net viel g'fehlt, und der hätt' mich mit d' Füß' treten!«

»Hörst, Gü, weißt was?«, meinte darauf Vinzenz in einer plötzlichen Eingebung. »Warum ziehst net zu mir?«

»Im Ernst?«

»Aber ja! Ich hab' ein kleines Haus – dort kannst net wohnen, weil da is' wirklich kein Platz –, aber in mein' Hof, da kannst dein' Wohnwagen aufstellen.«

»Pfau, das wär' klass'!«

»Gell.« Vinzenz fühlte sich in der Tat als klasser Bursch. Im Unterschied zu früher, fand er, konnte er Gü gegenüber getrost den Gönnerhaften spielen mit Haus und Hof und antrainierten Muskelpaketen. Obwohl Gü einen halben Kopf größer war, hatte er sich doch zu einem, wie man sagt, langen Lulatsch entwickelt – mit eingefallener Brust und schlaffem Bizeps. Von ihm war schlagtechnisch kaum etwas zu erwarten. Vinzenz erinnerte sich kurz an die Episode mit dem Kater und fragte sich, ob Gü wohl eine Flinte besaß, verwarf den Gedanken aber sofort wieder. Stattdessen gab er ein paar Runden Schnaps aus, um das Wiedersehen und Güs Einzug gebührend zu begießen.

Als er hinterher heim wankte und Alexandra von seinem alten Kumpel erzählte, was tat sie da? – Richtig: Sie wurde hysterisch. Wie er denn so mir nichts, dir nichts fremden Leuten Quartier geben könne. Zwanzig Jahre habe er seinen Kumpel nicht gesehen, infolgedessen kenne er den Menschen doch gar nicht. Und überhaupt: das Finanzielle. Habe er das mit diesem Gü schon ausgeknobelt? Die Stromkosten und das alles, wo das Geld doch bei ihnen selbst hinten und vorne nicht reichte! Ob er nicht wenigstens einmal nachdenken könne, bevor –

Da war bei ihm der Ofen aus. Er stopfte ihr das Maul. Und wie er es ihr stopfte. Er schlug und trat sie, bis sie ein wimmerndes Häufchen war und er vor Müdigkeit aufs Sofa fiel. In der Nacht, während er seinen Rausch ausschlief, schlich Alexandra sich davon. Sie flüchtete zu Fuß, wurde tags darauf in einem 40 Kilometer entfernten Ort aufgelesen und sofort in das dortige Krankenhaus eingeliefert, wo sie eine Frühgeburt erlitt. Das Kind starb wenige Stunden danach.

Doch erstaunlicherweise ging das Leben auf dem Grundstück der Brauneggers weiter wie bisher – mit der Ausnahme, dass jetzt auch der Wohnwagen der Schmieds inmitten der Autowracks und Rasenmäher vor sich hinrostete. Die Nachbarn ließen kein gutes Haar an dem dortigen Gesindel, wie sie sagten. Sie mokierten sich weiterhin über die Müllhalde nebenan, aber anlegen wollte sich freilich keiner mit diesen groben Lackeln*, die auch untereinander immer wieder Streitereien ausfochten.

Ständige Auseinandersetzungen wegen Nichtigkeiten gab es bald zwischen Vinz und Gü – Hahnenkämpfe, obwohl die Rangordnung seit Anbeginn des Wiedersehens feststand. Vinzenz hatte Oberwasser. Er war es, der Gü samt Anhang auf seinem Grund und Boden duldete. Er stellte die Bedingungen, legte die Höhe von Güs Beteiligung an den Stromkosten fest und bestimmte, wann, wo und mit wem gesoffen wurde. Und Vinz brauchte fortwährend einen Saufkumpan, vorzugsweise mitten in der Nacht.

Das Zusammenleben funktionierte genau so lange ohne gröbere Probleme, wie Gü nach Vinz' Pfeife tanzte. Doch Günter Schmied war nicht der Typ, der das Imponiergehabe und die Drohgebärden auf Dauer widerstandslos hinnahm. Als er sich angesichts der höheren Kosten, die Vinz von ihm forderte, gezwungen sah, diverse Pfuscheraufträge anzunehmen, eskalierte die Situation. Das Arbeiten lag ohnehin nicht in seiner Natur, er musste zudem frühmorgens aufstehen, hatte Sorgen wegen seines Babys, das an einer Darmkrankheit litt, und Ingrid, seine Frau, wurde mit dem Dasein als Dauer-Campiererin immer unzufriedener. Mit anderen Worten: Vinzenz' nächtliches Hämmern an die Wohnwagentür entwickelte sich zu einem groben Ärgernis.

Gü polterte schlaftrunken ins Freie, blaffte Vinz an, der grölte zurück, und schon waren auch alle anderen hellwach. Sie konnten zusehen, wie Gü seinen Quartiergeber drängelte und schubste, woraufhin Vinz prompt mit einem linken Haken vorpreschte. Der kam schneller ins Ziel als Michael Schumacher, und so war es erwartungsgemäß Gü, der schlapp machte – jedes Mal schlapp machte.

Und dann musste Vinz seinen Führerschein abgeben, denn Strafzettel, von denen er jede Menge ausfasste, zerriss er prinzipiell sofort in winzige Fetzen. Gü, seinerseits Besitzer eines zerbeulten Kadett, kam nun in den Genuss, für Vinz den Allround-Transporteur zu spielen. Er beförderte den Hausherrn persönlich sowie dessen Weindoppler*, Bierkisten und Zigarettenpackungen – letztere wiederum vorzugsweise mitten in der Nacht.

Das bisschen Entgegenkommen ist doch wohl das Mindeste, wo er mir immerhin seine Bleibe verdankt, dachte Vinzenz. Was waren die paar kleinen Gefälligkeiten denn, die Gü ihm erweisen sollte, im

Vergleich zu seiner eigenen Großzügigkeit? – Gar nicht der Rede wert. Außerdem fielen auch immer ein paar Biere oder Schnäpse für Gü dabei ab. Dessen wachsenden Unwillen, was das Trinken anging, verstand Vinzenz überhaupt nicht. Ein paar Pullen hinunterkippen und Schwamm drüber, das war doch auch immer Güs Devise gewesen. Warum der aber in letzter Zeit so auf bürgerlich machte, war ihm ein Rätsel. – *Ingrid, dies und das. Ist das Hemd gewaschen? So kann ich auf dem Arbeitsamt unmöglich aufkreuzen.* – Und diese Sonnenbräune. Kam daher wie direkt von den Malediven. Glaubte der vielleicht, er war was Besseres?

Da stolzierte er schon wieder im Hof herum, dieser jämmerliche, glatzköpfige Gockel. Eine Figur hatte Gü wie Eis am Stiel und einen Schädel mit geriffelter Oberfläche. Lauter Höcker auf der Haut – widerlich. Dazu saß ihm diese spiegelnde Sonnenbrille auf der gebogenen Nase. Was er sich darauf einbildete! Dabei sah er aus wie ein Leberknödel mit Visier.

Genau das sagte Vinz ihm auch. Das heißt, eigentlich sagte er: »Arsch mit Visier«. Als er zuschlug, hatte Gü glatt die Chuzpe und wehrte sich. Aber wie! Schließlich knallte Vinz' Stirn gegen Güs Stirn, die eigenartigerweise nicht knödelweich, sondern spröde wie Roheisen war. Ein spitzer, scharfer Schmerz durchzuckte Vinz' Gehirn, als hätte man ihm soeben eine Dornenkrone aufgesetzt.

Gü aber hatte es schlimmer erwischt: Nasenbeinbruch und fünf Rippenprellungen. Wenigstens, dachte Vinz, hat er im Krankenhaus dicht gehalten. Hat sich irgendwas ausgedacht, von wegen er hätte im Auto rasch bremsen müssen und wäre gegen das Lenkrad gekracht. Na, er war halt doch sein Kumpel, der Gü. Deshalb durfte er auch weiterhin auf dem Grundstück bleiben.

Es geschah nur einen Tag nach seiner Entlassung aus dem Spital, da tuschelte Gü in einer dunklen Nische des »Bora-Bora« mit einem gewissen Harry. Vinz, der mit Gü in das Sex-Lokal gefahren war, damit sie ihre Freundschaft von neuem besiegelten, hatte den Verdacht, dass er alles mitbekommen sollte. Das Tuscheln war nur Show wie die wackelnden Hurenhintern.

»Was willst denn von dem?«, stellte Vinz seinen Kumpel auf der Heimfahrt zur Rede.

»Der besorgt mir für 35 Euro a Puffn*.«

»Aber geh!«

»Wirst schon sehen.«

Tatsächlich zeigte Gü ihm am übernächsten Abend eine Schrotflinte. Ach was, er zeigte sie ihm nicht nur, er präsentierte sie geradezu. »Da schaust jetzt aber, gell. Das is' a Russische. A bissel illegal zwar, aber funktionieren tut s' tadellos.«

Gü machte sie noch um eine Kleinigkeit illegaler, indem er vor Vinz' Augen den Lauf um ein weiteres Stück absägte, damit sie in die Schublade des Schreibtisches passte, den er im Wohnwagen stehen hatte. Vinzenz stampfte gegen einen aufgeblähten Müllsack, der mit einem Knall zerplatze. Wenn der Trottel glaubt, dass ich vor Angst in die Hose mache, nur weil er ein bisserl mit dem Schießprügel herumfummelt, dann hat er sich aber geschnitten! »Hirnverbrannter, schweißfüßiger Vollkoffer!« Eine Schimpfkanonade erschütterte den Hof, Vinz stiefelte zum Haus. Dort angelangt war er in eine Riesenrage geraten, die wieder einmal Alexandra ausbaden musste. Diesmal flüchtete sie sich, als Vinz zu seiner mittlerweile üblichen nächtlichen Sauftour aufbrach, in den Wohnwagen der Schmieds. Sie sah verheult aus, hatte Schwellungen und blaue Flecken im Gesicht – die Spuren von Vinz' Gewaltausbruch – und beteuerte, dass sie große Angst vor ihrem Ehemann habe. Daraufhin zeigte Gü ihr die Schrotflinte. Kaum einen halben Meter war sie lang. »Wenn er mi' wieder angeht, schieß' ich ihn nieder!«, drohte er.

Gegen drei Uhr nachts – Alexandra war längst wieder in die Hütte zurückgekehrt – kam Vinz mit einem Bomben-Dusel zurück und schlug gegen die Wohnwagentür. »Komm raus, Gü!«, grölte er mit seiner feuchten Fröhlichkeit. »Komm raus. Na komm schon, trink' ma no' a Flascherl!«

Das Baby begann zu schreien, die Vierjährige zu weinen und Ingrid zu fluchen, aber Gü kam nicht. Vinzenz grölte weiter. »Hörst, du Trottel, ich mein 's doch nur gut mit dir!«

Keine Reaktion von Gü.

»Du glatziges Mistviech! Du Arsch mit Ohren!« Wieder ergoss sich ein Platzregen aus Unflätigkeiten über den Wohnwagen, bevor Vinz in Richtung Hütte davon stapfte.

Es verging kaum eine Minute, da klopfte Alexandra an den Wohnwagen. Sie flehte, Gü möge doch bitte noch auf einen Sprung zu ihnen kommen. Er tat es nicht. Kurz darauf ertönten Alexandras Schreie. Am nächsten Morgen war ihr Gesicht abermals schrecklich zugerichtet, und Günter Schmied fuhr in die Stadt, um die passende Munition für sein Gewehr zu kaufen.

Am folgenden Nachmittag – es war ein Mittwoch – drosch Vinz einmal mehr gegen die Wohnwagentür.

»Hörst, ich brauch' zwei Kisten Bier!«

»Geh, lass mi' in' Kraut!«

»Ich brauch' s' aber. Der Alwin und der Edi sind da. Diesmal zahl' ich!«

Stille.

»Schau her, da ist das Geld. Komm raus, wenn 's d' mir net glaubst!«

Weiterhin Stille.

»Wenn 's d' willst, kannst a' was mit uns trinken!«

Das wirkte. Gü kam heraus und trottete zu seinem Kadett.

Unterwegs blieb er noch in einem Lokal hängen, und als er wieder zurückkam, gab es ein großes Getöse in Vinz' Wohnzimmer. Mittendrin saß Ingrid und kritzelte etwas auf einen Zettel.

»Was machst denn du da?«, blaffte Gü seine Frau an.

»Ich –«, begann Ingrid.

Doch Alwin unterbrach sie. »So kann man das net schreiben!«

»Nein, wirklich net, Vinz, das is' vertrottelt!«, rief Edi.

»I' will aber, dass sie 's so schreibt!«, schrie Vinz.

»Halt'st einmal die Pappen! Worum geht 's da eigentlich?«, verlangte Gü zu wissen.

»Um mi'.« Das kam von Alexandra, die mit blauem Auge im aufgedunsenen Gesicht an der Mauer lehnte.

Gü riss Ingrid den Zettel aus der Hand und las ein wenig schleppend, aber laut vor: »Ich, Vinzenz Braunegger, bin nicht schuld, dass meine Frau eine Frühgeburt gehabt hat. Ich erkläre hiermit, dass ich das Kind nicht umgebracht habe.«

»Und was soll das Ganze?«, fügte Gü hinzu.

»Das ist mei' Versicherung«, versetzte Vinz. Und mit einem Kopfschlenker in Alexandras Richtung: »Die Depperte will mi' anzeigen.

Typisch. Immer nur austeilen, aber nix einstecken können. So schlimm waren die Ohrfeigen doch gar net. Unglücklich hingefallen is' s' halt!«

Gü zerriss den Zettel. »Geh, red' kein' Blödsinn. Du weißt ganz genau, dass s' nur wegen dir wegg'rannt is', die 40 Kilometer!«

»Ach so? Du ergreifst also Partei für das blöde Weib? Dabei hat sie net wollen, dass du mit deiner Sippschaft da wohnst. Aber i' hab 's dir erlaubt. Weil i' bin dei' Freund. Aber du? Dir is' anscheinend Wurscht, wenn s' mi' wieder einsperren!«

»Is' wahrscheinlich eh besser für alle.«

»Du Arsch!« Das Knurren kam tief aus Vinzenz' Bauch. »Das werd' i' dir heimzahlen! Und dass gleich alle wissen – ihr seid 's meine Zeugen, hört 's gut zu: Er is' schuld!« Mit Fingerzeig auf Gü. »Weil wenn s' mi' wieder einsperren, dann nehm' i' mir den Strick!«

»Tu, was d' willst, aber zieh uns da net mit rein!« Gü packte Ingrid am Oberarm und zerrte sie aus Vinz' Haus.

»Ihr dreckiges Lumpeng'sindel! Is' das der Dank für mei' – für mei' Großherzigkeit?« Vinzenz wollte den beiden hinterher laufen, doch Alwin und Edi hielten ihn zurück. »So beruhig' dich doch. Die sind das doch gar net wert.«

Aber Vinz beruhigte sich nicht. »Komm sofort wieder rüber!«, krächzte er. Seine Stimme war ganz heiser vor Wut. Sekunden später stapfte er quer über den Hof. Bevor er Gü am Kragen packen und ihm einen linken Haken verpassen konnte, verschwand der im Wohnwagen. Ein Rumpeln war zu hören, dann ein Mordskrach. Eindeutig ein Schuss. Was war los? Hat er sich die Birne weggeblasen?

Doch es folgte ein neuerliches Poltern. Und ein *Klick-Klack*.

Der Trottel hat sich die Einrichtung demoliert, und jetzt lädt er die Puffn nach, dachte Vinzenz. Soll er doch. Ist eh alles egal. Extrawurscht. Das ewige Herumgrundeln. Scheißleben, immer am unteren Rand. Nichts als den Dreck der Gesellschaft fressen.

Die Wohnwagentür flog auf. Vinz glotzte in den Lauf der Flinte.

Soll er mich doch abknallen wie einen Hund; mir den Schädel wegfetzen wie damals dem Kater, dem räudigen Mistvieh. »Mach' nur!«, schrie Vinz in Güs dämliche Visage. »Schieß! Was is'? Schieß, du Arsch!« Und Gü schoss.

Bruchteile von Sekunden verstrichen in unwirklicher Langsamkeit, dann fühlte Vinz einen stechenden Schmerz in der Brust. Er taumelte einen Schritt zurück. Während er sich halb um die eigene Achse drehte, wunderte er sich, weshalb sein Hirn nicht zu Brei zerfloss. Irgendetwas knackte – *Klick-Klack* – ah, Gü lädt das Gewehr nach. Vinz schwankte. Da spürte er schon den Druck der Mündung auf seiner Brust und schlug mit dem zweiten Knall rücklings auf den Boden.

»Vinz!« schrie Gü mit einer Verzweiflung, als käme ihm seine Tat erst in diesem Augenblick zu Bewusstsein.

Doch Vinzenz antwortete nicht mehr. Sein Hals zuckte kurz, dann brach die Verbindung seines Gehirns mit der Außenwelt ab. Er bemerkte nicht mehr, dass Gü auf die Knie fiel und wie ein Dreijähriger heulte. Er bekam auch nicht mehr mit, wie Alexandra in Panik losschrie; wie Ingrid herbeirannte und fragte: »Wieso hat das jetzt sein müssen?«; wie Alwin aus der Tür trat, sich auf sein Motorrad schwang und davonbrauste; wie Edi benommen in den Hof stürzte und verzweifelt versuchte, ihn, Vinz, zum Aufstehen zu bewegen.

Als Edi sah, dass das nicht funktionierte, rannte er wieder ins Haus zurück und rief einen von Vinz' Brüdern an. Etwas Schreckliches sei passiert …

Es war schließlich Gü, der Vinz seine ins Leere starrenden Augen für immer schloss, seine Leiche in den Kofferraum des Kadett lud und mit ihr in den Föhrenwald fuhr.

## Acht Fragen, die Sie einem Ballistiker schon immer stellen wollten

### 1. Was ist Ballistik?

Die Ballistik ist, wörtlich aus dem Griechischen übersetzt, die Lehre von den geworfenen Körpern. Als Vater dieser Wissenschaft gilt der italienische Mathematiker Niccolo Fontana Tartaglia (1499–1557), der erstmals die Flugbahn einer abgeschossenen Kanonenkugel untersuchte. Dabei entdeckte er die Wurfparabel und erkannte die Möglichkeit, die Bewegungen von geschleuderten und geschossenen Körpern in ihre Einzelkomponenten zu zerlegen und somit zu berechnen. Die Flugbahn eines Geschosses weicht erheblich von der idealen Wurfparabel ab. Sie ist abhängig vom Luftwiderstand sowie von Querschnitt, Größe, Form, Geschwindigkeit und Drall des Geschosses.

Die ersten Handfeuerwaffen stammen aus dem 15. Jahrhundert. Sie waren Vorderlader, das heißt, man musste Geschoss und Schießpulver durch die Mündung in den Lauf stopfen und mit einer Lunte zünden. Die Einführung der Patronen-Munition Anfang des 19. Jahrhunderts führte schließlich zur Entwicklung des heute üblichen Hinterladers.

## 2. Was ist das Kaliber?

Mit Kaliber bezeichnet man den Innendurchmesser des Waffenlaufes und den Durchmesser des Geschosses. In mitteleuropäischen Ländern wird das Kaliber in Millimetern oder Zentimetern angegeben, im angloamerikanischen Raum ist noch die Angabe in Zoll oder Inches gebräuchlich (1 Inch = 2,54 Zentimeter). Zum Beispiel entspricht Kaliber 0.38 etwa 9 Millimeter.

Spricht man von Kaliber, meint man häufig auch den Munitions- oder Patronentyp. Mit den in der Anfangszeit der Feuerwaffen verschossenen Stein-, Eisen- und Bleikugeln haben heutige Projektile nichts mehr gemein, sie bestehen aus hochwertigen Metalllegierungen und besitzen meist eine zylindrische, spitz zulaufende Form.

Bei Schrotmunition versteht man unter Kaliber jene Anzahl von Bleikugeln, die in den Laufdurchmesser passen und zusammen ein englisches Pfund (453,6 Gramm) wiegen. Das gebräuchlichste Kaliber für Jagd- und Sportgewehre ist 12/70: Zwölf Kugeln, die gemeinsam ein Pfund schwer sind, passen in eine Laufweite von 18,2 Millimetern. Die Zahl 70 bedeutet, dass die Hülse der Patronen im abgeschossenen Zustand eine Länge von 70 Millimetern hat.

### 3. Was geschieht beim Abfeuern einer Schusswaffe?

Die Abbildung zeigt den Aufbau einer Patronen-Munition. Sie besteht aus einem Zündhütchen mit dem Zündsatz, dem Zündkanal, der Hülse mit der Treibladung und dem Projektil.

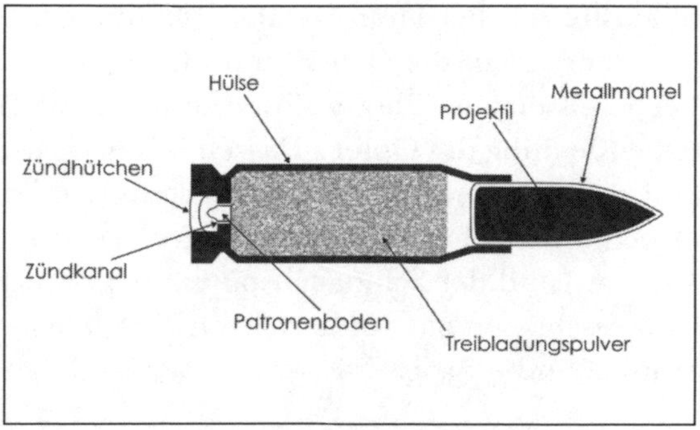


*Aufbau einer Patronen-Munition.*

Beim Abfeuern einer Waffe schlägt der Schlagbolzen auf den Boden des Zündhütchens. Dadurch detoniert der Zündsatz, eine Flamme entsteht. Diese Flamme schlägt durch den Zündkanal in den Pulverraum und entzündet die Treibladung. Beim Verbrennen des Pulvers entstehen nun Gase, deren Druck das Projektil aus dem Lauf treibt.

Als Treibladung wurde früher Schwarzpulver verwendet. In moderner Munition finden sich raucharm abbrennende Gemische aus Nitrozellulose und Nitroglycerin oder Nitroguanidin. Es gibt die verschiedensten Pulverarten, deren Eigenschaften der Munition angepasst sind. In jedem Fall handelt es sich um Verbindungen, die reich an Kohlenstoff, Wasserstoff, Stickstoff und Sauerstoff sind und beim Verbrennen große Gasvolumina unter hohem Druck freisetzen. Der Druck ist so hoch, dass bei modernen Waffen das Geschoss die Mündung mit mehr als der doppelten Schallgeschwindigkeit verlassen kann. Wenn der Held in einem Westernfilm lässig kundtut: »Du wirst niemals die hören, die dich erwischt«, dann liegt er damit also völlig richtig.

## 4. Was ist Schmauch?

Jedes Mal, wenn eine Waffe abgefeuert wird, bildet sich eine Rauchwolke, die im Wesentlichen aus den Verbrennungsprodukten des Treibladungspulvers und des Zündsatzes besteht – konkret aus Gasen (Kohlenstoffoxide, Stickstoffoxide, Wasserdampf), Ruß (unverbrannte Kohlenstoffteilchen) und Metallverbindungen. Teile dieser Rauchwolke gelangen auf die Hände und die Kleidung des Schützen sowie bei Schüssen aus näherer Entfernung auf die Haut beziehungsweise die Kleidung des Opfers. Da sich Schussrückstände oder Schmauchspuren nur schwer entfernen lassen, sind sie für die forensische Untersuchung von Schusswaffendelikten von enormer Wichtigkeit. Man kann anhand der Schmauchspuren nicht nur feststellen, welche Person geschossen hat, sondern auch die Schussentfernung, den Schusswinkel und oft sogar die Art der verwendeten Munition bestimmen.

## 5. Woraus besteht der Zündsatz?

Bei Trommelrevolvern wurde früher Knallquecksilber in Zündsätzen verwendet. Heute ist einer der am meisten verwendeten Zündsätze der quecksilberfreie, so genannte SINOXID®-Satz. Er besteht unter anderem aus Blei-, Barium- und Antimon-Verbindungen in einem bestimmten Mengenverhältnis. Die Rauchwolke, die beim Abfeuern der Waffe entsteht, enthält somit auch feine Bleipartikel, die bei Schützen, die ohne Atemschutz auf schlecht belüfteten Schießständen üben, zu einer Bleivergiftung führen können. Auch sind Soldaten auf Truppenübungsplätzen einer hohen Schwermetallbelastung ausgesetzt. Dass sich etwa die deutsche Bundeswehr dieses Problems durchaus bewusst ist, zeigt die Umrüstung auf Munition mit dem schadstoffärmeren SINTOX®-Zündsatz. Er enthält anstatt der giftigen Blei- und Bariumverbindungen Zink- und Titansalze.

## 6. Mit welcher Waffe wurde geschossen?

Klassische Kriminalschriftsteller schildern bisweilen folgende Begebenheit: Der allwissende Detektiv hört einen Schuss, rennt hurtig um die Ecke, sieht die Pistole neben der Leiche liegen und hebt die Waffe auf. Dann schnuppert er an der Mündung und ruft selbstzufrieden aus: »Mit dieser Waffe wurde kürzlich geschossen!«

Im wirklichen Leben nützt eine feine Nase dem Kriminalbeamten gar nichts, denn er hat, im Gegensatz zum Detektiv, weder den Schuss gehört, noch kommt er schnell um die Ecke geflitzt. Bis er von seiner Dienststelle an den Tatort gelangt, hat sich der Rauchgeruch längst verflüchtigt – und der Täter mit der Waffe meistens auch. Es beginnt die Suche nach der Patronenhülse; das Warten auf die Obduktion, die das Projektil liefert, sofern es das Opfer nicht durchschlagen hat; und das Ermitteln von Verdächtigen samt den Waffen, die diesen Personen zur Verfügung standen.

Nun erst kommt der Ballistik-Experte zum Zug. Er untersucht zunächst die Markierungen am hinteren Ende der Patronenhülse, die durch den Schlagbolzen und den Auswurfmechanismus der Waffe entstanden sind. Diese Marken sind für jede Waffe charakteristisch.

Weiter untersucht der Ballistiker die Riefen am Geschoss. Sie kommen durch den »gezogenen« Lauf zustande: Die Innenseite des Waffenlaufs ist nicht glatt, sondern weist spiralförmige Rillen auf. Die Erhebungen zwischen den Rillen nennt man Züge. Wird das Projektil nun durch die verbrennende Treibladung aus dem Lauf getrieben, so schneiden die Züge in den Metallmantel des Geschosses und hinterlassen dort Kratzer – die Riefen. Das Projektil erhält dadurch einen Drall, es rotiert beim Verlassen des Laufs um seine Längsachse. Dies stabilisiert seine Flugbahn und erhöht die Zielgenauigkeit der Waffe. Es können Rotationsgeschwindigkeiten von über 4000 Umdrehungen pro Minute erreicht werden.

Die Riefen auf dem Projektil sind wie eine Handschrift, die es dem Experten ermöglicht, die Waffe zu ermitteln, mit der das Geschoss abgefeuert wurde. Bei dieser Untersuchung schießen Ballistiker ein Vergleichsgeschoss mit der betreffenden Waffe in einen Wassertank. Das Wasser bremst das Geschoss, ohne es zu beschädigen. Dann kommt ein spezielles Mikroskop zum Einsatz, das zwei Objektive besitzt, die dasselbe Bildfeld abbilden – ein Vergleichsmikroskop. Der Betrachter sieht nebeneinander die Riefenspuren auf dem Geschoss, das aus dem Opfer stammt, und die Riefenspuren auf dem Vergleichsgeschoss. Stimmen die Marken überein, ist die Tatwaffe identifiziert.

## 7. Aus welcher Entfernung wurde geschossen?

Diese Frage ist eine der wichtigsten, die der Ballistik-Experte bei einem Delikt mit Schusswaffen zu klären hat. Die Antwort darauf kann – wie im Fall Günter Schmied – den Tatvorsatz belegen oder in anderen Fällen die Tötungsabsicht auch entkräften.

Ersten Aufschluss über die Schussentfernung gibt die Beschaffenheit der Wunde: deren Form, Größe und die Verteilung der Schmauchspuren. Da diese Parameter für jeden Waffen- und Munitionstyp verschieden sind, muss der Ballistiker über die Tatwaffe und die verwendete Munition Bescheid wissen. Falls die Schussrückstände nicht mit freiem Auge sichtbar sind, macht er sie mit chemischen Methoden sichtbar. Für eine Beurteilung genügen ihm dann tatsächlich seine Augen. Weil er bei diesen Untersuchungen die Gestalt der Wunde interpretiert, spricht man von morphologischen Verfahren (griechisch »morphe« = Gestalt).

Der Vorteil der morphologischen Methode liegt auf der Hand: Die Ergebnisse sind für Richter, Staatsanwälte, Schöffen und Geschworene anschaulicher und leichter verständlich als abstrakte Messwerte, die durch chemische Untersuchungen mit modernen Analysegeräten gewonnen werden. Allerdings sind diese modernen Verfahren empfindlicher und genauer. Dabei wird nicht die gesamte Verteilung der Schmauchspuren erfasst, sondern stichprobenartig ein bestimmter Bereich mit Probebeschüssen verglichen und anschließend über Kalibrationskurven* die Entfernung ermittelt.

Doch zurück zur Gestalt der Einschusslöcher. Entsprechend ihrer Wirkung im Ziel wird die Schussentfernung in drei Bereiche eingeteilt:

- Von einem absoluten Nahschuss spricht man, wenn die Laufmündung aufgesetzt wurde. Typisch sind eine vierstrahlige Platzwunde und eine Beschmauchung in Form eines schräg liegenden Kreuzes (Andreaskreuz).
- Beim relativen Nahschuss sind Pulverteilchen und Schmauchelemente rund um den Einschussdefekt nachweisbar. Durch die Verteilung dieser Rückstände um die Wunde kann der Experte auf die Entfernung und den Schusswinkel schließen.
- Als Fernschuss wird jene Entfernung bezeichnet, bei der keine Beschmauchung mehr feststellbar ist. Bei kleinkalibrigen Waffen (Kaliber 6,35 mm und darunter) kann dieser Bereich bereits bei einer Distanz von 50 Zentimetern beginnen.

*Wundballistik: Beschmauchung bei unterschiedlicher Schussentfernung.*

Ein Projektil kann das Opfer auch durchdringen. Dann gibt es zwei Wunden, die von ein und demselben Schuss herrühren. Wie unterscheidet man in solchen Fällen die Einschuss- von der Ausschussöffnung?

Normalerweise verlässt die erste Pulverschmauchwolke den Waffenlauf noch vor dem Projektil. Im weiteren Verlauf überholt das Projektil die Wolke, wodurch sich Schmauch an der Geschossoberfläche abgelagert. Diese Schmauchanhaftungen werden dann beim Eindringen in den Körper abgestreift. Es entsteht ein so genannter Abstreifring, der nur an der Einschussöffnung vorhanden ist. Das Ausschussloch weist keinen Abstreifring auf.

Bei Schrotschüssen ermittelt der Sachverständige die Entfernung anhand der Schrotverteilung im Ziel. Prinzipiell gilt: je ferner das Ziel, desto großflächiger die Streuung der Schrotkügelchen. Da die Schrotkörner eine größere Reichweite als Pulverrückstände besitzen, ist eine Entfernungsbestimmung bis über 30 Meter möglich. Eine gängige Schrotpatrone vom Kaliber 12 kann 95 Schrotkörner mit einem Durchmesser von 4 Millimetern und bis zu 390 Schrotkörner von 2,5 Millimetern Durchmesser enthalten. Die Geschwindigkeit der Schrotladung nimmt mit zunehmender Entfernung rasch ab. In Abständen von einigen zig Metern wirkt eine Schrotflinte daher eher schmerzhaft als tödlich, auf kurze Distanzen ist sie jedoch eine schreckliche Waffe, die durchaus ein faustgroßes Loch in den Körper reißen kann.

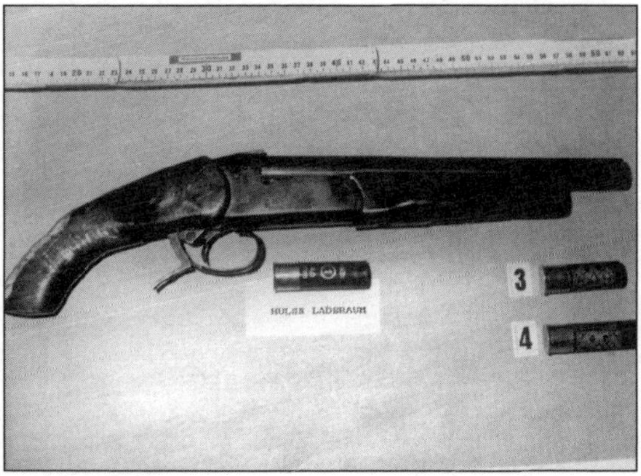


*Die Tatwaffe, die Hülse aus deren Laderaum und die beiden am Tatort sichergestellten Hülsen.*

Günter Schmied schoss mit seiner abgesägten Schrotflinte Vinzenz Braunegger zweimal in die Brust. Der Durchmesser der einen Wunde war sechs Zentimeter groß, an den Rändern waren einzelne Schrotkörner erkennbar. Schmauchspuren fehlten auf der Haut, waren aber an der entsprechenden Stelle von Brauneggers Trainingsjacke vorhanden. Dieser erste Schuss kam aus einer Entfernung von 40 bis 60 Zentimetern.

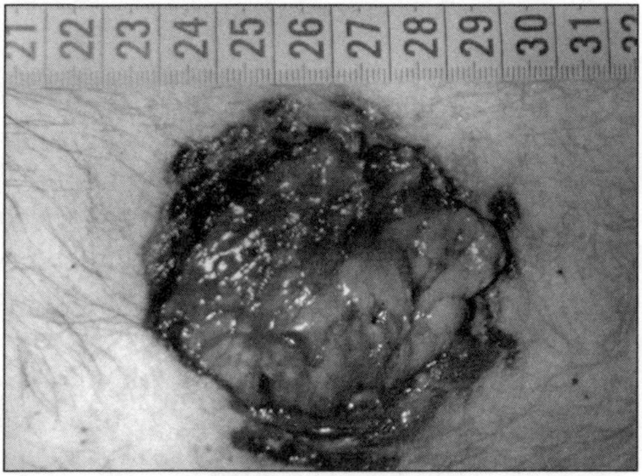

*Relativer Nahschuss.*

Die zweite Einschussverletzung maß zwei Zentimeter und wies einen ausgeprägten Schmauchring auf. Bei diesem Schuss hatte Schmied die Flinte unter Brauneggers Kleidung geschoben und die Mündung fast aufgesetzt. Damit stand fest: Es konnte sich nicht um einen Unfall oder ein Versehen handeln. Günter Schmied hatte die Absicht, Vinzenz Braunegger zu töten.

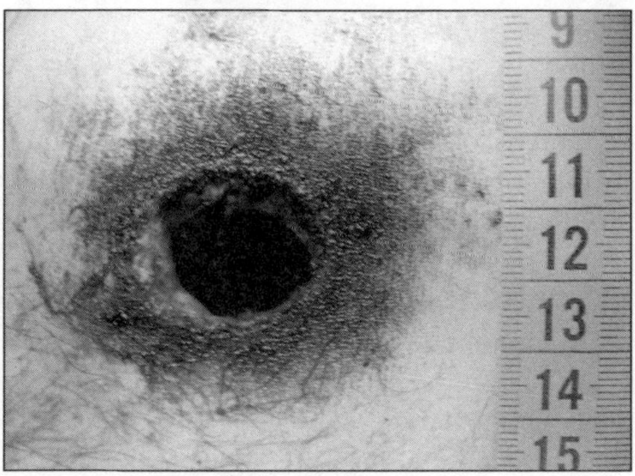

*Absoluter Nahschuss.*

## 8. Wer hat geschossen?

Für die Ermittlung des Täters sind die schon erwähnten Schmauchspuren-Untersuchungen von besonderer Bedeutung. Mit diesen – zumeist chemischen – Verfahren lässt sich einwandfrei klären, welcher von allen Verdächtigen den Abzug betätigt hat beziehungsweise ob es sich um Selbstmord oder Fremdverschulden handelt.

Zur Schusshanduntersuchung wurde Anfang der 1930er-Jahre der so genannte Paraffin-Test entwickelt. Dabei wird die Hand des Verdächtigen mit einer dünnen Schicht Paraffin-Wachs überzogen. Nach Erkalten zieht man die Schicht ab, so dass ein dünner »Handschuh« entsteht, der mit einer sauren Lösung des Stoffes Diphenylamin behandelt wird. Dieses Reagenz macht Nitrate und Nitrite sichtbar, die aus dem Treibladungspulver stammen. Bei positivem Nachweis zeigen sich blaue Flecken auf dem Paraffin.

Das Jahr 1959 brachte einen weiteren Test für Schmauchrückstände auf der Schusshand: Bestimmte Hautstellen werden mit einem Wattebausch abgewischt, der mit verdünnter Salzsäure getränkt ist. Anschließend wird das Watteböllchen geteilt. Auf dem einen Teil weist man mit einer chemischen Farbreaktion das Element Antimon nach, der andere Teil wird für den Nachweis der Elemente Blei und Barium verwendet.

Man weist mit diesem Test also die Bestandteile des SINOXID®-Zündsatzes nach.

Beide Methoden, sowohl der Paraffin-Test als auch der Nachweis von Blei, Barium und Antimon, haben den Vorteil, dass sie einfach durchzuführen sind und keine aufwändige Geräteausstattung erfordern. Allerdings sind sie wenig spezifisch und können, bedingt durch Umwelteinflüsse, falsch positive und falsch negative Ergebnisse liefern. In diesem Zusammenhang wird immer wieder der Mörder des US-Präsidenten Kennedy, Lee Harvey Oswald, erwähnt, bei dem alle Befunde dieser Untersuchungen negativ waren.

Im Fall Schmied schoss der Täter mit bleihältiger Schrotmunition. Die niederösterreichischen Tatortbeamten wandten daher für ihre Untersuchungen den Blei-Nachweis an. Sie pressten zehn Sekunden lang an beide Hände des Täters Rundfilter, die sie zuvor mit fünfprozentiger Weinsäurelösung getränkt hatten. Sie trockneten die Spurenträger mit einem Föhn und besprühten sie mit wässriger Natriumrhodizonat-Lösung. Bei den Spurenträgern, die von der rechten Hand stammten, zeigte sich eine intensive rotviolette Färbung als positive Reaktion. Mit dem Ergebnis konfrontiert, gestand Schmied die Tat.

Da der SINTOX®-Zündsatz kein Blei enthält, versagen die erwähnten Tests bei moderner Munition vollkommen. Heute untersucht man Schmauchspuren mit dem Rasterelektronenmikroskop in Verbindung mit der so genannten energiedispersiven Röntgenmikroanalyse. Hier erkennt der Experte die charakteristische Gestalt und die einzigartige Zusammensetzung der isolierten Schmauchspurpartikel. Damit gelingt ihm der unzweifelhafte Nachweis, ob ein bestimmter Verdächtiger geschossen hat und welchen Zündsatz die verwendete Munition enthielt.

# Hugos Heimchen am Herd

*Spätestens seit 2003 wissen wir dank einer Elektronik-Handelskette, dass Geiz geil ist. Nach Meinung vieler Kritiker spiegelt der Werbeslogan den ungesunden Zeitgeist wider; die wirtschaftliche, soziale und private Ellbogenmentalität, die sich in unserer Gesellschaft immer breiter macht. Einigen Ökonomen zufolge schädigt der Reklamesatz die Volkswirtschaft als Ganzes, indem er Geiz als positive Eigenschaft wertet und somit den ruinösen Preiswettbewerb von Herstellern und Händlern fördert. Im christlichen Gedankenschatz aber zählt der Geiz zu den sieben Hauptlastern, die als die Triebfedern von Todsünden gelten. »Geiz ist die Wurzel allen Übels«, meinte schon Timotheus, ein Schüler des Apostels Paulus, und Martin Luther wetterte gar: »Ein Geiziger kann nichts Nützlicheres und Besseres tun, als wenn er stirbt«.*
*Wie auch immer, spätestens seit dem Fall Hugo Mosleitner wird verständlich, dass Geiz nicht nur geil, sondern auch letal sein kann.*

Just nachdem sie die Berichterstattung zum Fall Hugo Mosleitner abgeschlossen hatte, landete in der Redaktion der fiktiven Dingszeitung ein mysteriöser brauner Briefumschlag. Er enthielt eine Audiokassette, auf welcher eine weibliche Stimme zu hören war. Wie sich herausstellte, handelte es sich um eine wichtigtuerische Zeugin, die sich von der Polizei zu wenig gewürdigt fühlte. Die Frau teilte der Zeitungsredaktion Folgendes mit:

Wie der Hugo Mosleitner die Tschechin Ivetta geheiratet hat, da hat niemand was dran gefunden, denn es ist ja heutzutage gang und gäbe, dass rechtschaffene ältere Witwer wesentlich jüngere Thailänderinnen, Russinnen oder eben Tschechinnen heiraten, und das nur, weil die unsrigen Frauen sich zu gut sind, ihre häuslichen Pflichten zu erfüllen. Die Gnädige wollen sie spielen, überall mitbestimmen und mitreden, dabei können sie nicht einmal ein Hemd bügeln oder eine Eierspeis kochen. Draußen auf dem Land, da ist die Welt noch halbwegs in Ordnung, weil dort gibt es das nicht, dass eine Mutter ihr Kind von sieben in der Früh bis sechs am Abend in den Hort steckt, dort wissen die Leute halt noch, was sie der Tradition schuldig sind, aber bei uns in der Stadt – frage nicht.

Dabei, so eine Großstadt ist Passau jetzt wieder auch nicht, 50 000 Einwohner, was ist das schon im Vergleich zu München. Aber dorthin wollen sie alle ohne Ausnahme, diese emanzipierten Weiber. Keine Perspektive, sagen sie, haben sie hier bei uns in der Siedlung. Wenn ich das schon höre, Perspektive. Die sollen doch nur einmal in ihre Gärten rausschauen, wo das Unkraut wuchert und die Rosen verlausen, aber sie sehen ja nichts, weil sie ihre Fenster schon seit drei Monaten nicht geputzt haben.

Die Hermi war freilich ganz anders. Bei der hat es das nicht gegeben, dass sich das Laub vor der Eingangstür gehäufelt hat. Kaum sind drei braune Blätter dagelegen, ist sie schon hergegangen und hat sie wegkehrt. Übertrieben war das fei schon, weil sie hat auch täglich den Gartenzaun feucht abgewischt. Aber bitte, jeder wie er mag. Es war halt dann doch symptomatisch, dass sie so früh unter die Erd hat müssen, die Hermi. Magenkrebs hat sie gekriegt mit 56. Kein Wunder bei der Zwanghaftigkeit, wenn Sie mich fragen. Aber der Hugo, der hat es bis dahin gut erwischt. Alle zehn Finger hat er sich abschlecken können, dass er sich damals vor 35 Jahren so eine tüchtige Frau ausgesucht hat. Mizzi, hat er oft zu mir gesagt, wie wir so über die frisch gesetzte Thujenhecke hinweg miteinander geplaudert haben, Mizzi, hat er gesagt, ich sag' dir eins: Der Herrgott wird mich vielleicht dafür strafen, aber ich wünsch' mir, dass sie endlich sterben kann, die Hermi, so wie sie leidet.

Und als sie dann gestorben ist, was hätte er denn da tun sollen, der Hugo, das arme Mannsbild? 62 war er, schon in der Rente, kein Kind, das auf ihn aufpasst, kein Hund zum Spazieren führen, kein Hamster zum Füttern, kein gar nichts. Hör zu, Hugo, hab' ich zu ihm gesagt, da drüben die Eichbergerin, das ist doch so eine, die sich für was Besseres hält. Die hat eine Zugehfrau aus Cesky Novotnov, vielleicht kann die auch zu dir kommen. Oder die weiß wen, der dir den Haushalt schupft, wenn du keine Hiesige findest. Weil du wärst ja schön blöd, wenn du eine Reinigungsfirma kommen lässt, das Dreifache zahlst und dann erst wieder nur eine Ausländerin bei dir putzt. Da ist es doch viel gescheiter, Hugo, hab' ich gesagt, du holst dir eine direkt von drüben. Und so hat er es dann auch gemacht, der Hugo. Ich hab' die Tschechin vor dem Haus von der Eichberger abgepasst und sie gefragt, ob sie sich noch woanders etwas dazuverdienen will. Ich putzen schon bei drei Heiser, hat sie gesagt, und viertes ist zu viel. Na, man kennt das ja. Faul bis zum Gehtnichtmehr. Der Kommunismus hat sie alle verdorben, diese Ostleute. Aber dann hat sie gesagt, die Tschechin: Ich fragen in mein Dorf, vielleicht andere Frau kommen zu Herrn Mosleitner.

Eine Woche später ist tatsächlich eine andere gekommen. Aber was für eine. Die Zugehfrau von der Eichberger hat sie in ihrem Lada mitgebracht, und wie die Beifahrertür aufgegangen ist und die Neue ihre Stöckel-Stiefelette aufs Pflaster gesetzt hat, da hätte man glatt glauben können: Walk of fame. Pfürt di', jetzt sind wir in Hollywood.

Ich hab' mir gleich gedacht, wenn die einen Staubfetzen halten kann, dann bewerbe ich mich aber bei »Deutschland sucht das Supermodel«. Freilich hätte weder ich noch sie dort eine Chance gehabt, ich weil ich schon lang keine 17 mehr bin und außerdem nicht so verhungert ausschaue, und sie weil sie nicht aus Deutschland war. Aber frage nicht. Angetanzt ist die mit einer Solariumsbräune und einem Dekollete, um das schon die Monroe sie hätte beneiden mögen. Dem Hugo wären beinah die Augäpfel rausgekollert, wie er ihr die Tür aufgemacht hat. Ich hab' das natürlich alles von hinterm Küchenvorhang aus mitverfolgt. Und weil ich das Fenster immer gekippt hab', hab' ich auch gehört, wie sie ihn angehaucht hat, den Hugo, wie die Marilyn persönlich mit Happy Birthday, Mister President.

Bei so was setzt bei den Mannsbildern bekanntlich die linke Hirnhälfte aus. Ihr Blut wird mit Androgenen überschwemmt, so heißen diese Hormone, das ist ja neulich in Ihrer Dingszeitung gestanden, und lässt sie bar jeden Urteilsvermögens zurück. Verstandlose Wesen. Beim Hugo war es genauso. Da schneit mir jetzt eine Prinzessin in meine bescheidene Hütte, wird es ihm durchs Oberstübchen gespukt haben. Dabei, so bescheiden war seine Hütte gar nicht. Das war eh ein anständiges Haus mit dreiteiliger Sitzbank im Wohnzimmer und einem Eichenholzverbau im Schlafzimmer. Ausbaufähiges Dachgeschoss, Werkstätte im Keller, alles da, fast wie in einem Palast. Aber eine Prinzessin dazu hat es freilich nicht gegeben. Nicht in Passau, und eine aus Cesky Novotnov schon gar nicht. Wo sie sich nicht einmal mehr am englischen Königshof halten, die Prinzessinnen. Die einen lassen sich scheiden, die anderen in ihrem Auto zu Tode hetzen, und der Thronfolger heiratet eine verknitterte Bürgerliche, in die er sich angeblich schon vor Jahrzehnten verschaut hat.

Die Ivetta, ich hab' es gleich gehört, wie sie geseufzt hat: »Ich heißen Ivetta«, die Ivetta also, die hat auch schon ein paar Krähenfüße neben den Augen gehabt. Von weitem hat sie ja wirklich phänomenal ausgeschaut, aber aus der Nähe hat man gleich gemerkt: Oha, schon an die 40. Ich sage deshalb Oha, weil wenn die Frauen heutzutage in das bewusste Alter kommen, dann heißt es auf einmal: Shiatsu, Scheidung und Selbstverwirklichung. Das wird uns allen noch einmal auf den Kopf fallen, das können Sie mir glauben, Sie werden schon sehen. Genau genommen sieht man es ja heute schon. Kinder, die nicht mehr wissen, was grüßen und pünktlich sein heißt, die nur mehr vorm Computer und vorm Fernseher hocken, die dann in der Schule nichts mitkriegen und ihre Lehrer ständig unterbrechen oder anspucken oder weiß der Herrgott was noch. Das wird alles einmal bitterbös ausgehen, wenn die Mütter sich nicht endlich wieder ihre Ichsucht aus dem Kopf schlagen. Und wo das hinführt, wenn die Frauen das Kinderkriegen überhaupt verweigern, das wissen wir ja schon lang. Ich sage nur: Rentenknappheit und Ausländerschwemme.

Entschuldigen Sie schon, ich schweife ab. Aber andererseits, mit dem Hugo hat es auch ein böses Ende genommen. Denn das mit der Ivetta wäre fei viel zu schön gewesen, um wahr zu sein. Weil eine, die bildhübsch ist, ein Ass bei der Arbeit, ein Reh im Gemüt und blutjung dazu, das kommt heutzutage höchstens in einem Rosamunde-Pilcher-Film vor. Ist Ihnen das schon aufgefallen? Da kommen die Guten immer vom Land. Die Bösen, die sind allerweil aus der Stadt, aus London, also aus dem Moloch schlechthin. Vom Geld verdorben flitzen die in ihren Cabrios nach Cornwall, einmalige Landschaft, wo sie mit ihrer Kaltschnäuzigkeit völlig fehl am Platz sind und mit ihrem preußischen Akzent sowieso. Nicht dass Sie jetzt glauben, ich hab' was gegen die Preußen, es ist nur so, dass die irgendwie nicht auf die englischen Klippen passen, vor allem wenn du nicht immer hinschauen kannst, weil du zum Beispiel beim Fernsehen strickst oder häkelst. Da spürst du direkt so ein merkwürdiges Ziehen auf der Kopfhaut, wenn die miteinander reden. Mein Neffe, der Benjamin, der hat einmal gesagt: Tante Mizzi, da ersparst dir das Spiky-Look-Gel, da stellt 's dir die Haar auch so auf. Blöder Bub. Aber vielleicht hat er ja doch Recht gehabt, der Benjamin, und man sollte den Ton überhaupt ausschalten, die Häkelarbeit weglegen und nur aufs Bild schauen, der einmaligen Landschaft zuliebe.

Wenn Sie jetzt denken, ich schweife schon wieder ab, dann hab' ich dafür nur zwei Worte: weit gefehlt. Ich erzähle Ihnen das alles aus einem ganz bestimmten Grund, nämlich einzig und allein deshalb, damit sie erkennen, wie gefährlich diese Filme sind, in denen die Bösen immer aus London kommen! Weil sie gaukeln den weniger weltgewandten Bürgern vor, dass das Schöne, das Reine, das Unschuldige auf dem Land zu suchen ist. Verstehen Sie, der Hugo, der hat sich diese Filme auch immer angeschaut, und wahrscheinlich hat er sich deswegen so täuschen lassen, wie die Ivetta über seine Schwelle geschwebt ist. Da hat er glatt die Krähenfüße übersehen.

Ich muss fei zugeben, dass ich in einem Punkt auch daneben gelegen bin. Jawohl, seinen Irrtum muss man eingestehen, das ist Ehrensache, denn da könnte ich mich in der Früh nicht mehr in den Spiegel schauen, wenn ich meine Fehler nicht bekennen könnte. Heraus damit und fertig, sag' ich immer. Aber es sind ja nicht alle Leute so ehrlich. Es gibt schon eine Verschlagenheit in der Welt. Nehmen wir die Ivetta, zum Beispiel. Aber halt, jetzt greife ich vor. Ich wollte Ihnen ja eigentlich sagen, worin ich mich geirrt hab': Putzen hat sie können, die Ivetta.

Da staunen Sie jetzt aber, gell? Genau wie ich damals. Aber so war es, das gebe ich Ihnen ohne weiteres schriftlich. Die Ränder vom Spannteppich hat sie tadellos gesaugt, und die Spinnengewebe hat sie auch aus den Zimmerecken runtergeholt. Das hätte ich ihr gar nicht zugetraut, weil die Teppichränder und Zimmerecken, das sind die Indikatoren, ob eine ordentlich putzt. Mit dem Staubsauger ein bissel in der Mitte herumfahren, das kann jeder. Aber es sind ja die Kleinigkeiten, die Zeit kosten, und die hat die Ivetta einwandfrei erledigt. Ein Herrenhemd, sag ich Ihnen, hat die in vier Minuten gebügelt, aber ohne Bug in den langen Ärmeln. Nur zum Badezimmer putzen, da hat sie sich immer die Gummihandschuh übergezogen. Ich hab' das nie begriffen, wie man so etwas machen kann. Aber bitte, über manches muss man eben hinwegsehen. Dafür hat sie auch Kochen können. Ja! Sie hat den Hugo richtig aufgepäppelt mit ihrem Schweinsbraten und ihren Speckknödeln und ihren Mohnpofesen. Ganz eingefallen war der schon, nach dem Tod von der Hermi. Ist ja auch kein Wunder, wenn man monatelang neben einer Magenkranken lebt. Und das Trinken, das hat die Ivetta ihm auch abgewöhnt, weil die eine oder andere Maß über den Durst hat der Hugo sich vorher schon in seinen Bierbauch gespült. Wahrscheinlich hat er das Trinken aber von sich aus aufgegeben, wie dann die Ivetta jeden Dienstag und Donnerstag in seinem Haus herumscharwenzelt ist.

Im Nachhinein bin ich überzeugt, dass sie genau das getan hat: herumscharwenzeln. Am Goderl* wird sie den Hugo halt gekratzt haben mit ihrem Hausfraugetue. Eingekocht hat sie ihn wie den besten böhmischen Powidl*. Dazu hat sie mit ihren falschen Wimpern geklimpert, und patsch, schon war 's um ihn geschehen. Der Alois, der Meinige, der behauptet zwar, dass die Liebe am Anfang gegenseitig war, dass die Ivetta den Hugo zuerst genauso gemocht hat wie er sie. Aber ich halte das, ehrlich gesagt, für so ein hormongeschwängertes Gerede, Androgene, Sie wissen eh. Ich meine, was will denn so eine Hollywood-Diva mit einem pensionierten Minimarkt-Filialleiter? Ich bitte Sie.

Dabei, ganz so schlecht hat er auch wieder nicht ausgeschaut, der Hugo. Der Benjamin, mein Neffe, der hat zwar einmal gesagt: zwölf Schnüre auf der fettigen Glatze, einen eckigen Zwicker auf dem buckligen Schnorchel und Anzüge aus dem Kolping-Container. Jesus und Maria, die Jugend und ihre Ausfälligkeiten! Da heißt es halt ewig verzeihen. Wir waren doch seinerzeit genauso, hab' ich nicht Recht? Es mag ja stimmen, dass der Hugo sich seit 20 Jahren kein neues Sakko mehr gekauft hat, aber Kolping-Container ist fei schon übertrieben.

Zugegeben, ein bisserl ein Grantler* hat der Hugo manchmal schon sein können. Wie ein Glas mit sauren Gurken. So eines, wo der Deckel fest drauf ist und du dich recht plagen musst, damit du ihn aufkriegst. Da gibst ihm dann einen letzten Ruck, das heißt, du weißt ja vorher nicht, dass es der letzte ist, weil auf einmal geht 's schwupp, und es ist schon passiert – das saure Wasser ist auf deiner Schürze. Ein lebendes Fossil war er, der Hugo. Jetzt dürfen Sie mich auf keinen Fall falsch verstehen. Ich meine das bestimmt nicht abschätzig, genauso wenig wie die Angelegenheit mit dem Gurkenglas. Weil, müssen Sie wissen, so ein lebendes Fossil ist etwas ganz Besonderes. Es hat sich in Jahrmillionen Erdgeschichte nicht verändert. Die Evolution greift bei ihm nicht, das ist übrigens auch in Ihrer Dingszeitung gestanden. Und so war es beim Hugo. Du hättest ihm ebenso gut in der Räterepublik, unterm König Ludwig oder in der Napoleonischen Ära begegnen können. Er war einfach ein Klassiker.

Es ist fei schon die Ivetta gewesen, die sich ihm an der Hals geworfen hat. Bis aufs Blut hat die ihn gereizt mit ihren dünnen Blusen. Ich meine, wie die ihn fixiert hat, dafür gibt es nur ein Wort: Schlange. Dabei hat sie gepiepst wie ein Kaninchen. Aber in Wirklichkeit: schwarze Mamba. Der Hugo dagegen hat sie immer angeschaut, als wäre sie eine Riesenmuschel aus unbekannten Tiefen im Indischen Ozean. Das war so ein Blick mit einer Mischung aus Forscherdrang und Besessenheit. Jawohl, Besessenheit, Sie hören richtig. Weil der Hugo, der hat schon eine Leidenschaftlichkeit entwickeln können.

Das hat man allein bei seiner Malerei gemerkt. Kalenderbilder und Urlaubsfotos aus den Sechzigerjahren hat er allerweil abgemalt, Sonnenuntergang in Caorle und dergleichen. Damit hat er natürlich nie einen Ochsen aus dem Sattel gehoben – zu viel Konkurrenz, weil das machen ja heutzutage auch die ganzen frustrierten Furien, Landschaften aquarellieren. Aber wie dann die Ivetta um ihn herumgeschlichen ist, da hat er sich in der Dachkammer ein Atelier eingerichtet. Es war eh nur eine Staffelei und ein Diwan vom Altwarentandler. Dort hat die Ivetta sich als Halbnackerte geräkelt, damit der Hugo ihre Sommersprossen auf die Leinwand tupfen kann. Und auf einmal hat der seine Bilder im Heimatkulturverein aufhängen dürfen! Sogar den Sonnenuntergang in Caorle und die anderen Kalenderduplikate. Aber zwischendrin, da waren die Ivettas in Marilyn-Pose verteilt. Das war natürlich wieder symptomatisch, weil du brauchst ja heutzutage nur den Fernseher einschalten, und du sieht schon zwei oder drei übereinander herfallen. Wo du hinschaust nur mehr Sex, Erotik und Verführung. Oder kann mir bitte einmal jemand erklären, was zum Beispiel ein Erdbeerjoghurt mit einer weiblichen Brustwarze zu tun hat? Sogar auf den Bücherumschlägen sind sie jetzt schon drauf, die Nackerten!

Aber es geht freilich um den Hugo und die Ivetta. Bis zum Hals ist das Mannsbild im Schlamassel gesteckt. Da war es doch nur anständig von ihm, dass er sie heiratet. Außerdem, wer hätte ihn denn ansonsten gepflegt, nach einem Schlaganfall oder wenn er irgendwann Alzheimer bekommen hätte. Da kann man ihm doch keinen Strick draus drehen, dass er für seine Zukunft vorgesorgt hat. Sehen hätte man es zwar schon können, dass eine solche Ehe nicht gut gehen kann. Mein Neffe, der Benjamin, der hat damals vor dem Standesamt gemeint: Der alte Knauserer. Was der mit ihr und sie dann mit ihm machen wird, das kann man sich doch ausrechnen wie den Flächeninhalt von einem gleichschenkeligen Dreieck.

Ich hab' den Buben natürlich sofort in die Rippen gestoßen und ihm gesagt, er soll sich seine intellektuellen Sprüche sparen. Heute könnt' ich ihm sogar vorwerfen: Siehst, das hast jetzt von deiner blöden Rederei. Aber der Benjamin hat mit seiner Prophezeiung ja etwas ganz anderes gemeint. Weil das, was dann wirklich passiert ist, so weit hat selbst seine überentwickelte Fantasie nicht gereicht. Und es nützt heute gar nichts mehr, wenn du dir vorwirfst, dass du kein Sterbenswort zum Hugo gesagt hast, sondern ihm stattdessen, wie alle anderen, lächelnd gratuliert hast. Weil Worte und Nicht-Lächeln hätten da auch nichts genützt bei so viel Sonnenschein und Sinnesrausch und Liebesglück.

Die Wolken sind dann allerdings bald aufgezogen. Ich möchte jetzt gar nicht erörtern, wer daran schuld war. Weil für irgendwen Partei zu ergreifen, das steht mir ja überhaupt nicht zu. Ich mische mich doch nicht in eine fremde Ehe ein. Aber denken tu ich mir schon meinen Teil. Es hat damit angefangen, dass die Ivetta ihren Sohn mitgebracht hat. Die hat sich doch glatt vor 15 Jahren ein Kind andrehen lassen. Vater futsch. Na, man kennt die näheren Umstände nicht. Aber, wer weiß. Der Bub war so ein richtiger Rotzlöffel mit pickeligem Gesicht und scheckigen Haaren. Dem Hugo hat das natürlich gar nicht ins Konzept gepasst, dass er jetzt nicht nur eine Frau, sondern auch noch einen obergescheiten Halbstarken hat durchfüttern müssen. Ich persönlich verstehe ja nicht, was die Ivetta sich dabei gedacht hat. Dass der Hugo ihr und ihrem Bankert sein sauer Erspartes in den Rachen wirft? Da hat der arme Mann sein Leben lang hart gearbeitet, und die täten sich dann ins gemachte Nest setzen. Die kommen herüber mit nichts und wieder nichts und übervölkern unsere Schulen und Universitäten. Nützen bis zum Gehtnichtmehr unsere ganze Infrastruktur aus, die wir so mühsam aufgebaut haben nach dem Krieg. Und dann täten sie uns auch noch Vorschriften machen, weil sie ja jetzt auch in der EU sind.

Jedenfalls haben sie Anfang September geheiratet, der Hugo und die Ivetta. Und kaum drei Wochen später hat sie sich schon beschwert, dass er sie mit dem Haushaltsgeld zu kurz hält. Weil so etwas kriegst du mit als Nachbarin, ob du willst oder nicht. Oder darf ich jetzt vielleicht mein Küchenfenster nicht mehr kippen? Fleisch kosten Geld, Hugo, hat die Ivetta gesagt, alles teirer geworden. Damit hat sie auf der einen Seite schon den Nagel auf den Kopf getroffen, weil die Preise sind ja wirklich in die Höhe geschossen, seit wir die D-Mark unbedingt gegen den Euro haben eintauschen müssen. Auf der anderen Seite hat die Ivetta aber die Mega-Markt-Prospekte gleich zum Altpapier geworfen, anstatt sie genau durchzulesen. Da hätte sie sich hinterher dann nicht wundern brauchen, dass sie mit dem Haushaltsgeld nicht auskommt. Zum ordentlich Wirtschaften gehört halt auch dazu, dass du schaust, wo der Senf und die Weißwürste am billigsten sind. Außerdem hätte sie sich die Lebensmittel ja auch von drüben aus der Tschechei holen können, die Ivetta. Weil da gibt es jetzt gleich nach der Grenze einen Spitzen-Supermarkt, wo die Sachen extrem billig sind, aber wirklich extrem, und dabei der Radi und die Paradeiser so groß, wie du sie bei uns ja gar nicht findest. Der Benjamin, der sagt zwar immer, die züchten sie wahrscheinlich in Tschernobyl, Tante Mizzi. Aber damit will er mich fei nur ärgern, der blöde Bub.

Ende Oktober hat die Ivetta dann zu jammern angefangen, dass ihr so kalt ist. 18 Grad in Haus zu wenig, Hugo, hat sie lamentiert. Daraufhin hat der Hugo ihr geradeheraus gesagt: Dann ziehst dir halt eine Weste an. Das hat mir gefallen, weil mit so durchsichtigen Hemdchen wie die Ivetta muss man wirklich nicht herumrennen. Da wundern sich die Leute, wenn es heißt, das Erdöl wird knapp, wir brauchen mehr Atomstrom, dabei haben sie es bei draußen fünf Grad drinnen so warm wie im Regenurwald. Ja, was meinen denn die, woher die ganze Energie kommt? Aus dem Radio vielleicht? Genau dasselbe ist es mit der ständigen Festbeleuchtung. Hugo, hat sie gemaunzt, die Ivetta, wie sie am Abend am Küchentisch gesessen ist und ihre Modezeitschriften durchgeblättert hat, Hugo, 25-Watt-Birne zu dunkel, da wird meine Auge schlecht. Aber der Hugo, der hat es ihr ordentlich gegeben. Was musst auch, hat er ihr gesagt, um halb zehn in der Nacht noch Bilder von sündteuren Fetzen anschauen!

Zufällig hab' ich die Ivetta am nächsten Tag im Minimarkt getroffen. Und was glauben Sie, was sie da im Einkaufwagen gehabt hat? Eine 60er-Glühbirne. Die hat sie daheim reingeschraubt. Mehr hat sie nicht gebraucht, weil wie dem Hugo das aufgefallen ist – na frage nicht. Dann war er das Gurkenglas, das erst mit dem letzten Ruck aufgeht. Geschimpft hat er die Ivetta, was sie sich einbildet, ob sie denn glaubt, dass er der Krösus ist, nur weil er in Deutschland wohnt, und dass sie nicht immer das Licht im Bad brennen lassen soll, wenn sie eh in der Küche sitzt. Sehen Sie, das meine ich mit Festbeleuchtung. Sogar die Queen huscht ja jeden Abend durch den Buckingham Palace oder durchs Windsor Castle und schaltet die Lampen aus, die überall unnötigerweise brennen. Das haben sie im Fernsehen gesagt, und in Ihrer Dingszeitung hab' ich es auch gelesen. Also wenn sogar die Queen in ihren hochherrschaftlichen Zimmerfluchten die Luster ausschaltet, dann wäre ja wohl auch der Ivetta keine Perle aus der Krone gefallen, wenn sie zumindest das Licht im Bad abgedreht hätte. Aber so sind sie, diese neureichen Weibsbilder. Glauben, sie sind was Besseres, nur weil sie durch Heirat ein bisschen mehr Knödel haben als vorher. Sachen könnte ich ihnen da erzählen!

Zum Beispiel vom November. Da hat sie sich beklagt, die Ivetta, dass sie sich keine Kleider und Stiefel kaufen kann. Gefragt hat sie den Hugo, was denn das heißt: den Wintermantel vom Vorjahr auftragen. Aber so was war für die von vornherein ein Fremdwort. Hugo, hat sie gejammert, was soll unter Christbaum liegen, wenn du mir keine 200 Eiro im Monat gibst? Der Kommunistenbraut war nichts heilig. Zuerst hat sie Jahrzehnte lang den Marx angebetet, und jetzt auf einmal hätte sie das Jesuskind vorgeschoben. Das hätte ihr so gepasst. Aber der Hugo hat sich das eh nicht gefallen lassen. Er hat ihr schon verdeutlicht, dass er nur eine kleine Rente bekommt. Woraufhin sie glatt die Frechheit besessen hat, ihm ins Gesicht zu sagen: Dann hebst was von deine Sparbicher ab. Ja, mein Lieber, die lernen schnell, diese Kanaillen. Vorgerechnet hat sie ihm, dass das Haushaltsgeld kaum für die Putzmittel langt. Dabei wissen wir schon seit ewig, dass die von da drüben diesbezüglich eine regelrechte Verschwendungssucht entwickeln. Weil das sagt sogar die Eichberger, dass ihre Tschechin den Meister Proper literweise über die Kacheln kippt, nur damit sie zweimal weniger drüberwischen muss. Ob das unsere Kläranlagen verkraften, so weit denken die natürlich nicht. Weil so etwas wie Kläranlagen haben die ja nie gehabt. Denen ist das egal, ob die Fische mit dem Bauch nach oben schwimmen oder die Wälder verstrahlt sind.

Beim Hugo und bei der Ivetta ist dann das Frühjahr gekommen – rein zeitlich, meine ich. Weil zwischen ihnen selbst hat sich nicht viel verändert. Im Gegenteil, immer neue Ansprüche hat sie gestellt, die

Ivetta. In die Türkei hätte sie unbedingt fliegen wollen. Daraufhin hat der Hugo sie gefragt, ob sie denn spinnt. Er ist direkt ins Brüllen gekommen: Wenn du durchaus Kanaken sehen willst, dann fahr nach München, weil dort leben fast 45 000! Stell dir das vor, Ivetta, hat er gesagt, stell dir das einmal vor: beinah ein ganzes Passau aus Kanaken! Da brauchen wir doch nicht auch noch extra zu denen runter fliegen, wenn die eh schon alle da sind. Und überhaupt, für das Salz im Wasser und den Sand in der Badehose geb' ich mein Geld nicht her. Da schwimmt es sich im Waginger See doch viel kommoder.

Und wissen Sie, was sie dann gemacht hat, das Luder? Geschluchzt hat sie, dass sie es viel besser gehabt hätte, wenn sie weiterhin für vier Euro 50 in der Stunde für ihn geputzt hätte. Es geht mir ja bis heute nicht in den Kopf, was die sich vorgestellt hat. Hat sie am End gar geglaubt, dass der Hugo sie heiratet und dann fürs Putzen weiterzahlt? Ja, um Himmels willen, wieso hätte er das denn tun sollen? Früher, bei der Hermi, hat er das ja auch nicht gemacht. Und die hat sich nicht beklagt, sondern freiwillig jeden Tag den Gartenzaun abgewaschen.

So ist die Ivetta halt im August mit ihrem Balg nach Hause auf Urlaub gefahren, rüber nach Cesky Novotnov. Der Hugo ist dageblieben, während sie zwei Wochen lang weg war. An dem Abend, nachdem sie weggefahren ist, der Hugo hat gerade den Rasen gesprengt und ich hab' die Thujen eingewässert, da hat er zu mir gesagt: Mizzi, hat er gesagt, was soll ich denn da drüben, da kann ich reden, was ich will, so richtig verstehen tut mich ja doch keiner. Sehen Sie, das war symptomatisch. Die letzten Worte, die der Hugo zu mir gesagt hat: So richtig verstehen tut mich ja doch keiner. Wahre Worte.

Es ist an einem Dienstag gewesen, drei Tage bevor sie zurückgekommen ist, die Ivetta – allein, ohne ihren Bankert, in weiser Voraussicht, weil das war ja alles abgekartet, nur hat das damals noch niemand ahnen können. Also, drei Tage bevor sie zurückgekommen ist, ich erinnere mich noch genau, weil so was kann man nicht vergessen im Nachhinein, ist auf einmal ein grauer Skoda durch unsere Straße gefahren. Ganz langsam und leise. Ich hätte ihn ja gar nicht bemerkt, wenn ich nicht im Postkasten nachgeschaut hätte. Aber grad wie ich mich wieder umdrehen und ins Haus gehen will mit meinen Aldi- und Lidl-Prospekten unterm Arm, da ist der Skoda direkt vor dem

Haus vom Hugo stehen geblieben. Zwei Männer sind ausgestiegen. Solche weiten Hochwasserhosen und ärmellose Leiberl haben sie angehabt, und es war wirklich gut, dass ich so genau hingeschaut habe, weil deswegen habe ich sie später auch so genau beschreiben können. Jedenfalls haben die beiden Mannsbilder beim Hugo geklingelt. Er hat auch aufgemacht und ein paar Worte mit ihnen gewechselt. Ich hab' mir noch gedacht, das sind vielleicht Verwandte von der Ivetta, weil der Skoda hat ein tschechisches Nummernschild gehabt. Der Hugo hat die zwei dann ins Haus gelassen, und ich bin bei mir hineingegangen und hab' die Sonderangebote studiert, weil ich habe ja schließlich was Besseres zu tun, als mich um die Angelegenheiten anderer Leute zu kümmern.

Ein bisserl komisch ist es mir in den nächsten Tagen aber schon vorgekommen, dass ich den Hugo so gar nicht mehr gesehen hab'. Bitte schön, es hat ein paar Gewitter mit einem anständigen Platzregen gegeben, so dass man den Rasen nicht hat sprengen müssen, aber die Blumentöpfe unterm Dachvorsprung auf der Terrasse, die erwischt ein solcher Regen ja nicht, die hätte man fei schon gießen müssen. So sind sie halt, die Mannsbilder, hab' ich mir gedacht, die haben einfach keinen Sinn fürs Blühende. Da wird die Ivetta aber schön schauen, wenn sie zurückkommt und ihre Betunien und die Fleißigen Lieschen lassen die Köpfe hängen.

Und sie hat wirklich schön geschaut, die Ivetta, wie sie am Freitag zurückgekommen ist. Aber die Blumen waren nicht dran schuld. Hugo! hat sie gerufen, Hugo! Hugo!, und ist wie ein aufgescheuchtes Rebhendl durchs Haus geflattert. Aber der Hugo war nicht aufzufinden. Irgendwann ist sie dann auf die Idee gekommen, in die Garage zu gehen und den Kofferraum vom Wagen aufzumachen, und da habe ich schon den Schrei gehört. Ja, was ist denn passiert, hab' ich sie gefragt, die Ivetta, wie sie zu mir gerannt gekommen ist. Atemlos. Der Hugo, hat sie gekeucht, der Hugo! Ja, was ist denn mit dem Hugo, hab' ich sie gefragt, aber sie hat nur den Kopf geschüttelt. Ganz benommen war sie. Im Nachhinein weiß ich ja, dass sie mir ein schönes Theater vorgespielt hat. Sie war ganz in ihrem Element. Hut ab, wie eine professionelle Schauspielerin. Und dass sie grad zu mir gerannt ist, das hat sie mir regelrecht zu Fleiß gemacht, das weiß ich natürlich heute. Aber damals, wie sie so herzzerreißend dreingeschaut hat, da bin ich selbstverständlich sofort in das Haus vom Hugo rübergegangen, und sie im Trippelschritt mir hinterher. Herrschaftszeiten, ist es mir dann entfahren, und mir wäre auch fast die Luft weggeblieben, weil: tot. Eingerollt in den Vorzimmer-Teppichläufer. Im Kofferraum von seinem eigenen Dreier-BMW ist er gelegen, der Hugo. Nur die Füße haben rausgeschaut aus der Teppichrolle und der eingeschlagene, blutige Schädel. Puh. Gestunken hat er auch schon.

Ich selbstverständlich nichts wie sofort wieder rüber zu mir und zum Telefonhörer. Geschlagene fünf Minuten sind dann vergangen, bis sie endlich gekommen sind. Freilich, die Polizei, dein Freund und Helfer. Nie da, wenn man sie einmal dringend braucht. Aber Sie hätten fei dabei sein sollen, wie die Ivetta diesen Oberkommissar angeflennt hat. Brenner hat er übrigens geheißen. Brenner. Und auf den Kopf gefallen war der auch nicht. Der hat die Ivetta gleich mitgenommen und ordentlich durch die Mangel gedreht. Mich hat er auch befragt. Ob mir etwas Verdächtiges aufgefallen ist, hat er wissen wollen. Da hab' ich ihm eine Beschreibung von den zwei Mannsbildern in den Hochwasserhosen geliefert, besser hätte es die Miss Marple auch nicht gekonnt. Der Brenner, der hat zwar immer so dazwischen gefragt – Körpergröße, Haarfarbe und so weiter. Na, hören Sie, Herr Oberkommissar, hab' ich gesagt, das Teleobjektiv hab' ich nicht dabei gehabt. Aber von dem Autokennzeichen, da hab' ich mir zwei Buchstaben gemerkt. Ziffern wollte er dann von mir wissen, der Herr Oberkommissar Brenner: Ziffern wären schon hilfreich, Frau Bayerbach! Ja, die hab' ich mir fei nicht gemerkt, weil ich gehe ja nicht mit Block und Bleistift zum Postkasten. Es will mir bis heute nicht in den Schädel, warum dieser Oberkommissar eigentlich so pingelig war. Meine Aussage ist für ihn doch von unschätzbarem Wert gewesen. Ohne mich hätte er die beiden Tschechen jedenfalls nicht gefasst, zweieinhalb Wochen später.

Alles Weitere hat man dann eh in Ihrer Dingszeitung lesen können. In Lipno Varatau waren sie daheim, die zwei Mannsbilder. Allein das war schon verdächtig, weil Lipno Varatau liegt direkt neben Cesky Novotnov. Aber was die zwei Vögel dann behauptet haben, war natürlich mehr als faul. Einen Einbruch hätten sie versucht, weil sie gewusst haben, dass der Hugo allein zu Hause war. Der Hugo hätte über die Kellertreppe fliehen wollen, dabei wäre er gestolpert und unglücklich auf dem Kopf gelandet. Nun hätten sie gesehen, dass der Hugo tot war, und es mit der Angst zu tun bekommen. Da hätten sie ihn eben in den Teppich eingewickelt und in den Kofferraum gelegt. Haarsträubend, diese Lügen. In Wahrheit waren das nämlich eiskalte Killer von der Ostmafia, die ganz ungehindert über die offene Grenze zu uns herübergekommen sind! Und jetzt raten Sie einmal, wer diese berufsmäßigen Mörder angeheuert hat. Richtig. Die Ivetta. Die schöne, die reine, die unschuldige Ivetta.

Aber es war fei nicht einfach, das der Bagage nachzuweisen. Dafür hat es schon eine echte Passauerin gebraucht. Ich hab' sie ja gleich wieder erkannt, die Elfi, obwohl sie seit fünfzehn Jahren in München lebt. Aber ich kann mich noch gut erinnern, wie sie als zahnlückige Siebenjährige auf ihrem Radl durch unsere Straße gesaust ist. So ein herziges Dirndl. Und fleißig war die. Deswegen hat sie es auch zu etwas gebracht. Weil sie sich nicht unterkriegen hat lassen und was Gescheites studiert hat. So was macht sich bezahlt, sag ich immer. Wissenschaftlerin ist die Elfi heute, eine Rechtsmedizinerin, und reden tut sie nur mehr nach den Blockbuchstaben. Ich meine, da kann man doch gar nicht anders als stolz sein, als Quasi-Nachbarin. Und wie ich sie da gesehen hab' durch mein Küchenfenster, die Elfi, einen schweren Koffer hat sie zu dem Haus vom seligen Hugo geschleppt, da bin ich sofort rausgerannt und hab' sie gefragt, ob ich ihr helfen kann. Aber schon ist wieder der Oberkommissar Brenner gekommen und hat gesagt: Das ist fei sehr lieb von Ihnen, Frau Bayerbach, aber danke, wir schaffen das allein. Und dann hat er die Garagentür zugemacht hinter der Elfi.

Ich bin natürlich auch nicht auf der Nudelsuppe daher geschwommen. Nach allem, was in Ihrer Dingszeitung gestanden ist und was der Benjamin dann in meinem Auftrag in die Suchmaschine vom Internet eingegeben hat, weiß ich jetzt ganz genau, was die Elfi im Keller vom Hugo gemacht: Sie hat der Ivetta den Auftragsmord nachgewiesen. Ich sage nur: Luminol. Die Elfi hat ihr Sprühflascherl ausgepackt, und schwupp hat sie es schon gesehen, das weggewischte

Blut vom Hugo. Die zwei Tschechen haben ihm brutale Schläge auf den Hinterkopf verpasst, und die Ivetta hätte seine Sparbücher eingestreift – wenn nicht die Elfi gewesen wäre.

Freilich, hätte ich die Geschichte erfunden, wäre die Ivetta eine Giftmörderin gewesen. Von wegen schwarze Mamba und so. Sie hätte dem Hugo E 605 in die Speckknödel gemischt oder wenigstens Thallium auf seine Mohnpofesen gestreut. Die ganze Handlung wäre dann irgendwie eine viel rundere Angelegenheit geworden. Aber weil die Geschichte eben nicht erfunden, sondern leider wahr ist und sie sich vor allem in jüngster Vergangenheit zugetragen hat, deswegen hat die Ivetta sich nicht einmal ihre Finger schmutzig machen müssen. Aber dass sie jetzt wie ihre zwei Ostmafia-Freunde im Gefängnis sitzt, das ist im Grunde doch meiner Umsicht zu verdanken. Weil wenn ich nicht so gut aufgepasst und der Kripo nicht alles über die Ivetta erzählt hätte, würde die Kanaille vielleicht wirklich heute in Hollywood herumtanzen.

Das hat sogar der Oberkommissar Brenner zugeben müssen. Frau Bayerbach, hat er mit so einem sonoren Unterton zu mir gesagt und dabei milde gelächelt, Frau Bayerbach, was würden wir anfangen ohne Leute wie sie?

Der Benjamin hat zwar gemeint: Der hat dich schön zum Narren gehalten, Tante Mizzi.

Aber der blöde Bub hat doch fei überhaupt keine Ahnung.

~

Doktor Elfriede Roth, eine gebürtige Passauerin, die seit ihrer Promotion 1993 zum Thema »Untersuchungen zum Stärkeabbau im Mageninhalt menschlicher Leichen« als Fachärztin am Institut für Rechtsmedizin der Universität München tätig ist, führte im Fall Hugo Mosleitner die Untersuchung der Blutspuren durch. »Mein Kollege und ich sind drei Wochen nach dem Mord zum Tatort gefahren«, erinnert sich die Expertin, die über die Kunstgeschichte (»ein Verlegenheitsstudium«) zur Rechtsmedizin gekommen ist. »Das Spurenbild in dem Haus war hervorragend zu erkennen und auszuwerten. Außerdem hatte die Kripo vor Ort bereits ausgezeichnete Vorarbeit geleistet, wie zum Beispiel rote Pfeile und Maßstäbe an der Wand angebracht.«

Doktor Roth erkannte, dass die Blutspritzer an den Wänden links und rechts der Kellertreppe zwar durch eine stumpfe Gewalteinwirkung entstanden waren, nicht aber zu dem von den Tätern vorgetäuschten Sturzgeschehen passten. Hugo Mosleitner musste sich in leicht vorgebeugter Haltung befunden haben, als seine Mörder ihm von hinten auf den Kopf schlugen. Die Größe der Blutspritzer verriet der Expertin die Art des Angriffs, der die Blutung verursachte. Kleine, fein verteilte Flecken deuteten auf einen Einschlag mit hoher Energie hin, und von der Tropfenform konnte abgeleitet werden, unter welchem Winkel Mosleitner getroffen wurde und damit auch, wo das Opfer und die beiden Täter zur Tatzeit gestanden waren.

Weiters vermuteten die Ermittler, dass auf dem Fliesenboden im Kellerflur Blut vorhanden gewesen war, das die Täter jedoch weggewischt hatten. Solche Wischspuren sind zwar für das menschliche Auge nicht mehr sichtbar, aber trotzdem vorhanden, denn mit jedem Drüberwischen wird Blut lediglich dünner und verschwindet in feinsten Fußbodenritzen. Um diese Spuren sichtbar zu machen, setzte Elfriede Roth einen fluoreszierenden Stoff ein: Luminol. Es ist ein Pulver, das bei Berührung weiße Flecken auf der Haut hinterlässt.

»Natriumhydroxid, Wasserstoffperoxid und Luminol werden in einem bestimmten Verhältnis zueinander in destilliertem Wasser gelöst«, erklärt Doktor Roth die Methode. Die Flüssigkeit wird in eine Sprühflasche gefüllt und überall dort aufgebracht, wo die Ermittler Blut vermuten. Ist es tatsächlich vorhanden, entsteht ein hellblaues Leuchten. Allerdings muss die Umgebung völlig dunkel sein. »Im vorliegenden Fall brauchten wir nicht mehr viel abzudunkeln, da es sich ja um Kellerräume gehandelt hat. Der Gang selbst hatte keine Fenster, wir haben lediglich die Türritzen abgedichtet.«

Chemolumineszenz heißt das hellblaue Leuchten, bei dem durch eine chemische Reaktion die Elektronen in der Atomhülle auf einen angeregten Zustand angehoben werden und anschließend wieder in ihren Grundzustand zurückfallen. Dabei geben sie Photonen ab – sie emittieren Licht. Die Hauptpartner in dieser Reaktion sind Luminol und Wasserstoffperoxid. Sie reagieren jedoch nur in Anwesenheit eines Katalysators ausreichend schnell miteinander und produzieren auch nur dann das hellblaue Licht. Als Katalysator fungiert hierbei das Eisen-Zentralatom im roten Blutfarbstoff Hämoglobin.

Luminol ist so empfindlich, dass man damit Blut in einer Konzentration von eins zu einer Million nachweisen kann. In anderen Worten: Wenn ein Tropfen Blut in einem Behälter mit 999 999 Wassertropfen vorhanden ist, zeigt sich das hellblaue Leuchten. Es gibt allerdings auch Fehlerquellen, die falsch-positive Reaktionen hervorrufen können: der grüne Blattfarbstoff Chlorophyll etwa, Haushaltsbleiche oder Wasch- und Reinigungsmittel. »Blut hat aber ein spezifisches Leuchtbild«, weiß die Expertin. »Es steigt in der Helligkeit sehr schnell an und zeigt ein hohes Intensitätsmaximum, das rasch wieder abnimmt. Dadurch gelingt es meistens recht gut, die Fehlerquellen zu eliminieren.«

Übrigens ist es mit dem Luminol-Verfahren nicht möglich, menschliches Blut von tierischem Blut zu unterscheiden. Hierzu wenden Spurensicherer und Rechtsmediziner andere Tests wie immunologische Verfahren oder die DNA-Analyse an.

Um alle Spuren eines Verbrechens zu beseitigen, reichen Schwamm und Seife also keineswegs aus – eine Tatsache, die auch die Mörder von Hugo Mosleitner zur Kenntnis nehmen mussten. Sie hatten ihr Opfer vorsätzlich erschlagen und von der Kellertreppe in die Garage geschleift. Letzteres konnte mit aufleuchtendem Luminol eindeutig bewiesen werden. Unter dem Druck der Untersuchungsergebnisse gestand Ivetta, dass sie die beiden Killer mit dem Mord an ihrem Ehemann beauftragt hatte.

Und die Untersuchungen zum Stärkeabbau im Mageninhalt menschlicher Leichen?

Doktor Elfriede Roth lacht. »Dabei kam nichts Gescheites heraus. Das Ergebnis war, dass anhand des Stärkeabbaues keine Aussagen zum Todeszeitpunkt zu machen sind. Mehr nicht.«

Immerhin ist das doch eine eindeutige Aussage.

# EPILOG

## Faszination Verbrechen

Seit seiner »Erfindung« im 19. Jahrhundert ist der Kriminalroman fixer Bestandteil der unterhaltenden Literatur. Der anhaltende Krimi-Boom beschränkt sich längst nicht mehr auf das Medium Buch, die Gattung prägt auch Film und Fernsehen. Rund um die Uhr können wir im TV verfolgen, wie Schurken Missetaten begehen und Detektive Bösewichte schnappen. Wir sehen es in Serien, die uns in eine wohlgeordnete Welt entführen, in der stets das Gute siegt – in die exquisiten Villen der Münchener High Society etwa oder in die desolaten Behausungen der New Yorker Unterschicht. Wie eine Studie über deutsche öffentlich-rechtliche und private Fernsehsender belegt, werden in allen Sendern zusammen pro Tag durchschnittlich 19 Stunden lang Krimis in jeder denkbaren Variante ausgestrahlt. Angesichts dieser Zahl drängt sich Zuschauern, Lesern und Schreibern gleichermaßen die Frage auf: Weshalb erfreuen sich Krimis so großer Beliebtheit?

## Der Siegeszug des Krimi-Genres

Es kann kein Zufall sein, dass die Entstehung des Kriminalromans zeitlich mit einem großen gesellschaftlichen Umbruch zusammenfällt: mit der Industriellen Revolution. Der Einsatz von Dampfmaschinen und die Nutzung fossiler Energieträger machten die Menschheit unabhängig von den saisonalen Schwankungen der wasser- und windgetriebenen Mühlen. Mit der Erfindung des elektrischen Lichts verlor der natürliche Rhythmus von Tag und Nacht an Bedeutung, der Mensch stieg aus dem zyklischen Leben und Erleben aus. Zudem ließen Verbesserungen in Medizin und Hygiene die Sterberaten sinken, und der beginnende Wirtschaftsliberalismus führte zur Bildung einer Unternehmerklasse und zur Anhäufung von Vermögen. Industrialisierung und Kapitalismus haben die Faktoren Zeit und Geld akkumuliert und in der Folge auch das Phänomen »Freizeit« entstehen lassen. Der westliche Mensch gibt sich einer Allmachtsfantasie hin, die vom festen Glauben an den Fortschritt und die technische Beherrschung der Welt getragen wird. Lediglich gegen einen sind wir machtlos: gegen den Tod.

Der Tod bedeutet eine Grenze, die in krassem Widerspruch zur herrschenden Machbarkeitsideologie steht: Den Tüchtigen, Fitten und Mächtigen ist alles möglich – ohne jede Beschränkung. Der Tod aber führt uns unsere Angewiesenheit vor Augen. Er wirft eine Sinnfrage jenseits des vorbehaltlosen Erfolgs auf und trifft uns mit unkontrollierbarer Wucht. Deshalb wird er verdrängt.

In diesem Verdrängen sind wir so gut, dass – siehe Werbung – alles, was nicht jugendlicher Ästhetik entspricht, ausgeblendet wird. Altersbedingte Fettpölsterchen müssen abgesaugt und Gesichtsfalten geglättet werden. Sie würden die Leute ja daran erinnern, dass sie sterblich sind.

Von Sigmund Freud aber wissen wir: Verdrängung führt zu neurotischem Verhalten. Versucht der Mensch unbewusst durch Krimilesen oder -schauen den verdrängten Tod ins Leben zurückzuholen?

»Ich denke, es ist eher die verdrängte Gefahr, die die Krimifans ins Ich integrieren wollen«, sagt Margret Aull, Psychoanalytikerin und Präsidentin des Österreichischen Bundesverbandes für Psychotherapie. »Der Krimi bietet eine Möglichkeit zur Auslagerung von Bedrohungsängsten. Man kann sich ohne Bedenken in dem Glauben wiegen: ›Das passiert mir nicht, es passiert den anderen – konkret, dem Opfer in der Handlung.‹ Auf diese Weise lässt sich Spannung dosieren und Gefahr genießen.«

Aull ortet die Lust an der Angst bereits bei Kindern. »Wenn im Kasperltheater das Krokodil erscheint, beben die Kleinen vor Erregung. Auf diese Weise geschieht die Identifikation mit dem Helden.« Auch ein Schurke kann zum Sympathieträger werden – etwa ein Gentleman-Gauner oder ein Dieb à la Robin Hood, der der verhassten Obrigkeit ein Schnippchen schlägt. »Selbst mit einem Mörder können Leser oder Zuschauer sich identifizieren, wenn sie sich auf die Tragik des Geschehens und das Dilemma des Täters einlassen.«

In den meisten Fernsehkrimis ist der Held jedoch der aufdeckende Kommissar, der über das Böse triumphiert – wie im klassischen Kriminalroman. Es verwundert nicht, dass die Heimat dieser Gattung England ist, das Mutterland der Industriellen Revolution.

## Von Kopfnüssen und Kassenmagneten

Der menschliche Geist liebt Rätsel. Knifflig müssen sie sein. Je komplizierter, desto besser. Gleichzeitig fordert der verdrängte Tod – oder die verdrängte Gefahr – ihren rechtmäßigen Platz in unserem Bewusstsein zurück. Kriminalschriftsteller befriedigen beide Bedürfnisse. Sie legen dem Tod das Kleid der Gewaltsamkeit an und bereiten jede Stadt und jeden Landstrich, jedes Hobby, berufliche Umfeld und gesellschaftliche Trendthema auf, um gewieften Detektiven perfide Mörder entgegenzustellen. Marktstrategisch schreibende Autoren verschmähen keine nur irgend mögliche Anknüpfung: Kochen, Fußball, Wein und Reiten, Weihnachten, Fasching und Oktoberfest, Politik, Börse, Internet – alles wird mit Leichen ausstaffiert.

»Das Umstehen einer Leiche durch Überlebende ist ein Menschheitsthema schlechthin«, sagt der Essayist und Krimi-Experte Franz Schuh in einem Ö1-Interview. »Unterhaltend aufbereitet und kommerzialisiert muss es zum Erfolg werden.«

Manche Schriftsteller freilich stellen höhere Ansprüche an ihre Werke. In Venedig, Schweden und im Weinviertel beispielsweise wird nicht bloß gemordet und aufgeklärt, ein Brunetti, Wallander oder Polt setzt sich kritisch mit Gesellschaftszuständen auseinander oder agiert zumindest in einer Welt, die man für real halten kann. Franz Schuh: »Der literarische Kriminalroman ist stets melancholisch ausgeführt. Die Gesellschaft verspricht uns so viel Glück. Und die Polizei existiert in den Lücken der Utopie des Glücks.«

Doch selbst anspruchsvolle Krimis in Buch und TV bezahlen ihren Tribut an die Trivialität. Am Ende geht das Leben weiter, als wäre nichts geschehen. Das Rätsel ist gelöst, Leser und Zuschauer hatten ihr Vergnügen daran. »Es gibt uns ein Gefühl von Wirkmacht, mit der Ressource des Denkens ein Problem zu bewältigen«, meint Psychoanalytikerin Margret Aull. »Wir besitzen die Potenz, mit Logik einen Bösewicht zu überlisten.«

## Das echte Grauen

Auf viele Menschen üben wahre Verbrechen eine noch größere Faszination aus als erfundene. Das mag daran liegen, dass beim Lesen, selbst von belletristischen Werken mit Tiefgang, unbewusst das Konstruierte der Handlung mitschwingt. Psychoanalytikerin Aull sieht in der Begeisterung für den realen Schrecken ein Mittel zur Auslagerung unserer dunklen Seite. »Wir sind an so viele Regeln gebunden, die wir befolgen müssen, um zu entsprechen. Daher empfinden wir Lust daran, zu erfahren, wie jemand diese Regeln bricht – und dafür bestraft wird.«

Leben also angepasste, gesetzestreue Bürger, indem sie sich mit Verbrechen auseinandersetzen, in ihrer Fantasie verbotene Begierden aus?

»Ja, das kann man sagen. Die heimliche Identifikation mit dem Bösen gestattet zumindest zeitweilig, sich gegen das dominante Über-Ich aufzulehnen.«

Der Ursprung des True Crime-Genres führt in die Antike zurück. Der Staatsmann, Rechtsanwalt und Schriftsteller Marcus Tullius Cicero (106–43 v. Chr.) veröffentlichte seine brillanten Gerichtsreden, die den Bürgern des Alten Roms als spannende Unterhaltung dienten. Im Mittelalter gaben Bänkelsänger gegen Bezahlung die Abenteuer von dreisten Raubrittern und marodierenden Banden zum Besten, und mit Gutenbergs Erfindung des Buchdrucks erhielt die Gattung ein neues Medium. Sie gewann jedoch erst ab Mitte des 18. Jahrhunderts an sprachlicher Qualität. 1786 wurden die Verhandlungsprotokolle der »Halsbandaffäre« um die Comtesse de la Motte in Frankreich zum Bestseller, und seit den Gerichtssaal-Reportagen des Pariser Anwalts François Gayot de Pitaval (1673–1743) nennt man Aufzeichnungen wahrer Kriminalfälle auch »Pitaval-Geschichten«. 1965 schließlich löste der Amerikaner Truman Capote eine Medienlawine aus: Sechs Jahre lang recherchierte er in Kansas den Vierfach-Mord an der Familie Clutter und zeichnete das Geschehen detailgetreu nach. Mit »Kaltblütig« (original: »In Cold Blood«) gilt Capote als Begründer des modernen Tatsachenromans.

## Beruf: Mordermittler

Das Leben schreibt die besten Geschichten. – Eine Binsenwahrheit, die auch für authentische Kriminalfälle gilt. Die Helden dieser Geschichten existieren im Hier und Jetzt. Es sind Menschen mit ausgeprägtem Forschungstrieb und Gerechtigkeitssinn, die als »Feinde der Mörder« Gewalt bekämpfen.

Wie Margret Aull vermutet, ist der Drang, auf der richtigen Seite stehen zu wollen, eine Motivation dafür, den Beruf eines Mordermittlers zu ergreifen. »Ein Hintergrund könnte der Versuch sein, eigene unbeabsichtigte destruktive Impulse im Außen niederzuhalten.«

Seriöserweise kann Aull die Frage nach dem psychologischen Profil von Mordermittlern nur tendenziell beantworten. »Unter Umständen steckt eine starke Identifikation mit einer fürsorglichen Bezugsperson dahinter, die das Hineinversetzen in das Opfer erleichtert.« Ein Kriminalbeamter oder Gerichtsmediziner könnte den verstärkten Wunsch verspüren, die Opfer zu beschützen und zu rächen. Oder er hat das Ideal verinnerlicht, Heldenhaftes zu leisten. Denn im Bestehen gefährlicher Situationen lässt sich der eigene Selbstwert immer wieder unter Beweis stellen.

»In der heutigen Welt, in der sich Kriminalität mehr und mehr organisiert, könnte es auch darum gehen, die wirklich großen Bösen erwischen zu wollen und durchaus eine Sympathie für die kleinen Kriminellen zu empfinden – im Sinne eines legitimen Regelbruchs in einem ungerechten System«, analysiert Aull.

Fest steht: Die Herausforderung, die Logik eines anderen zu durchschauen, bereitet Genugtuung. Das Leben gibt den Ermittlern echte, vielschichtige Rätsel auf. Manchmal ist, wie im Mordfall des ersten Kapitels, die vordergründige Lösung einfach. Gerade dann jedoch kann das Motiv für die Bluttat umso schwieriger zu klären sein. Denn so unergründlich wie der Tod ist das Rätsel des menschlichen Geistes:

Neurobiologen und Hirnforscher behaupten neuerdings, der freie Wille sei eine Illusion. Sie belegen mit wissenschaftlichen Experimenten, dass bei einfachen Alltagstätigkeiten wie Gehen, Essen und Zähneputzen das Gehirn immer schon aktiv ist, bevor der Mensch sich bewusst zur Aktion entscheidet. Ob diese Tatsache auch für komplexere Handlungen wie das Verüben von Verbrechen gilt, ist äußerst umstritten. Neuere Forschungen zeigen, dass die emotionale Erfahrung eines Menschen und die neurobiologischen Vorgänge in seinem Gehirn sich gegenseitig beeinflussen. Wenn es diese Wechselwirkung zwischen dem Beziehungsgeschehen und der Chemie der Botenstoffe ist, die Gewalttaten auslöst, kann es keinen Vorsatz geben. Dieser Gedanke lässt Zweifel an unserem Rechtssystem aufkommen.

Noch aber versteht der Mensch sich als frei und bewusst handelndes Wesen. Er ist es, der seinen Neuronen befiehlt, den eigenen Willen in die Tat umzusetzen. Mit diesem Verständnis für Recht und Unrecht können wir getrost die dosierte Gefahr fiktiver und authentischer Kriminalfälle genießen.

Verbrechen und die Faszination, die sie ausüben, sind so alt wie die Menschheit. Jede Aufzeichnung des Themas – sei sie nun belletristischer oder sachlicher Art – enthält analytische, ästhetische und eskapistische* Elemente. Die Gewichtung, die Autoren in diesem Dreieck vornehmen und welche die Leser am meisten schätzen, ist letztlich eine Frage des persönlichen Geschmacks.

# Anhang

## Glossar

**Aushilfsschakl** = wienerisch für minder angesehener Mann, der Gelegenheitsarbeiten verrichtet. Der Ausdruck leitet sich vom französischen Jacques ab, ein ehemals häufiger Name von herrschaftlichen Dienern.

**Dark Metal** = in den 1990er Jahren geprägter Begriff für eine Musikrichtung und Subkultur in der Grauzone zwischen Gothic, Electro und Metal

**Enzym** = Biokatalysator; ein Eiweißstoff, der eine chemische Reaktion beschleunigt und dabei selbst nicht verbraucht wird

**Eskapismus** = Realitätsflucht

**Flinserl** = österreichisch für Ohrstecker

**Flotte Lotte** = mechanisches Küchengerät zum Passieren

**Goderl** = süddeutsch umgangssprachlich für Kinn

**Grantler** = bayrisch und österreichisch für mürrischer Mensch

**Gruftis** (auch Gothics oder Goths) = Anhänger der Gothic-Subkultur, die Anfang der 1980er Jahre aus dem Punk- und New Wave-Umfeld hervorging und heute den Hauptbestandteil der »Schwarzen Szene« bildet. Die Bewegung umfasst ein breites Spektrum an Mitgliedern – großteils freundliche und friedliche junge Menschen.

**G'schmierter** = österreichischer Dialektausdruck für Gendarm

**Gschrapp** = österreichisch umgangssprachlich für kleines Kind

**Gspusi** = österreichisch für Liebschaft oder Liebste(r)

**Gürtel** = breiter, ringförmiger Straßenzug in Wien, der die inneren von den äußeren Bezirken trennt und sich nachts in eine Prostitutionsmeile verwandelt

**Häfen** = österreichisch umgangssprachlich für Gefängnis

**Hb-CO** = kohlenstoffmonoxid-gebundenes Hämoglobin

**Kalibration** = Messprozess, mit dem die Abweichung eines Messgeräts vom richtigen Wert festgestellt wird

**Keusche** = österreichisch für Bauernhäuschen, Kate

**Kramuri** = wienerisch für Gerümpel

**Kruzitürken!** = politisch korrekter Fluch, der entgegen der landläufigen Meinung nicht »Kreuzigt die Türken!« bedeutet, sondern eine Kurzfassung des Ausrufs »Die Kuruzen und die Türken kommen!« ist. Der Ausdruck geht auf das 17. Jahrhundert zurück, als die Kuruzen (aufständische ungarische Bauern) und die Türken die Habsburgermonarchie angriffen.

**Lackel** = grober, auch unbeholfener, tölpelhafter Mensch

**Polytechnischer Lehrgang** = eine in Österreich einjährige Schule als neunte Schulstufe vor der Lehrlingsausbildung

**Powidl** = Pflaumenmus, das durch stundenlanges Einkochen ohne Zucker und Geliermittel hergestellt wird

**Puffn** = österreichisch umgangssprachlich für Handfeuerwaffe

**Snuff-Video** = filmische Aufzeichnung eines Mordes zum Zweck der Unterhaltung des Zuschauers

**Spritzer** = österreichisch für Wein-Schorle

**Gelegenheit macht Mörder** = Bezug auf ein 2005 im Militzke Verlag erschienenes Buch

**Tschapperl** = österreichisch für tapsiger Mensch

**Tschusch** = österreichischer Dialektausdruck für Ausländer, Fremder, besonders slawischer oder türkischer Abstammung

**Verhackert** = pikanter Brotaufstrich aus Schweinefett

**Weindoppler** = kurz für Doppelliter Wein

**Zwanziger** = rotwelsch für zwanzigjährige Haftstrafe

## Bildnachweis

Archiv Helga Schimmer: S. 14, 50, 51, 52, 54, 58, 95, 124, 134, 135, 136, 158, 159
Skizze Helga Schimmer: S. 57
Zeichnung Helga Schimmer: S. 153, 157
Gottfried Machata: S. 109